KEY·可以文化

莫言给孩子的文学课系列

莫言给孩子的文学课

怪诞与奇幻故事

莫言 著

浙江文艺出版社
Zhejiang Literature & Art Publishing House

图书在版编目 (CIP) 数据

怪谈与奇幻故事/莫言著.—杭州：浙江文艺出版社，
2023.4

ISBN 978-7-5339-7028-4

Ⅰ．①怪… Ⅱ．①莫… Ⅲ．①短篇小说-小说
集-中国-当代 Ⅳ．①I247.7

中国版本图书馆 CIP 数据核字（2022）第 219422 号

策划统筹	曹元勇
责任编辑	李　灿
营销编辑	耿德加　胡凤凡
责任印制	吴春娟
装帧设计	裴峰南
封面插图	李　晶
数字编辑	姜梦冉　诸婧琦

怪谈与奇幻故事

莫　言　著

出版发行		浙江文艺出版社
地　　址		杭州市体育场路 347 号
邮　　编		310006
电　　话		0571-85176953（总编办）
		0571-85152727（市场部）
印　　刷		杭州杭新印务有限公司
开　　本		710 毫米×1000 毫米　1/16
字　　数		185 千字
印　　张		16.5
版　　次		2023 年 4 月第 1 版
印　　次		2023 年 4 月第 1 次印刷
书　　号		ISBN 978-7-5339-7028-4
定　　价		42.00 元

目录
CONTENTS

第一辑

神秘的动物与精灵

——

　　莫言在领受诺贝尔文学奖的演讲上说："我是一个讲故事的人。"而他开始讲故事、写故事，和他少年时期与动物相伴的快乐时光是分不开的。

　　因为年幼体弱，干不了重活，莫言的童年是在荒草滩上放牧牛羊度过的。他常常望着天空和湛蓝的牛眼，就开始想入非非、神游物外。动物就这样成了莫言少年时最亲爱的朋友。在他的眼中，万物有灵，动物仿佛和人一样会思考、会说话，也有自己的故事。他喜欢和鸟儿说话，也会对一棵树诉说心声。

　　许多年后，这些幻想都被他写进了小说，有跃入池塘变成金翅鲤鱼的姑娘，有飞上枝头变作鸟儿的女孩，有离家十七天、跋涉三百余里的老猫的传奇……让我们跟随莫言的想象，进入这个动物的奇想王国吧！

金　鲤

　　月亮升起来了，青草湖变成了一面银光闪闪的大镜子。不时有鱼儿跃出水面，划出一道银色的线，鱼儿落水时，震破了银色的镜子，荡漾开一圈圈波纹。

　　湖边的一株老柳树下，爷爷和孙子静静地坐着。爷爷抽着旱烟，烟锅里火星一明一暗，模模糊糊地映着他那张慈祥的脸。

　　"爷爷，该起网了。"

　　"噢，起。"

　　爷爷站起来，解开拴在铁橛上的罾网拉缰。网的式样像一架起重机，一支长竹竿伸出去，竹竿梢头挂着大网兜。网很重，老渔翁拉得很慢，沉在水下的网慢慢升高，突然扑扑棱棱地响起水声。

　　"爷爷，有大鱼！"

　　爷爷将网儿拉出水面，月光照着渔网，网里躺着一条泛着金色光泽的鲤鱼。他将网转向岸边。小孙子雀跃着将鲤鱼抱起来，放在装了水的桶里。鱼在桶里蹦了几下，便没了声息。爷爷又把网下到水里，转过头来看桶里的鱼。

　　"爷爷，这鱼有六七斤重吧？"

　　"差不离儿。"

　　"是条什么鱼，爷爷？"

爷爷嚓一声划着火柴。火光照亮了水桶，桶里是一条金色鲤鱼，翅膀和尾巴像经霜的枫叶一样鲜红。

"金翅鲤鱼。"爷爷说。

"这鱼好吃吗？"孙子问。

"嗯。"爷爷心不在焉地答应着。

"爷爷，您不高兴？捕了这样一条好鱼。"

"怪事。这鱼怎么这样老实呢？"

"您说什么呀，爷爷？"

"噢，孩子，这鱼太厚道了，网出水时，只要它一跳，就把网给撕了。咱这罾网，只能拿小鱼儿。"

"这鱼大概睡着了。"

爷爷沉思起来，烟锅子一明一暗地闪烁。周围忽然变得十分沉静，湖面上升腾着薄雾，几枝粉荷花像画在水上似的，岸边的水草丛中，小虫子低低地鸣叫。

"爷爷，您在想什么？抓了这条鱼，您好像不高兴了。"

"没想什么，孩子。来，再拉一网。"

这一网是空的。网又沉下水底，一切又陷入沉寂。

"爷爷，再给我讲个故事吧。"

"好吧，就给你讲个金翅鲤鱼的故事。"

"又是鲤鱼变媳妇，说了多少遍了……"小孙子不高兴地嘟哝着。

"不是鲤鱼变人，是人变鲤鱼。"

"人能变鲤鱼？"

"能。"

孙子向前靠了靠，爷爷伸出胳膊，把孙子揽到怀里：

"若干年前……"

"多少年?"

"小孩子家莫打岔,仔细听着。若干年前咱这青草湖边出了一个叫金芝的姑娘。这姑娘俊着呢,双眼叠皮,高鼻梁骨,咕嘟着小嘴,扎着两条大辫子,谁见了谁喜欢。那一年从城里下放到咱村一个女作家,听说那女作家写了一本书,书名就叫《青草湖》,你爹他们都念过这书呢!女作家就住在金芝姑娘家。后来起了"大革命",女作家天天挨斗,有时还挨揍哩……

"有一天晚上,女作家挨了最厉害的一场斗,半死不活地给抬到金芝家里。金芝流着泪给女作家擦身上的血污。村里的医生不敢来给女作家治伤。金芝忽然想起来了,青草湖对岸她有个姨父,早年闯过关外,家里有一种治跌打损伤的药,十分灵验。救人如救火,金芝姑娘托邻家的一个大嫂照料着女作家,自己来到青草湖边。

"'青草湖,青草湖,东西只五里,南北六十五。'若干若干年前,天上的织女把织布梭子掉到人间,在地上砸了一个坑,这就是咱们的青草湖。金芝的姨家在湖对面王庄,坐小船几袋烟工夫就能划过去,走旱路要两天。那时节,小船都被锁起来了,怕"阶级敌人"破坏呐。金芝来到湖边,脱下长衣服,捆成一个小包拴在身上,一纵身下了水。

"那天晚上也是好月亮,金芝姑娘就从这棵大柳树下下了湖。金芝一身好水性,像一条雪白的大鱼在水面上撒欢。她游啊游啊,水声哗哗哗地响,月亮明光光地照着她。半夜时分,她上了对岸,换上衣服,敲开了姨家的门。姨父挺疼这个外甥女,把珍贵的药给了她。姨不放心地说:'金芝呀,半夜三更的,你一个

闺女家下湖，有个闪失怎么办？别走了，赶明儿让你姨父去送你。'金芝说：'姨，我水性好，没事。'

"金芝姑娘又下了湖。姑娘家毕竟力气单薄，游到湖中央，她吃不住劲，身子像拴上了十个秤砣……后来，天上飘来一朵洁白的云，把月亮遮住了，湖面上零零星星地落了一阵铜钱大的白雨点……一会儿，月亮又出来了。月亮煞白着脸，慢慢地往下落，慢慢地变大，最后挂在湖边的柳树梢上，望着像大镜子一样闪闪发光的青草湖……"

"金芝姑娘呢？"小孙子焦急地问。

月光下，爷爷两眼闪着光。

"爷爷，你哭了？"

"傻孩子，爷爷胡子都白了，不会哭了。爷爷的故事还没讲完呢。第二天夜里，女作家在邻居大嫂的搀扶下来到湖边，湖上静悄悄的，草叶上的露珠落在水面上的声音都听得清清楚楚。女作家轻轻地说：'好闺女，你喜欢看的《青草湖》我带来了……'她掏出一包纸灰，轻轻地撒在湖水中……

"湖上突然翻起了波浪，湖中心裂开了一条缝，一阵红光闪过，浮上了一条金鲤鱼，翅膀、尾巴像火苗一样红。金鲤鱼游到湖边，用头拱上了一个衣裳包。然后，尾巴拍了三下水，又慢慢地游到湖中心，红光消逝了。湖上又是一片月光。女作家捞起衣裳包。衣裳包里包着一瓶云南白药……"

"爷爷讲完了吗？"

"完了。"

"金芝姑娘变成了金鲤鱼了？"

"唔，也许。"

一只水鸟从岸边的青草中飞起来，扑棱棱地飞着，落到湖中的苇丛里。

几只青蛙扑通扑通地跳到水里，像扔了几块石头。

水桶哗啦一声倾倒了，水面上翻起一阵浪花。

"孩子，你干什么？"

"我送金芝姑娘回家去了。"

"嗨，你这孩子。"

（1984 年）

翱　翔

　　拜完了天地，黑大汉洪喜就有些按捺不住了。虽然看不到新娘的脸，但新娘修长的双臂、纤细的腰肢，都显示出这个胶州北乡女子超出常人的美丽来。洪喜是高密东北乡著名的老光棍，四十岁了，一脸大麻子，不久前由老娘做主，用自己的亲妹子杨花，换来了这个名叫燕燕的姑娘。杨花是高密东北乡数一数二的美女，为了麻子哥哥，嫁给了燕燕的哑巴哥哥。妹妹为自己做出了巨大的牺牲，洪喜心中十分感动。想起妹妹将为哑巴生儿育女，他心情复杂，竟对眼前这个女子生出一些仇恨。哑巴，你糟蹋我妹子，我也饶不了你妹子。

　　新娘进入洞房，已是正晌光景。一群顽童戳破粉红窗纸，望着坐在炕上的新娘。一个大嫂拍了洪喜一把，笑嘻嘻地说："麻子，真好福气！水灵灵一朵荷花。"

　　洪喜手搓着裤缝，嘻嘻地笑着，脸上的麻子一粒粒红。

　　太阳高高地挂着，似乎静止不动。洪喜盼着天黑，在院子里转圈。他的娘拄着拐棍过来，叫住儿子，说："喜，我看着这媳妇神气不对，你要提防着点，别让她跑了。"

　　洪喜道："不用怕，娘，杨花在那边拴着她哩，一根线上拴两个蚂蚱，跑不了那一个，就跑不了这一个。"

　　娘两个正说着话，就看到新媳妇由两个女傧陪着，走到院子里来。洪喜的娘不高兴地嘟哝着："哪有新媳妇坐床不到黑就下来解手的？这主着夫妻不到头呢，我看她不安好心。"

洪喜被新媳妇的美貌吸引住了。她容长脸儿，细眉高鼻，双眼细长，像凤凰的眼睛。她看到了洪喜的脸，怔怔地立住，半袋烟工夫，突然哀号一声，撒腿就往外跑，两个女傧伸手去拽她的胳膊，哧，撕裂了那件红格褂子，露出了雪白的双臂、细长的脖子和胸前的那件红绸子胸衣。

洪喜愣了。他娘用拐棍敲着他的头，骂道："傻种，还不去撵？"

他醒过神来，跌跌撞撞追出去。

燕燕在街上飞跑着，头发披散开，像鸟的尾巴。

洪喜边追边喊："截住她！截住她！"

村里的人闻声而出。一群群人，拥到街上。十几条凶猛的大狗，伸着颈子狂吠。

燕燕拐下街道，沿着一条胡同，往南跑去。她跑到田野里。正是小麦扬花的季节，微风徐徐吹，碧绿的麦浪翻滚。燕燕冲进麦浪里，麦梢齐着她的腰，衬托着她的红胸衣和白臂膊，像一幅美丽的画。

跑了新媳妇，是整个高密东北乡的耻辱。男人们下了狠劲，四面包抄过去。狗也追进麦田，并不时蹿跳起来，将身体显露在麦浪之上。

包围圈逐渐缩小，燕燕突然前仆，消逝在麦浪之中。

洪喜松了一口气。奔跑的人们也减慢速度，喘着粗气，拉着手，小心翼翼往前逼，像拉网拿鱼一样。

洪喜心里发着狠，想象着捉住她之后揍她的情景。

突然，一道红光从麦浪中跃起，众人眼花缭乱，往四下里仰了身子。只见那燕燕挥舞着双臂，并拢着双腿，像一只美丽的大蝴蝶，袅袅娜娜地飞出了包围圈。

人们都呆了，木偶泥神般，看着她扇动着胳膊往前飞行。她飞的速度不快，常人快跑就能踩到她投在地上的影子。高度也只有六七米，但她飞得十分漂亮。高密东北乡虽然出过无数的稀奇古怪事，但女人飞行还是第一次。

醒过神来后，人们继续追赶。有赶回去骑了自行车来的，拼命蹬着车，轧着她的影子追。只要她一落地，就将被擒获。

飞着的和跑着的在田野里展开了一场有趣的追捕游戏，田野里四处响着人们的呼唤。过路人、外乡人也抬头观看奇景。飞着的潇洒，地上的追捕者却因仰脸看她，沟沟坎坎上，跌跤者无数，乱糟糟如一营败兵。

后来，燕燕降落在村东老墓田的松林里。这片黑松林有三亩见方，林下数百个土馒头里包孕着东北乡人的祖先。松树很多，很老，都像笔一样，直插到云霄里去。老墓田和黑松林是东北乡最恐怖也最神圣的地方。这里埋葬着祖先所以神圣，这里曾经发生过许许多多鬼怪事所以恐怖。

燕燕落在墓田中央最高最大的一株老松树上，人们追进去，仰脸看着她。她坐在松树顶梢的一簇细枝上，身体轻轻起伏着。如此丰满的女子，少说也有一百斤，可那么细的树枝竟绰绰有余地承担了她的重量，人们心里都感到纳闷。

十几条狗仰起头，对着树上的燕燕狂叫着。

洪喜大声喊叫着："下来，你给我下来。"

对狗的狂吠和洪喜的喊叫她没有半点反应，管自悠闲地坐着，悠闲地随风起伏。

众人看看无奈，渐渐显出倦意。几个顽皮的孩子大声喊叫着："新媳妇，新媳妇，再飞一个给我们看！"

燕燕扬扬胳膊。孩子们欢呼："飞啦飞啦又要飞啦。"她没有飞。她用尖尖的手指梳理脑后的头发，就像鸟类回颈啄理羽毛一样。

洪喜扑通跪在地上，哭咧咧地说："大叔大爷们，大哥大兄弟们，帮俺想想法子弄她下来吧，洪喜娶个媳妇不容易啊！"

这时洪喜的娘被人用毛驴驮着赶到了。她一个翻滚下了驴，跌得哼哼唧唧叫唤。

"在哪儿？她在哪儿？"老太太问洪喜。

洪喜指指松树梢，说："她在那儿。"

老太太举手遮住阳光，看到树梢上的儿媳妇，连声骂道："妖精，妖精。"

村里的尊长铁山爷爷说："管她是人是妖，得想法弄她下来，凡事总得有个了结。"

老太太说："老爷爷，就拜托您给操持了。"

铁山老汉道："这样吧，一是派人去胶州北乡把她娘、她哥，还有杨花，都叫来，她要不下树，咱就留住杨花不回去。二是回去造些弓箭，修些长杆子，实在不行，就动硬的。三是去报告乡政府，她和洪喜是明媒正娶、受法律保护的夫妻，政府兴许能管。就这样吧，洪喜你在树下守着，等会儿让人给你送面锣来，有什么变化，你就敲锣。我看她这模样，多半是中了邪，回去还要杀条狗，弄点狗血准备着。"

众人匆匆走散，分头准备去了。洪喜的娘死活要跟儿子待在一起。铁山爷爷说："老嫂子，别痴了，你待这儿管什么用？万一有点事，跑都跑不及，还是回去好。"铁山爷爷一说，她也不再坚持，让人扶上驴背，哭哭啼啼去了。

吵吵嚷嚷的松树林子里突然安静下来，一向以胆大著称的高密东北乡的洪喜被这寂静搞得心慌意乱。红日西下，风在松林里旋转着，发出呜呜的吼声。他垂下头，揉着又酸又硬的脖子，寻了一张石供桌坐下，掏出纸烟，刚要点火，就听到头上传下来一声冷笑。他的头发被激得竖起来，浑身感到冰凉，慌忙灭了火，退后几步，仰起脸，大声说："甭给我装神弄鬼，早晚我要收拾你。"

他看到夕阳的光辉使燕燕的胸衣像一簇鲜红的火苗，她的脸上闪闪烁烁，仿佛贴上了许多小金片。没有任何迹象表明适才那声冷笑是由燕燕发出。成群的乌鸦正在归巢，灰白的鸦粪像雨点般落下，有几团热乎乎的落在他的头上，他呸呸地吐着唾沫，感到晦气透顶。松梢上还是一片辉煌，松林中已经幽黑一片，蝙蝠绕着树干灵巧地飞行着，狐狸在坟墓中嗥叫。他又一次感到恐惧。

松林里似乎活动着无数的精灵，各种各样的声音充塞着他的耳朵。头上的冷笑不断，每一声冷笑都使他出一身冷汗。他想起咬破中指能避邪的说法，便一口咬破了中指。尖锐的痛楚使他昏昏沉沉的头脑清晰了。这时他发现松林里并不像刚才所见到的那般黑暗，一座座坟墓、一尊尊石碑还清晰可辨，松树干的侧面上还涂着一些落日的余晖，有几只毛茸茸的小狐狸在坟墓间嬉戏着，老狐狸伏在野草丛中看着小狐狸，并不时对他龇牙微笑。仰脸看时，燕燕端坐树梢，乌鸦围着她盘旋。

一个很白净的小男孩从树干缝里钻过来，递给他一面锣、一柄锣槌、一把斧头、一张大饼。小男孩说，铁山爷爷正在领着人们制造弓箭，去胶州北乡的人也出发了，乡政府的领导也很重视，很快就会派人来，让他吃着饼耐心等待，一有情况就敲锣。

小男孩一转身就不见了，洪喜把锣放在石供桌上，将斧头别在腰里，大口吃起饼来。吃完了饼，他举起斧头，大声说："你下不下来？不下来我要砍树了。"

燕燕没有声息。

他挥起斧头，猛砍了一下树干。松树哆嗦了一下。燕燕无声无息。斧头卡在树里，拔不出来了。

洪喜想，她是不是死了呢？

他紧紧腰带，脱掉鞋子，往松树上爬去。树皮粗糙，爬起来很省力。爬到半截时，他仰脸看了一下她，只能看到她下垂的长腿和搁在松枝上的臀部。树干渐上渐细，有许多分杈，他手把着树杈，纵身进了树冠，脚踏树杈站定，对着她，悄悄伸出手去，他的手触到她的脚尖时，听到了一声悠长的叹息，头上一阵松枝晃动，万点碎光飞起，犹如金鲤鱼从碧波中跃出。燕燕挥舞着胳膊，飞离了树冠，然后四肢舒展，长发飘飘，滑翔到另一棵松树上去。他惊恐地发现，燕燕的飞行技术，比之在麦田里初飞时，有了明显的提高。

她保持着方才的姿势坐在另一棵树的树梢上。她的脸正对着西天的无边彩霞，像盛开的月季花一样动人。洪喜哭着说："燕燕，我的好老婆，跟我回家好好过日子去吧，你要不回去，我也不让杨花和你哑巴哥哥在一起——"

一语未了,他的脚下嘎巴一声响——松枝压断,洪喜像一块大肉,实实在在地跌在地上。好久,他手按着腐败的松针爬起来,扶着树干走了两步,发现除了肌肉酸痛外,骨头没有受伤。他仰起脸寻找燕燕,看到天上挂着一轮明月,光华如水,从松树的缝隙中泻下来,照亮了坟丘一侧、墓碑一角,或是青苔一片。燕燕沐浴在月光里,宛若一只栖息在树梢上的美丽大鸟。

松林外有人高声喊叫他的名字,他大声答应着。他想起石供桌上的锣,摸到,却怎么也找不到锣槌。

嘈嘈杂杂的人声进入了松林,灯笼、火把、手电筒的光芒移动到林间,把月亮的光芒逼退了。

来人很多。他认出了燕燕的老娘、燕燕的哑巴哥哥和自己的妹妹杨花,还认出了身背弓箭的铁山老爷爷和七八个村里的精壮小伙子。他们有的持着长竿,有的扛着鸟枪,有的抱着扇鸟网。还有一位身穿橄榄绿制服、腰扎皮带、握着公安手枪的英俊青年。他认出英俊青年是乡公安派出所的警察。

铁山老爷爷见他鼻青脸肿,问道:"怎么弄的?"

他说:"没怎么弄的。"

燕燕的娘大声叫着:"她在哪里?"

有人把手电的光柱射上树梢,照住了她的脸。下边的人听到树梢上哗啦啦一阵响,看到一个灰暗的大影子无声无息地滑行到另一棵松树上去了。

燕燕的娘恼怒地骂起来:"坏种们,你们一定是合伙把俺闺女暗害了,然后编排谎言糊弄我们孤儿寡母。俺闺女是个人,怎么能像夜猫子一样飞来飞去?"

铁山老爷爷说："老嫂子，您先别着急，这事儿如不是亲眼看见，谁也不会相信。我问您，这闺女在家里时，可曾拜过师？学过艺？结交过巫婆、神汉？"

燕燕的娘说："俺闺女既没拜过师，也没学过艺，更没结交过巫婆神汉，我眼盯着她长大，她自小安守本分，左邻右舍谁不夸？怎么好好个孩子，到你们家一天，就变成老鹰上了树？不把话说明白，我不能算完。不交还我燕燕，我也不会放掉杨花。"

警察说："大娘，先别吵，您注意看树上。"

警察举起手电筒，瞄准树上的暗影，突然推上电门，一道雪亮的光柱正射在燕燕的脸上。她挥舞手臂，飞起来，滑行到另外的树梢上去了。

警察问："大娘，看清了吗？"

燕燕的娘说："看清了。"

"是您的女儿吗？"

"是我的女儿。"

警察说："大娘，我们不想动武，闺女最听娘的话，还是您把她唤下来吧。"

这时候，燕燕的哑巴哥哥兴奋地嗷嗷乱叫，双手比画着，好像在模仿他妹妹的飞行动作。

燕燕的娘哭着说："不知道前世造了什么孽，别人碰不上的事都叫我碰上了。"

警察说："大娘，先别忙着哭，把闺女唤下来要紧。"

"这闺女自小性子倔，只怕我也叫不动她。"燕燕的娘为难地说。

警察说："大娘，您就别谦虚了，快叫吧。"

燕燕的娘挪动着小脚，走到梢上栖着女儿的那株松树下，仰起脸，哭着说："燕燕，好孩子，听娘的话，下来吧……娘知道你心里委屈，但这是没有法子的事……你要是不下来，咱也留不住杨花，那样的话，咱这家子人就算完了……"

老太太放声大哭起来，一边哭，一边把脑袋往树干上撞着，树梢上传下来窣窣之声，好像鸟儿在摩擦羽毛。

警察说："继续，继续。"

哑巴挥动手臂，对着树梢上的妹妹吼叫。

洪喜大喊："燕燕，你还是个人吗？你要有一点点人味，就该下来！"

杨花哭着说："嫂子，下来吧，咱姐妹俩是一样的苦命人……俺哥再难看，还能说话，可你哥……姐姐，下来吧，认命吧……"

燕燕从树梢上飞起，在人们头上转着圈滑翔。一阵阵的凉露下落，好像她洒下的泪水。

"都闪开，都闪开，让她落下来。"铁山爷爷大声说。

人们纷纷退后，只留下老太太和杨花在中央。

但事情并不像铁山老爷爷想象的那样。燕燕滑翔良久，最终还是落在树梢上。

眼见着月亮偏西，已是后半夜，人们又困又倦又冷。警察说："只好来硬的了。"

铁山老爷爷说："我担心她受惊飞出树林，今夜捉不住，以后就更难捉了。"

警察说："据我观察，她还不具备长距离飞行的能力，飞出树林，会更容易捕捉。"

铁山老爷爷说："只怕她娘家人不依。"

警察说："我来处理吧。"

警察走上前去，吩咐几个小伙子把哑巴和老太太领到树林子外边。老太太哭痴了，丝毫不反抗，哑巴嗷嗷叫，警察举起手枪在他面前晃晃，他也乖乖地走了。树林里只余下警察、铁山老爷爷、洪喜，和一个持棍棒、一个持扇鸟网的小伙子。

警察说："枪声惊扰百姓，不好，还是用弓箭射。"

铁山老爷爷说："我老眼昏花，看不清楚，万一伤了她的要害处，就不好了，还是由洪喜来射。"

他把那张用大竹弯成的弓递给洪喜，又递给他一支尾扎羽毛的利箭。

洪喜接过弓箭，沉思片刻，忽然醒悟般地说："我不射，我不能射，我不愿射。她是我的老婆吗？她是我老婆。"

铁山老爷爷说："洪喜，你好糊涂呀，抱在怀里才是你老婆，坐在树上的是一只怪鸟。"

警察说："你们这些人，黏黏糊糊的，什么也干不成！把弓箭给我。"

他把枪插在腰里，接过弓箭，左手拉弓，右手扣弦，瞄着树梢上的影子，脱手放了一箭。只听得扑哧一声响，显然是箭镞钻入皮肉的声音。树梢上一阵骚动，他们看到燕燕腹部带着箭飞起在月色中，沉甸甸地砸在近处一棵矮松上。她的身体分明失去了平衡。警察又搭上一支箭，瞄着横陈在矮松上的燕燕，喊一声："下来！"声音出口，利箭脱弦，树梢上一声惨叫，燕燕头重脚轻，倒栽下来。

洪喜哭着喊起来："你把我老婆射死了……"

　　躲在松林外的人打着灯笼火把围上来，一齐焦急地问："射死了没有？她身上是不是生出了羽毛？"

　　铁山老爷爷一言不发，拎起一桶狗血，浇在燕燕身上。

（1991 年）

蝗 虫 奇 谈

　　一九二七年四月的一天，我爷爷扛着锄头到田里去锄小麦。从头年秋天开始，跨过一个漫长的冬季和一个荒凉的春天，几乎没下一点雨雪。河流干涸，池塘见底，一堆堆蝌蚪干死在臭水坑里。井水落下去一扁担。街道上尘土飞扬。南边胶州岭地人畜饮水发生了困难，早几日已有马车拉着大缸和牛皮口袋来村里拉水。村长马大爷看看村里那口唯一能饮用的井中水日渐下落，便派人手持棍子站在井边护着。任凭那些拉水的胶州人怎么样苦苦哀求，马大爷也不许他们再从井里打水。爷爷扛着锄头走在街上，有人问他：管二，还锄啥呢？麦苗子都能点着火了。爷爷说：闲着心烦，到田里去转转。走进自家的麦田，爷爷感到心灰意懒。他看到那些麦子只有一虎口高，顶上挑着一个苍蝇那么大的穗。完了，爷爷想，大歉收已成，连种子也收不回来了。爷爷对我们说：咱家的麦子还是长得好的呢，甭管大小还算有个穗儿，弄好了兴许还能打上半斗"蚂蚱屎"，大多数人家的麦子连穗子都没秀出来就"鸡窝"了。爷爷站在麦田里，放眼望去，看到三县交界处的宽广土地一片荒凉景象。往年这时候，应该是麦浪翻滚、禾苗葱绿，可今年此时，只有那些极其耐旱的茅草和小蓟顽强地挑着一点绿。干旱使土地返了碱，沟畔和荒地里一片银白，好像落了一层霜。爷爷坐在黑土地上，装上了一袋旱烟。苦辣的烟雾呛出了他的眼泪。爷爷的心里比那旱烟还要辛辣。擦擦眼泪，看到眼前那几棵垂死挣扎的野草上，排列着密密麻麻的蚜虫。几只火红色的大蚂蚁扛着蚜虫跑来跑去。爷爷挖了一把黑土，用手攥着。他感到黑土又硬又烫，好像从热砖窑里抓出来的。田野里热浪滚滚，阳光毒辣，令人不敢仰视。高远的天空万里无云，只有在遥远的地尽头，好像有一些似烟似雾的东西在袅袅上升。一声乌鸦叫，声如裂帛。天越旱鸟越少。前几天还有成群的麻雀跟着胶州拉水的马车低飞，这几天也不见了踪影。村子里那眼水井壁上，每天都撞死若干鸟儿，有麻雀，有燕子。为了保持井水的卫生，不得不用一个木轮车的花轱辘盖住了井口。现在麻雀没了，燕子也不知飞到哪里去了。只剩下些黑乌鸦和人做伴。干渴已极的乌鸦经常跟人从桶里抢水喝，但抢到水喝的机会并不多。它们晕头转向地瞎飞着，有的飞着飞着就死了，像石头一样掉在地上。远处响起了枪炮声，不知是谁的军队跟另一个谁的军队打仗。天灾加人祸，百姓在死亡线上挣扎，也就没有心思去管打仗的事。就在这一天，爷爷亲眼看到了大批蝗虫出土的奇景。这种奇景，所有的书上都没有记载。因为是我爷爷亲口所说，所以我深信不疑。

爷爷在他的有生之年起码给我们晚辈讲述过一百遍关于蝗虫出土的情景。

他攥着一把滚热的黑土，坐在麦田里抽烟，不经意地一低头，忽然看到脚前有一片干结的地皮在缓缓升起。他以为自己看花了眼，急忙搓眼定睛，那片地皮还是在缓缓上升。紧接着，那片地皮像焦酥的瓦片一样裂开，一团暗红色的东西长出来，形状好像一团牛粪。爷爷心中好纳闷。他是农业知识相当丰富的人，也不知道地里冒出来的是个什么东西。他蹲起来，仔细观察，不由得大吃一惊。原来那团暗红色的牛粪似的东西竟然是千万只蚂蚁似的小蚂蚱。这些东西虽小，但一切俱全，腿是腿眼是眼，极其袖珍。三步之外看，是一团牛粪在阳光下闪烁着怪异光芒，近前一看，只见万头攒动，分不清个儿。爷爷胆战心惊地看着那团蚂蚱慢慢膨胀，好像昙花开放。他目瞪口呆，不知所措。发现奇迹的兴奋促使他转动头颈想找一个人交流惊叹，但田畴空阔，渺无人烟。地平线犹如一条银蛇在翻腾起舞，阳光炙热如火，高空鸟鸣惊心，军队在远处开枪放炮，没有人来关心蚂蚱出土的事。但我的爷爷还是跳起来，大叫一声：蚂蚱！蚂蚱出土了！

爷爷一声未了，就听到眼前那团膨胀成菜花形状的小蚂蚱啪的一声闷响，向四面八方飞溅。它们好像在一分钟之内就学会了跳跃。顷刻之间，爷爷的头上脸上褂上裤上都沾满了蚂蚱。它们有的跳，有的爬，有的在跳中爬，有的在爬中跳。爷爷脸上发痒，抬手摸脸，脸上顿时黏腻腻的。

初生的蚂蚱很是娇嫩，触之即破。爷爷手上和脸上都是它们的尸体。爷爷闻到了一股陌生的腥臭气。他拖着锄头，仓皇逃出麦田。他看到，在麦垄间东一簇、西一簇，都是如牛粪、如蘑菇的暗红蚂蚱团体从干结的地皮下凸起来，膨胀到一定的程度它们就爆炸。在四周的嘭嘭爆炸声里，低矮的麦秆上、黑瘦的野草上，密密麻麻的都是蠕动的小蚂蚱。有一只小蚂蚱停留在爷爷的指甲盖上，好像故意让他欣赏似的。爷爷仔细地观察着它，发现这个暗红色的小精灵生长得实在是精巧无比。它那么小巧，那么玲珑，那么复杂。能做出这样的东西的，只有老天爷！爷爷浑身刺痒起来，起初他还摸肩擦背，后来便乱蹦乱跳。他的心中，又是烦躁又是恐怖，仿佛身临绝境。尽管远近无人，但他还是又一次大声喊叫：

出土了！出土了！神蚂蚱出土了！

在他的眼前，又有一个马蹄那么大的蚂蚱团在膨胀，随时都会爆炸。他挥起锄头，对准那团蚂蚱砸下去。只听到啪唧一声响，蚂蚱像稀牛屎一样溅出去。锄刃也从锄钩上脱下来。低头捡锄刃时，他又一次嗅到了那股陌生的腥气。他被那腥气熏得迷迷糊糊，一手捏着锄刃，一手拖着锄杠，六神无主地往村里走去。他目光迷茫，丢魂落魄，嘴里念叨着：毁了，这下毁利索了，神蚂蚱出土了……

爷爷带回村的消息令村里人更加惶惶不安。那时我们的村子很小，只有十几户人家，一百多口人。当下就有人跑到田野里去看究竟。我父亲对我们说他也跟去看了，那一年他才五岁，刚刚有了记忆力。他们没看到蚂蚱出土的奇观。他们只看到在耀眼的阳光下，被干旱折磨得死气沉沉的田野突然活了。所有没死的植物上都有蚂蚱在跳跃，一阵阵细小但是极其密集的窸窣声在茫茫大地滚动。观看的人都感到浑身发痒，眼花缭乱，说不清哪里不舒服。

从田野里观蝗归来，父亲看到他母亲，也就是我们的奶奶，在堂屋里摆起了香案。两根蜡烛三炷香，烛火跳跃，香烟缭绕，鬼气横生。奶奶跪在香案前，嘴里念念有词，然后磕头不止。奶奶说蚂蚱就是皇虫，是玉皇大帝养的虫。造字的人在"皇"字边上加了个"虫"字，就成了"蝗"虫。蝗虫就是皇虫，皇虫就是蚂蚱，翻过来也一样。

几天后，东南风浩浩荡荡，大团的乌云也滚滚而来。空气变得潮湿了，傍晚时村前的池塘里散出恶臭。被褥黏腻，跳蚤肆虐，爷爷难以入睡。他对我们说那年的一切都不正常，人们总感到大祸就要临头。蚂蚱出土以后，田野更是一片白地，连那些硬草棍儿也被啃光了。那些小神虫牙口可真好。爷爷说，前几天村里还有人到叭蜡庙里去烧香磕头，乞求它们能够口下留情，事实证明，这种活动毫无用处，它们根本不领这份情。男人们对女人的迷信活动不管不问，他们知道地里已经没有什么东西可供神虫们吃了，求不求都一样。它们总不能吃土吃人吧？吃光了能吃的，它们就该迁移了。

东南风一起，人们有了希望，但也有了忧虑。希望能下一场透雨，好种上秋苗。令人忧虑的是那些把草梗都啃光了的蝗虫们恋恋不肯离去，就好像等待着啃秋苗似的。

爷爷睡不着，便到院子里踱步。东南风吹着人的胸膛，破窗户纸在他身后啪啪地响着。风里满是腥气，有土腥、水腥，更多的还是那种令人作呕的蚂蚱腥。雨来了，雨真的要来了。尽管有蝗虫在，但被干旱熬苦了的村民们还是兴奋异常。雨越来越近了，天边上已经有了抖动的电光。爷爷知道那不是兵们在打炮，而是雷公在摇晃手中的破扇子。爷爷暗中祷告：希望天老爷能下一场特大暴雨，抽打死那些害人虫，同时也就解了土地的干旱。

那夜果然下了大雨，雨里还夹杂着杏核大的冰雹。村民们都欢欣鼓舞，感谢老天爷，既解了酷旱，又消灭了害人虫。但天亮后到田野里一看，才知道事情并不像人们想象的那样乐观，雨水和冰雹的确要了一些蝗虫的小命，但更多的蝗虫却在茁壮地成长。它们在雨后的数天里，便把各自的身体扩大到和大粒的花生米相似。它们一个个生龙活虎，腻腻嫩嫩，肉感强烈，令人望之生畏。现在，满眼都是它们蠢蠢欲动的身体。那么多的触须在抖动，那么多的眼在闪烁，那么多的肚子在抽搐。喝饱雨水的大地，为苦熬了一冬一春的植物提供了极好的生长机会，所有的植物都在萌生新叶，所有的种子都在破土发芽。但是，新长出的一切，都变成了蝗虫们的美餐。它们决不挑食，它们不怕中毒，无论是有怪味的薄荷，还是有剧毒的马钱草，只要是从地里冒出来的，就啃吃干净。它们龇着两瓣紫色的大牙，嘴里喷吐着绿色汁液，让田野里洋溢着腥臭。蝗虫的气味毒化了空气，粉碎了人们的勇气。

雨后的大地依然光秃秃的，生出来的绿叶还不够填蚂蚱爷的牙缝。植物们生了气，哼，我们不往外长了，看你们还怎么吃。有本事你们变成拉拉咕，钻到地下来吃我们的根。它们说不往外长就不往外长了，蝗虫们也有些焦躁不安了。它们焦躁不安的表现就是由田野往村子里转移。它们爬墙上屋，吃光树上那些新叶就开始啃树皮。风传丰村头上李大人家的小儿子被蝗虫们啃掉了半个耳朵。对这个问题，爷爷持否定态度。他说：蝗虫的确很凶，但也没凶到啃人耳朵的程度。

村头的叭蜡庙里和村后的刘猛将军庙里的香火又大盛起来。

据爷爷讲，叭蜡庙的正神是一匹像小驴似的大蚂蚱，塑得形象古怪，人头蚂蚱身子，令人望之生畏。刘猛将军庙的正神自然是刘猛。我查了资料，得知刘猛是元朝吴川人，曾授指挥职，带兵剿灭江淮盗贼，乘舟凯旋，正值蝗虫成灾，民不聊生。刘猛率队灭蝗，但越灭越多，气得他投江自杀。有司奏于朝，授刘猛将军之职，列入神位，专门负责为民驱蝗。但我感到这里边有矛盾：既然蝗虫是玉皇大帝养的家虫，那刘猛灭虫不是要遭天谴吗？

怎么还给他加官晋爵呢？这事说不清楚，我们不去管他，我们还是说蝗虫的事。老百姓对付蝗虫，就像朝廷对付老百姓一样，有收买，有镇压，软一手，硬一手。有时单用一手，有时软硬兼施。

我们村对付蝗虫的手段是抚慰。先是在叭蜡庙里烧香磕头，供献香草，看看无效，又到各家凑了点钱，在村中搭起戏台，请来一个草台班子，为蝗虫们献上了三台大戏。说是为蝗虫献戏，其实还是演给人看。我父亲是那三台大戏的最热心的观众。几十年后他还对当日情景记忆犹新。他说那三台大戏是：《陈州放粮》《捉放曹》《武家坡》。父亲对我们说当年演戏的盛况，四乡的百姓都来看戏，台下人山人海。儿童的印象总是放大的。我不相信在当时的情况下，荒凉的高密东北乡能集合起"人山人海"。在我的想象中，六十年前的那场为了蝗虫们的演出大概是如下的情景：在空旷的原野里，搭起一个低矮的土台子，台上活动着几个涂脂抹粉的人物，台下坐着或是站着几个无聊的闲人，还有十几个孩子，其中那个头上扎着抓鬏的就是我的父亲。在演出的过程中，那些蝗虫就蹦到舞台上，蹦到演员们的脸上，有的还蹦到演员们的嘴里，让他们无法开口唱戏。

也许是百姓的真诚感动了蝗虫，也许是刘猛将军的钢鞭发挥了威力——最可靠的解释是蝗虫们同心协力地把我们高密东北乡吃成了"白茫茫大地真干净"——它们终于开始迁移了。这又是一个奇观。看到这个奇观的就不止我爷爷一个人了。十几个村中的老人，包括我的父亲，都给我讲述过蝗虫过河的情景。

我们村子后边是一条胶河，村子前边是一条顺溪河，蝗虫们要迁移，必须越过这两条河流。大雨过后，河里又有了半人深的水。蝗虫们当时都有三厘米左右长，脑袋硕大，背上背着两个

"小包袱"（发育中的翅膀），正处在既笨又丑的跳蝻阶段。让我们听听它们是怎样越过河流的。

据说，那天，村里人都站在河堤上，观看蝗虫过河。人们先是听到田野里响起了低沉的嘈杂声，然后便看到田野里抽搐起来。光秃秃的土地上翻滚着蝗虫的浊浪。蝗虫结成浪，一浪接一浪，涌到河边来。小孩子们生怕大人看不到似的大叫着：来了来了，蚂蚱神来了！这时，河里是滚滚的流水，蓝色水；河外是蝗虫的浪涌，红色浪。大人们面色如土，痴呆呆地看着那蝗虫的长浪追逐着涌上河堤。飒萨洒撒，沙煞嘎喀……一批接着一批，一列跟着一列，几千几万匹压着几千几万匹，层层叠叠，层出不穷。爷爷心有余悸地说：如果蝗虫吃土，吃掉一条河堤也不算难事。

目睹了蝗虫过河情景的老人们补充说：蝗虫们互相搂抱着，数不清的嘴巴里往外喷吐着黑绿色的汁液，濡染着数不清的蝗虫兄弟。数不清的蝗虫肢体相互摩擦着，发出惊心动魄的巨响。在河堤上看热闹的人都吓破了胆，想逃跑，但是腿脚酥软，挪不动脚步。

话说那蝗虫的长龙在河堤上停顿了一会儿，好像整顿队伍一样。龙体眼见着就收缩，变得坚硬、紧密，像一根根粗大松木，轰隆隆地响着，滚到河里去了。河中顿时水花四溅，河面上远远近近都响起了水面被龙砸破的声音。时当一九二七年五月十八日，中华民国战火连天，弹痕遍地；官僚趁火打劫，贪赃舞弊，苛捐杂税多如牛毛；土匪风起云涌，兵连祸结，疫病流行；老百姓在水深火热里挣扎。

蝗虫们在河水中翻滚着，犹如一条条长龙。原本如蓝缎子似的河水此时变得千疮百孔。满河色彩，浊浪腾起，一片欢腾。

它们在众人的密切注视下靠近对岸，然后突然迸裂，分散成千千万万的个体，顿时改变了对岸河堤的颜色。

最终，它们消失在对岸的茫茫原野里。众人长吁一口气，心中好似一块石头落了地，但同时又感到怅然若失。

当天下午，爷爷便到地里去播种。

半个月后，青翠的小苗子给大地披上了一层轻薄的绿装。接下来的日子里，天遂人愿，风调雨顺。到了古历的七月份，高密东北乡的广袤大地变成了绿色的海洋。虽然麦季颗粒无收，但只要不出意外，再过两个月，丰收的秋季足可以解决百姓一年的嚼谷。

谁也不敢乐观，春天时神赐在胶河对岸的蝗虫们留下的巨大阴影，始终笼罩在高密东北乡上空。对蝗虫的恐惧像石头一样压着百姓的心，当然也压迫着我爷爷的心。

在劫难逃。

蝗虫们卷土重来那天，是农历的八月初九。那天阳光很好，天空很蓝，鸟儿很多。满坡的高粱都晒红了米。秋风吹拂，高粱前呼后拥，宛如大海的波浪。爷爷用木轮车往田里运粪，他一手扶住车把，另一手提着长鞭，不时地抽一下在前头拉车的黑毛驴。推车送粪不用赶牲口的，这是爷爷的绝活，村子里只有他一个能，别人不能。爷爷推了几车粪，天已近正午。他突然感到一阵莫名其妙的心烦意乱。拉车的黑驴也横冲直闯，不听招呼，好像被什么猛兽惊吓了似的。木轮车在驴子的斜拉下歪倒了。倒了车子，对爷爷来说，是一个莫大的耻辱。他扔开车把，挥起鞭子，正要教训毛驴，忽然看到从西北方向的天空飘来了一片暗红色的厚云。爷爷心中一惊，手中的鞭杆落在地上。转瞬之间，那片红云便飞到了村子上空，又迅速地移到了田野上空。爷爷听到那团红云里发出了咔咔嚓嚓的巨响，好似甲胄摩擦之声。那团红云转了一会儿，好像进行地面侦察似的，然后，便猛然炸开，一天黄雨，万千金星，箭矢般落了地。眼前的一切，红色的高粱、金黄的谷穗、绿色的树木，都变成了刺目的红褐色。毛驴将硕大的头颅钻到车子下边，屁眼里汩汩地往外窜着稀屎。田野里有十几个农人惊慌失措地奔跑着，一边跑一边恐怖地喊叫着："回来了……蚂蚱神回来了……"

爷爷僵立着，像一棵枯死多年的树木。两行热泪从他的脸上淌下来。

第一批是先头部队，随着它们的降落，大批的蝗虫源源不断地飞来。天空中翻滚着一团团毛茸茸的云，无数的翅膀扇动，发出令人胆战心惊的巨响。天空昏黄，太阳被遮没，腥风血雨，宛若末日降临。

村民们惊魂稍定之后，纷纷跑到自家的庄稼地边，敲打着铜盆瓦片，挥舞着扫帚杈杆，大声呐喊，希望蝗虫们害怕，不要在这里降落。但蝗虫们根本不害怕，它们依然铺天盖地降落下来。数月不见，它们背上已生出发达的翅羽，后腿变得坚强有力，春天时柔软的肢体现在好像用铁皮剪成的一样。它们疯狂地啃嚼着，田野里响起急雨般的声音，满坡丰收在望的庄稼转眼间便消失了。

爷爷说：春天时它们是往肚子里吃；现在它们不吃，只是咬，咬断就算完。前者是为了生存，后者仿佛存心破坏。见识过飞蝗之后，回想起春天时的跳蝻，才感到它们实在是温柔善良。

天过早地黑了，大批的蝗虫还从西北方向往这增援。它们到底有多少部队？好像永远不会穷尽。偶尔有一缕血红的阳光从厚重的蝗云缝里射下来，照在筋疲力尽、嗓音嘶哑的人身上。人脸青黄，相顾惨淡。就连那血红的光柱里，也有繁星般的蝗虫在煜煜闪烁。

入夜之后，田野里滚动着节奏分明的嚓嚓巨响，好像百万大军在操练。人们关闭门窗，躲在屋子里，忧心忡忡地坐着，连小孩子也不敢入睡。人们听着田野里的声响，也听着冰雹般的蝗虫敲打房顶的声响。村庄里的树枝咔吧咔吧地断裂着，它们被蝗虫压断了。

第二天，人们费劲地推开房门，看到村里村外都被蝗虫覆盖了。片绿不存，连房檐上的枯草都被啃光了。蝗虫充斥天地，俨然成了万物的主宰。

既然它们把可吃的东西全都吃光了，村民们也就不害怕了。你们总不能吃人吧?! 在爷爷的号召下，村民们被动员起来，与蝗虫展开了大战。他们操着铁锹、扫帚、棍棒，铲、拍、扫、擂。他们越打越愤怒，越愤怒越打。蝗虫啃草木充满了破坏的快乐；村民们打蝗虫充满了杀生的快乐，充满了报仇雪恨的快乐。但蝗虫是打不完的，人的力量却是有限的。死亡的蝗虫堆集在街道上，深可盈尺，被人的脚踩得吱吱唧唧响，黑汁四溅，腥臭扑鼻，令大多数人呕吐不止。

爷爷说村里有个名叫五乱子的人在村头上点燃了一个柴草垛，烟柱冲天，与蝗虫相接；火光熊熊，蝗虫们纷纷坠落。村人们添柴加薪，增大着火势。柴草烧光了，就往里投木料，木料投完了，就卸下了家里的门板。为了与蝗虫斗争，我们的先人豁出一切。我们不求叭蜡发善心，不求刘猛显神威，要保护老百姓的庄稼地，全靠我们自己。人们还把那些死蝗虫用铁锹铲进火里去，于是油烟滚滚，恶臭冲天，几个老人当场晕倒，并且再也没有醒过来。

十几天后，像来时一样突然，遍野的蝗虫消逝了。它们去了哪里？谁也不知道。只余下光秃秃的树木和坚硬的植物根茎在秋风里瑟瑟颤抖。

蝗虫，这种小小的节肢动物，一脚就能碾死一堆的小东西，一旦结成团体，竟能产生如此巨大而可怕的力量，有摧枯拉朽、毁灭一切之势，号称万物灵长的人类，在它们面前，竟然束手无策。这里隐藏着发人深省的道理。

蝗虫，这肮脏的昆虫，总是和腐败的政治、兵荒马乱的年代联系在一起，仿佛是乱世的一个鲜明的符号。这里同样隐藏着发人深思的道理。

一九二七年高密东北乡的蝗灾，给爷爷们带来了灾难，但也给他们留下了关于这个世界的惊愕印象。爷爷们看到的仅仅是头上的一角天空，实际上，在这一年里，蝗虫像飓风一样横扫了山东大地，又波及了河北、河南、安徽数省，受灾面积近百万平方公里，灾民数百万人。爷爷们亲眼目睹的情景已让我惊讶不止了，更令人惊讶的情景爷爷们没有看到。据一位在胶济铁路上当过火车司机的老人说：那一年，蝗虫伏在铁路上，累累如山丘，挡住了火车的去路，胶济铁路交通中断了七十二个小时。

我们只能想象那惊人的情景了。

（1998 年）

脆　蛇

　　陈蛇说，有一种蛇，生活在竹叶上，遍体翠绿，唯有两只眼睛是鲜红的，宛如一条翠玉上镶嵌着两粒红色的宝石。蛇藏在竹叶中，很难发现。有经验的捕蛇人，蹲在竹下，寻找蛇的眼睛。这种蛇，是胎生，怀着小蛇时，脾气暴躁，能够在空中飞行，速度极快，宛如射出的羽箭。如果你想捕怀孕的蛇，十有八九要送掉生命。但这种蛇不怀孕时，极其胆小。人一到它的面前，它就会掉在地上。这种蛇身体极脆，掉到地上，会跌成片断，但人离去后，它就会自动复原。有经验的捕蛇人，左手拿着一根细棍，轻轻地敲打竹竿，右手托着一个用胡椒眼蚊帐布缝成的网兜。蛇掉到网兜里，直挺挺的像一根玉棍。这时要赶紧把它放在酒里浸泡起来。

　　陈蛇是一个很有资历的捕蛇人，他的祖先跟唐朝那个著名的诗人柳宗元是很好的朋友，柳的名文《捕蛇者说》写的就是他的祖先。陈蛇曾经给我详细地讲述过这种脆蛇的药用价值，和他亲眼目睹过的这种蛇断成碎片，然后又恢复原状的全部过程。

　　陈蛇最终还是被毒蛇咬死了。在他的葬礼上，我突然想起来一个问题：那种脆蛇，怀孕时脾气暴躁，不怀孕时性格温柔，这说的是雌蛇，雄蛇呢？雄蛇是什么脾气？——陈蛇无后，我的问题，只怕是永远也没人能够回答了。

狼

那匹狼偷拍了我家那头肥猪的照片。我知道它会拿到桥头的照相馆去冲印，就提前去了那里，躲在门后等待着。我家的狗也跟着我，蹲在我的身旁，脖子上的毛耸着，喉咙里发出呜呜的声音。照相馆的女营业员一边用鸡毛掸子掸着柜台上的灰尘，一边恼怒地喊叫："把狗轰出去。"我对狗说："老黑，你出去。"但我的狗很固执，不动。我揪着它的耳朵，往外拖它。它恼了，在我的裤子上咬了一口。我指着裤子上的窟窿对那个女营业员说："你看到了吧？它不走。"女营业员看看它，没说什么。上午十点来钟，狼来了。它变成了一个白脸的中年男子，穿着一套洗得发了白的蓝色咔叽布中山服，衣袖上还沾着一些粉笔末子，看上去很像一个中学里的数学老师。我知道它是狼。它无论怎么变化也瞒不了我的眼睛。它俯身在柜台前，从怀里摸出胶卷，刚要递给营业员，我的狗冲上去，对准它的屁股咬了一口。它大叫一声，声音很凄厉。它的尾巴在裤子里边膨胀开来，但随即就平复了。我于是知道它已经道行很深，能够在瞬间稳住心神。我的狗松开口就跑了。我一个箭步冲上去，一把就将胶卷夺了过来。柜台后的营业员惊讶地看着我，打抱不平地说："你这个人，怎么这样霸道？"我大声说："它是狼！"它装出一副可怜巴巴的样子，无声地苦笑着，还将两只手伸出来，表示它的无辜和无奈。营业员大声喊叫着："把胶卷还给人家！"但是它已经转身往门口走去。我知道，只要它一出门就会消失得无影无踪。果然，等我追到门口时，大街上空空荡荡，连一个人影也没有，只有一只麻雀在啄着一摊热腾腾的马粪。从不成个的马粪上，我知道这匹马肠胃出了问题，喂一升炒麸皮就会好……

　　等我回到家里时，那头肥猪已经被狼开了膛。我的狗，受了重伤，蹲在墙角，一边哼哼着，一边舔舐伤口。

猫国的奇迹*

　　数月来日夜攻读鲁迅先生的著作——这是一个双目炯炯匪气十足的朋友敦促的结果。当时他对我说："你一定要读鲁迅。"我不以为然地说："读过了呀。"他说："读过了还要读！要下死功夫！"随即这"读鲁迅"的话头也就扔掉，喝着酒扯到鲁迅的小说。我马虎地记着前些年一些文章中说鲁迅先生曾计划要写一部红军长征的长篇小说，终未写成，是天大的遗憾，云云雨雨。朋友则说一点都不遗憾，鲁迅先生如果真写成了这部小说，也未必就是伟大著作，伟大人物也有他的局限性。他认为先生最大的遗憾是没有修成一部中国文学史，先生是有这能力有这计划并做了充分准备甚至拟定了一些篇目，如"《离骚》与反《离骚》""从廊庙到山林"之类，这些篇目就不同凡响，此书若成，才是真正的杰构。又扯到老舍先生，朋友认为老舍备受推崇的几部书如《四世同堂》之类，"水"得很，因老舍在沦陷后的北平待了并没几天，他的最伟大的著作是仅写了开头八万字的《正红旗下》，此书若成，亦不是可以什么同日而语的。看来"面壁虚造"真是文学的大敌。我"死读"鲁迅。读到妙处，往往心惊肉跳；读到妙处，往往浮想联翩。心惊肉跳是不能入小说了，浮想联翩大概

---

　　* 本文原标题为《猫事荟萃》。

是艺术的摇篮或曰"翅膀"吧？

鲁迅先生的《狗·猫·鼠》里，写着："那是一个我的幼时的夏夜，我躺在一株大桂树下的小板桌上乘凉，祖母摇着芭蕉扇坐在桌旁，给我猜谜、讲故事。忽然，桂树上沙沙地有趾爪的爬搔声，一对闪闪的眼睛在暗中随声而下，使我吃惊，也将祖母讲着的话打断，另讲猫的故事了——"先生的祖母给先生讲了猫如何教虎捕、捉、吃的本领，虎以为全套本领学到，只要灭了猫，老子便天下第一，就去扑猫，猫一跳便上了树。这故事我在高密东北乡当天真烂漫的幼儿时，也听老人们说过，几乎一模一样，只是比先生晚听了七十多年。想想这故事倒像一个寓言或讽刺小说。在这故事中，猫是光彩夺目的，虎却不怎么样。

在人的世界里，口头流传或见诸书刊的猫事不比狗事少，鲁迅先生文章中举过一些例子，如埃德加·爱伦·坡小说里的黑猫，日本善于食人的"猫婆"，中国古代的"猫鬼"，等等。但这都是丑化猫的，美化猫的例子没举，这类猫也是很多的。这类猫或聪明伶俐，如《小猫钓鱼》；或娇憨可爱，如《好猫咪咪》；或执法如铁，如《黑猫警长》。这类猫与"猫婆""猫鬼""猫精"们成为鲜明的对照，善与恶、正与邪、美与丑，截然对立，前者给儿童心灵留下阴影，后者使儿童心灵美。在一片"我是一个父亲"的呼声中，我这个父亲也茫然如坠大荒，不知是该把爱伦·坡的书烧掉呢，还是在孩子的课本上涂满美猫的形象——这大概也是杞忧，上述猫形象并存于世久矣，我辈也并没因受猫鬼猫怪们的影响而变成魔鬼，也没因真善美猫的影响而变成天使。正如人不是天使也不是魔鬼一样，猫也不是恶的典型或美的象征；正如阴邪奸诈的猫形象与活泼美丽的猫形象可以并存一样，写人

的阴暗心理与写人的光明内心的作品也未尝不可并存，谁也不会
去有意毒杀孩子。猫撒娇时、猫捕鼠时的形象是有益儿童的，可
猫偷食墙上悬挂的带鱼时、猫偷食儿童养的鸟雀时却未必使童心
爱猫。编造十万则美好的猫童话，猫一旦偷食了小鸟，童心还是
要觳觫，岂止觳觫，他会感到受了骗，才被猫钻了空子，早知猫
吃鸟，他不会把鸟笼挂得那么低。

　　还有一类猫形象，就很难用善或恶来概括了。记得前几年看
过戴晴一篇写猫的小说《雪球》，还看过中杰英一篇《猫》，都有
些象征意味，固然这两只猫被写得猫毛毕现，但总让人想到某种
人的生存状态，对认识猫世界无多裨益。

　　还有一类被剥了皮的猫，最著名的是《三侠五义》中被太监
郭槐剥了皮换出太子的狸猫。这类猫最冤枉，既没寄托作者的高
尚感情，又没抒发作者的刻毒心理，但被剥皮的狸猫的形象不但
令童心觳觫，连翁心也觳觫了。《三侠五义》看过多年，故事都
忘了，这血淋淋的猫形象却历历在目。我认为这剥皮狸猫实在是
该书的精彩象征物，无意之象征实乃大象征。那后被皇帝封为
"御猫"的大侠展昭，我总感觉他是那匹正在等待太监们剥皮的
狸猫，还没剥皮是因为白玉堂、卢方、徐庆、韩彰、蒋平这五匹
大耗子还在兴风作浪，扰乱朝廷，捉尽了耗子必剥猫皮无疑。

　　以上都是书上的猫，不是真猫。

　　真正认识一只猫，并对这只猫有了深刻了解，则是很晚——
大概是一九六四年的事情吧。因为那时村里住进了"四清"工作
队，工作队一个队员来我家吃"派饭"时，那只猫突然来了，所
以至今难忘。

当时，有资格为工作队员做饭，是一种荣誉，一种政治权利。地主、富农、反革命、坏分子、右派家是无权的，大概怕这些坏蛋们在饭菜里放上毒药，毒杀革命同志吧。富裕中农（上中农）家庭比较积极的，可以得到这殊荣，比较落后的，就得不到。所以我家得到招待工作队员吃饭的通知时，大人孩子都很高兴，很轻松，心里油然生出一片情，大有涕零的意思。那些被取消了"派饭"资格的中农户，可就惶惶不安起来，也有提着酒夜间去村里管事人家求情，争取"派饭"资格的。——这种故事一直延续到一九七六年之后。自"四清"工作队之后，各种名目的工作队一拨一拨进村来，有"学大寨工作队""整党建党工作队""普及忠字舞工作队""斗私批修工作队"。给我留下深刻印象的是一九七三年那支"学大寨工作队"。那支队伍有二十七个人，队员和队长都是县茂腔剧团里的演员和拉胡琴、敲小鼓的。这群人会拉会唱会翻筋斗，人又生得俏皮，行动又活泼，把村里的大姑娘小媳妇青年小伙子给弄得神魂颠倒，这工作队撤走后，很留下了一批种子，只可惜长大了，也没见个会唱戏的就是了。这段故事也许编成个小说更好。

"四清"工作队是最严肃的工作队，水平也最高，后来的工作队都简直等于胡闹。与其说他们下来搞"革命"，毋宁说他们下来糟践老百姓。我记得派到我们家吃饭的那个"四清"工作队员是个大姑娘，个子不高，黑黑瘦瘦的，戴一副近视眼镜，一口江南话，姓陈，据说是外语学院的学生。家里请来了这尊神，可拿什么敬神呢？那时生活还是不好，白面一年吃不到几次的，祖父是有些骨气的，愤愤地说："咱吃什么就让她吃什么！"我们吃什么？霉烂的红薯干、棉籽饼、干萝卜丝子，这都是好的了，差的就无须说了。祖母宽厚仁慈，想得也远，因我父亲那时是大队干部，请着就不是玩，于是决定尽量弄得丰盛一点。白面还有一瓢，虽说生了虫，但终究是白面；肉是多年没吃了，为贵客杀了唯一的一只鸡；没有鱼，祖母便吩咐我跟着祖父去弄鱼。时令已是初冬，水上已有薄冰，我和爷爷用扒网扒了半天，净扒上些瘦瘦黑黑的癞蛤蟆，爷爷抽搐着脸，咕咕哝哝地骂着谁，后来总算扒上来一条大黄鳝，可惜是死的，掐掐肉还硬，闻闻略略有些臭味，舍不得丢，便用蒲包提回了家。祖母见到这条大黄鳝，十分高兴。我说臭了，祖母触到鼻下闻闻，说不臭，是你小孩嘴臭。祖母便与母亲一起，把黄鳝斩成十几段，沾上一层面粉，往锅里滴上了十几滴豆油，把黄鳝煎了。鸡也炖好了，鱼也煎好了，单饼也烙好了，就等着那陈工作队员来吃饭了。

我闻着扑鼻的香气，贪婪地吸着那香气，往胃里吸。那时我有一种奇异的感觉，感觉到香味像黏稠的液体，吸到胃里也能解馋的。香味也是物质，当时读中学的二哥说，香味是物质，鱼香味是鱼分子，鸡肉香味是鸡分子，我恍然认为分子者就是一些小米粒状的东西，那么嗅着鱼香味我就等于吃了鱼分子——小米粒大小的鱼肉，嗅着鸡肉香味也就等于吃了鸡肉分子——小米粒大小的鸡肉。我拼命嗅着，脑里竟有怪相：那鱼那鸡被吸成一条小米粒大小的分子流，源源不断地进入了我的肚子。遗憾的是祖母在盛鱼的盘和盛鸡的碗上又扣上了碗和盘。我的肚子辘辘响，馋得无法形容。我有些恨祖母盖住了鸡、鱼，挫了我的阴谋。但我马上也就原谅了她：要是鸡和鱼都变成分子流进了我的胃，让陈同志吃屁去？在我二十年的农村生活中，我经常白日做梦，幻想着有朝一日放开肚皮吃一顿肥猪肉！这幻想早就实现了。再发牢骚，就有些忘本的味道啦。

陈同志终于来了，由姐姐领着。

陈同志要来之前，祖母和母亲恨不得"掐破耳朵"叮嘱我：不要乱说话，不要乱说话——我从小就有随便说话的毛病，给家里闯过不少祸，也挨过不少打骂，但这毛病至今也没改，用母亲的话说就是："狗改不了吃屎！"这句话貌似真理，实则不正确，这边一块肥猪肉，那边一泡臭屎，我相信没有一匹狗不吃肉去吃屎，即便那屎也是吃过肉的人拉的，到底也是被那人的肠胃吸取了精华的渣滓，绝无比肉味更好、营养更丰富的道理，何况那都是吃地瓜与萝卜的人拉的屎呢。

陈同志进了院，全家人都垂手肃立，屁都憋在肚子里不放，祖母张罗着，让陈同志炕上坐。陈同志未上炕，母亲就把鸡、鱼、饼端上去，香味弥散，我知道那鱼盘和鸡碗上的碗和盘已被母亲揭开。

陈同志惊讶地说："你们家生活水平这样高？"

站在院里的父亲一听到这句话，脸都吓黄了，两只大手也哆嗦起来。

我是后来才悟出了父亲害怕的原因。父亲早年念过私塾，是村里的识字人，高级合作社时就当会计，后来"人民公社化"了，虽然上边觉得让一个富裕中农的儿子当生产大队的会计掌握着贫下中农的财权不太合适，但找不到识字的贫下中农，也只好还让父亲干。对此父亲是受宠若惊的，白天跟社员一块儿在田里死干，夜里回来算账，几十年如一日，感激贫下中农的信任都感激不过来，怎敢生贪污的念头？但"四清"开始，父亲当了十几年会计，不管怎么说也是个可疑对象——这也是祖母倾家招待陈同志的原因。

所以陈同志那句可能是随便说的话把父亲吓坏了。全村贫下中农都吃烂地瓜干子，你家里却吃鸡吃鱼吃白面，不是"四不清"干部又是什么？你请她吃鱼吃鸡吃白面，是拉拢腐蚀工作队！这还得了！

父亲吓得不会动了。

母亲和我们都是不准随便说话的。

祖母真是英雄，她说："陈同志，您别见笑，庄户人家，拿不出什么好吃的。看你这姑娘，细皮嫩肉的，那小肚、肠子也和俺庄户人不一样，让你吃那些东西，把你的肚和肠就磨毁了。所以呀，大娘要把那只鸡杀了，他媳妇还舍不得，我说：'陈同志千里万里跑到咱这兔子不拉屎的地方，不容易，要是咱家去请，只怕用八人大轿也抬不来！'他们都听话，就把鸡杀了。这鱼是你大爷和小狗娃子去河里抓的，冻得娃子鼻涕一把泪一把。我说：'为你陈大姑姑挨点冻是你的福气，像地主家的富农家的娃子，想挨冻还捞不着呢！'这面年头多了点，生了虫，不过姑娘你只管吃，面里的虫是'肉芽'，香着呢！快脱鞋上炕，他大姑，陈同志！"

我们只能听到祖母的说话声，看不到陈同志的表情。

祖母说完了话，就听到陈同志说："大家一起吃吧！"

祖母说："他们都吃饱了的，姑娘，大娘陪着你吃。"

我站在院子里，痛恨祖母的撒谎，心中暗想：你们大人天天教育我不要撒谎，可你们照样撒谎。这世界不成样子。

陈同志走出来，请我们一起去吃，父亲和母亲他们都说吃过了，很高兴地撒着谎，我却死死地盯着陈同志的眼，希望她能理解我。

她果然理解我啦。她说："小弟弟，你来吃。"

我往前走了两步，便感到若有芒刺在背，停步回头，果然发现了父亲母亲尖利的目光。

陈同志有些不高兴起来，这时祖母出来，说："狗娃子，来吧！"

母亲抢上前几步，蹲在我面前，拍拍我身上的土，掀起她的衣襟揩揩我的鼻涕，小声对我说："少吃！"

我知道这顿饭好吃难消化，但也不顾后果，跟随着陈姑娘进了屋，上了炕。

在吃饭的开始，我还战战兢兢地偷看一下祖母浮肿着的森严的脸，后来就死活也不顾了——陈同志走后，因我狼吞虎咽、吃相凶恶、不讲卫生、嘴巴吧唧、嘴角挂饭、用袄袖子揩鼻涕、从陈姑娘碗前抢肉吃、吃饭时放了一个屁、吃了六张饼三段黄鳝大量鸡肉、吃饭时不抬头像抢屎的狗等等数十条罪状，遭到了祖母的痛骂。城门起火，殃及池鱼，连母亲也因为生了我这样的无耻的孽障而受了祖母的训斥。祖母唠叨着："让人家陈同志见了大笑话！他爷爷都没捞着吃！我也没吃多点！"祖父愤愤地说："我吃什么？嘴是个过道，吃什么都要变屎！我从小就不馋！"

进了母亲的屋，母亲流着泪骂我，骂我不争气，骂我没出息。哥和姐姐也在一旁敲边鼓——他们其实是见我饱餐一顿眼红——真到了关键时刻，连兄弟姐妹也不行——爱是吃饱喝足之后的事——这也可能是乡下人生来就缺乏德行——没有多看"灵魂工程师"们的真善美的伟大著作之故——按时下的一种文学批评法，凡是以第一人称写出的作品，作品中之事都是作家的亲身经历，于是莫言的父亲成了一个"土匪种"，莫言的奶奶和土匪在高粱地性交……那么，照此类推，张贤亮用他的知识分子的狡猾坑骗老乡的胡萝卜，也不是个宁愿饿死也要保持高尚道德的人。这不是因为张贤亮说了什么话，我来攻击他，只是顺便举个例子。那些不用第一人称作小说的人也许能像伯夷叔齐一样吧？但愿如此。不过张贤亮行使的骗术并不是他的发明，他一定看过这样一本精装的书，书名《买葱》，里边写着这样一个故事：一乡下人卖葱，一数学家去买葱。买者问："葱多少钱一斤？"卖者答："葱一毛五分钱一斤。"买者说："我用七分钱买你一斤葱叶，八分钱买你一斤葱白，怎么样？"卖者盘算着：葱叶加葱白等于葱，七分加八分等于一毛五，于是爽快地说："好吧，卖给你！"——这个写《买葱》的人是个教唆犯。

就在那次吃饭的时候，我即将吃饱的时候，一只瘦骨伶仃的狸猫，忽地蹿上了炕。祖母抡起筷子就打在猫的头上，猫抢了一根鱼刺就逃到炕下那张乌黑的三抽桌下，几口就把鱼刺吞下去，然后虎坐着，目光炯炯地盯着炕桌上的鱼刺——这只猫还是恪守猫道的，它知道它只配吃鱼刺。祖母挥着筷子吓着猫，陈姑娘则夹着一节节鱼刺扔到炕下喂猫，猫把鱼刺吞下去。既是陈同志爱猫，祖母也就不再骂猫，反而讲起了猫故事，而这时我也吃饱了，看着祖母浮肿着的慈祥的脸，听着祖母讲述的猫故事——祖母那么平静地讲述猫事时，心里却充满对我的仇恨，这是我当时绝对想不到的。祖母说：

"猫是打不得的！猫能成精。"

陈同志微笑不语。

"早年间，东村里一个闲汉，养了一只黑猫，成了精。那闲汉想吃鱼啦，只要心里一想，不用说话，就有一盘煎好的大鱼，从半天空里飘飘悠悠，飘飘悠悠，落在闲汉眼前，酒盅、酒壶、筷子也跟着飘来。那闲汉想吃肉啦，只要一想，就看到一盘切成鸡蛋那么大的红烧猪头肉，喷香喷香，冒着热气，飘飘悠悠，飘飘悠悠，落在闲汉眼前……人吃饱了，就挑口吃了，有一天那闲汉想吃鲤鱼，飘来了一盘鲫鱼，闲汉生了气，把那盘喷香冒热气的鲫鱼给倒进圈（厕所）里了。黑了天，就听到黑猫在窗外说：'张三，你这个没良心的东西！你想吃鲤鱼，全青岛大小饭馆都没有，寻思着鲫鱼也不差，女人生了小孩没有奶都吃鲫鱼，就给你来一盘，一百八十里路，远路风程，给你弄来，你竟倒进圈里！张三，你等着吧，我饶不了你！'张三也不是个省事的，就说：'你能怎么着我？'黑猫说：'你看，着火啦！着火啦！'张三躺在炕上，就看到窗户棂上的纸冒着蓝色的小火苗着起来……打这天起，张三可就跟黑猫斗上了，两位斗得你死我活，分不出个高低。有一天黑夜，张三坐在炕上吃烟，吧嗒吧嗒的，一袋接着一袋，黑猫在窗外说：'真香！这烟儿真香！'张三也不吱声。黑猫又说：'我吃口烟，好张三！'张三说：'吃口就吃口。'他慢吞吞地把早就装足了药的枪从身后拿过来，把枪筒子伸到窗棂子外边。张三说：'老黑，你含住烟袋嘴。'黑猫说：'好。''含住了？'张三问。黑猫说：'含住了。''真含住了？''真含住了。''点火啦。''点吧。'张三一勾枪机子，只听'呼通'一声响，把窗户纸都震破了。张三说：'杂种！叫你吃！'刚要出去看看，就听到黑猫咳嗽着说：'吭吭……这烟好大的劲！'"

陈姑娘笑起来。

蹲在炕前的狸猫叫了一声。

陈姑娘夹起一段鱼,扔给了猫。

祖母的腮帮子哆嗦起来。

二哥踢了一脚猫,说:"连你都吃了一块鱼!"——这是以后的事。

这匹狸猫在我家待着,任你踢,任你骂,它都不走啦。

这是匹女猫。

根据我的观察,猫是懒惰的动物——至于那些成为宠物的贵种,就不仅仅是懒惰而是十足的堕落了——不是万不得已,它是不会去捉耗子的。在我的记忆里,我们家那只猫只捉到过一只耗子。

那是一个傍晚,祖母刚烧完晚饭,祖父他们尚未从田野里归来,我和叔叔家的姐姐在院子里架起一根葵花秆练习跳高,就见那猫叼着一匹大鼠从厢屋里跳出来,我和姐姐冲上去,猫弃鼠而走,走到祖母身边,呜呜叫着,仿佛在告我们的状。

祖母兴奋得很,飞速地移动着两只小脚,跳到院子里,把那匹大鼠夺过去。

"啊咦!这么大个耗子!"祖母说,"拿秤去!"

我们赶快拿来了秤,看着祖母用秤钩挂住鼠肚皮称它。

"九两,高高的九两!"祖母说。(那是一杆旧秤,十六两为一市斤。)

"孩子们,该犒劳你们了。"祖母说。

祖母把老鼠埋在锅灶里的余烬里。

我和姐姐蹲在灶门前,直眼盯着黑洞洞的灶膛。

猫在我们身后走来走去。

香味渐渐出来了。

我和姐姐每人坐一小板凳，坐在也坐着小板凳的祖母面前吃耗子肉的情景已过去了几十年，但我没忘。烧熟的老鼠比原来小了许多，乌黑的一根。祖母把它往地上摔摔，然后撕下一条后腿，塞到姐姐嘴里，又撕下它另一条后腿，塞到我嘴里。鼠肉之香无法形容，姐姐把鼠骨吐出来给了猫，我是连鼠骨都嚼碎咽了下去，然后，我们眼睁睁地看着祖母的手。暮色沉沉，蚊虫在我们身边嗡嗡地叫着。我总感到祖母塞到姐姐嘴里的鼠肉比塞到我嘴里的多。写到此，我感到一阵罪疚感在心里漾开，那时我们是个没分家的大家庭，吃饭时，我和这个比我仅大三个月的姐姐总能每人得一片祖母分给的红薯干，我总认为祖母分给姐姐的薯干比分给我的薯干大而且厚，于是就流着眼泪快吃，吃完了就把姐姐手里的薯干抢过来塞到嘴里。她抖着睫毛，流着泪，看着她的母亲我的婶婶。婶婶也流泪。母亲举着巴掌，好像要打我，但只叹息一声就把手放下了。前年回家，我对姐姐提起这事，姐姐却笑着说："哪有这事？俺不记得了。"今年回家，一进家门，母亲就对我说："你姐姐'老'了。"

"老"了就是死了。

母亲说姐姐死前三天还来赶集卖菜，回家后就说身上不舒坦，姐夫找了辆手推车推她去医院，走出家门不远，就见她歪倒了脖子，紧叫慢叫就"老"了。

人真是瞎活，说死就死了，并不费多少周折。

我想起了和她一起坐在祖母面前分食老鼠的情景，就像在眼前一样。

祖母十几年前就死了。她是先死了，打了一针，又活过来，活过来又活了一个月，又死了，这次可是真死了，真"老"了。

祖母说，猫抓耗子，并不需要真扑真抓，猫一见到耗子，就竖起毛大叫一声，老鼠一听猫叫，立刻就抽搐起来，猫越叫老鼠越抽搐，猫上去咬死就行了，根本不要追捕。这说法我不知是真是假。

祖母还讲过一个故事：明朝时，有五个千斤重的大耗子成了精，变成人，当了皇帝的宰相一类的大官，他们扰乱朝纲，怂恿着皇帝干坏事。一个大臣，自然是忠臣，自然也是有慧眼的，看破了机关，回家对父亲说了——这又引出了一个故事：相传，古代，为了削减人口，人到了六十岁，不管健康与否，统统要"装窑"的，这"装窑"据祖母说，就是把人背到一个专门的地方去饿死（有点像日本小说《楢山节考》里的情景）。这大臣是个孝子，因为孝，就把父亲放在夹壁墙里藏起来（其实是利用职权破坏皇家的法规，是孝子不是忠臣）。大臣说：爹，朝里那五个重臣是五匹成精的老鼠，每匹有一千斤重，不知可有法子降服没有？大臣爹说：八斤猫可降千斤鼠。大臣说：哪里去寻八斤重的猫？大臣爹说：咱家那匹黑猫差不多就有八斤。大臣唤了猫来用秤一称，只有七斤半重。大臣爹说：不妨事，明日上朝前，你弄半斤猪肉让猫吃了，不就八斤猫了吗？大臣点头称是。次日，那大臣割了九两（旧秤）猪肉喂给猫吃。为什么割九两呢？因为猫吃肉不会不掉渣，余出一两来保险。大臣把原重七斤半吃了九两肉的黑猫揣在袍袖里胸有成竹地上了朝。文武群臣分列两边，皇帝坐在龙墩上打盹。大臣把藏在袍袖里的猫往外露了露，那猫凄厉地叫了一声，群臣诧异着，皇帝也睁开了睡眼。猫又叫了一声，就见那五个耗子变成的重臣索索地抖起来。大臣一松袍袖，那猫嗖地蹿出，跳到龙墩前的台阶上，竖毛弓腰，扬尾奓须，连连发威鸣叫，那五重臣抖抖索索，抖抖索索，瘫倒在堂前。猫继续鸣叫发威，五重臣显出原形，袍靴之类尽脱落，就见五匹大鼠一字儿排开，初时都大如黄牛，后来越缩越小，越缩越小，缩得都如拳头般大，猫慢慢踱上去，一爪一个，全给消灭了。皇上幡然醒悟，要重赏那大臣，大臣却跪地叩头，求恕欺君之罪。皇上听他诉说，知道这奇谋出自一该"装窑"而未"装窑"的老人，由此可见，老人还是有用处的，于是就撤销了六十岁"装窑"的命令。——我总怀疑这故事与《三侠五义》里的"五鼠闹东京"有些瓜葛，不过考证这些事也没意思就是了。后来又读《西游记》，见孙悟空被陷空山无底洞那匹金鼻白毛耗子精折腾得狼狈不堪，最后去玉皇大帝那儿告了李靖父子一刁状（母耗子是托塔天王的干女儿）。干爹和干哥哥出面，才把她降服了。孙悟空如果听过我祖母的故事，只需寻一只八斤猫抱进洞去就行了。那耗子精也实在迷人，不但美丽绝伦，而且体有异香，连唐三藏都心猿意马，有些守不住，悟空不得不变成苍蝇，叮在耳朵上提醒师傅不要被美人拉下水。记得当年看到这里时，不由得恨唐僧太迂，要是我，就留在这无底洞当女婿了。

后来我和姐姐天天盼望猫捕鼠，可再也没见到过。只见到那家伙每日懒洋洋地晒太阳，吃饭时就蹭到饭桌下捡饭渣吃。这猫，是被我们伤了心。它捉了耗子，被我们烧吃，这行为也是"欺猫太甚"，猫从此不捕鼠，也有它的道理。

鲁迅先生在《狗·猫·鼠》里，开玩笑般地引用一外国童话里所说的狗猫相仇的原因。引用完毕，先生接着写道："日耳曼人走出森林虽然还不很久，学术文艺却已经很可观，便是书籍的装潢，玩具的工致，也无不令人心爱。独有这一篇童话却实在不漂亮；结怨也结得没有意思。猫的弓起脊梁，并不是希图冒充，故意摆架子的，其咎却在狗的自己没眼力。"

鲁迅先生所引童话里说，动物们要开大会，鸟、鱼、兽都齐集了，单缺象。大家决定派一伙计去迎接象，谁也不愿去，于是就运用了某团体分派救济金的方式：拈阄。这倒霉的阄偏被狗拈着。狗说不认识象，大众说象是驼背的，狗遇见一匹猫正在弓着脊梁，可能是因为没请它去参加动物大会而发怒吧！狗就把它请来了，大家都嗤笑狗不识象。狗猫从此相仇。

这童话里猫是很冤的。动物大会，鸟、鱼都去了，偏不请它，它如何能舒服？正在发怒弓背，巧被狗请，于是放平脊梁赴会，到会后又发现不是那么回事，它又陷进一个尴尬的泥潭里，狗与猫都是受害者，不知那动物大会的主席是谁，如果是百兽之王老虎，那虎主席就是怕见猫老师，便故意不发给猫请帖，虎怕猫把它当年逼猫上树的丑事给抖搂出来呢。矛盾的对立面是虎和猫，狗代虎受过了。

这童话真该焚烧，不知编这童话的覃哈特博士是不是"现代派"，如果是"现代派"，又写了这坏童话，那就岂止该烧书！

比较之后，还是我祖母讲的猫狗成仇的原因对头。

祖母说，很早很早以前啦，有一个人养了一条猫和一匹狗。主人是开劈柴店的，外出时，就吩咐狗和猫劈柴。狗埋头苦干，猫偷懒耍滑。主人回来，猫就蹦到主人肩头上，把劈柴之功据为己有，然后又说狗如何如何奸猾不卖力气。猫一边说一边用爪子轻轻搔着主人的耳垂——那纤细的小爪子挠着耳垂痒痒的实在是舒服——主人就痛打狗一顿，连分辩都不许。分配饮食时，主人自然就偏着猫。狗只好生闷气。第二次，狗为赎罪，更努力地劳动。主人回来，猫更快地跳到主人肩上——那纤细的小爪子挠着耳垂痒痒的实在是舒服——猫哭诉道："主人啊，主人！你不要表扬我啦！也不要嘉奖我啦！狗今天对我冷嘲热讽，我受不了啦！"主人大怒，打了狗一顿。分配饮食的时候，一丁点儿也不给狗。猫吃食时，狗蹲在一边，生着闷气挨着饿。第三次，狗干脆罢工了，猫更不干。主人回来，一看，一根柴也没劈，便气冲冲地问："怎么回事？"狗自然不吱声。主人就问猫。猫哆嗦着说："我不敢说……"主人道："你说，我给你做主！"猫哭着说："主人啊，狗今天说我拍马屁，我跟它争了两句，它张嘴就咬我，幸亏我会上树，跳到杏树上才没被它咬死。狗在树下蹲着，我不敢下来。我虽然想下来劈柴，但我怕死。主人啊，我有罪，我没能坚持工作，我错了啊！"主人这一次把狗腿都打断了，分配饮食时，一点也不给狗。猫吃饱了，就把一条剩下的鱼叼到狗面前，说："狗大哥，你把这条鱼吃了吧！"狗张开嘴，一下就把猫的脖子咬断了。主人一棍就把狗打死了。从此，狗与猫便成了仇家。

我自认为祖母的故事比覃哈特博士的童话要高明得多，这也是"外国月亮没有中国月亮圆"的一条证据。

其实，现代生活中的狗和猫看不出有什么仇。你捉你的耗子我看我的门，又无共同的异性要争夺，互不干涉，无利害冲突，能有什么仇？只有当它们一同劈柴为同一主人效劳时才可能有酿成大仇的机会。但"劈柴"毕竟是久远的往事了。没有永远的朋友，也没有永远的敌人，狗和猫也早就无宿怨了吧？猫之媚主不消说了，从"劈柴"时代就如是，可是狗的子孙们，也从被打杀的老祖宗那里吸取了教训，固然不能像猫一样跳到主人肩膀上为主人抓痒，但在主人面前摇着尾巴替主人舔去靴子上的灰尘，其媚不逊于猫。

偶尔还有猫狗死斗的情形，但这并不是狗猫之间自发的战斗，而是人的挑唆。

我家那只猫生第二窝猫的时候，已是初夏，家家户户都赊了毛茸茸的小鸡雏。放在院子里，叽叽地叫着，跑着，确实有几分可爱的样子。我家自然也赊了鸡雏。

我经常发现猫蹲在黑暗的角落里，目光炯炯地窥测着鸡雏，我把这个发现告诉了祖母，祖母对猫说："杂种，你要是敢动它们，我就扎烂你的嘴！"

猫咪呜着，好像懂了祖母的意思。

几天之后，邻居一个孙姓的老太太，我要呼之为"姑奶奶"的，拄着拐棍，骂上门来了，自然是骂猫，说有一只小鸡被我家那只该千刀万剐的瘟猫给吃了。

祖母与这孙姑奶奶不是太睦，跟着骂了几句猫。孙姑奶奶还不完，叨叨着，意思好像是要从我家这群鸡雏中捉走一只权充赔偿。祖母说："姑奶奶，畜生的事，人能管得着吗？要是我的孙子吃了你的小鸡，我这群小鸡里就任你挑走一只，这还不完，我还要拔掉他的牙！"祖母对着我挥了挥手。

孙老姑奶奶还在絮叨，意思是非要祖母赔偿她一只小鸡不可的。

祖母那群屁股上染上鲜红颜色的金黄色小鸡雏在院子里欢快地奔跑着。

猫卧在门旁一个蒲盘上，团着身体睡觉。

"反正是你家的猫吃了我的鸡……"孙老姑奶奶说。

有些愠色上了祖母的脸。她把小鸡唤到眼前，捉起一只，攥着，走到猫旁，蹲下，拍了猫一掌，问："猫，你吃小鸡吗?"猫睁开眼看着祖母。祖母把小鸡放到猫嘴边，猫闭上眼睛，把嘴扎到肚皮下，又呼呼地睡起来。小鸡雏在猫的背上蹒跚着。

祖母冷笑一声，说："姑奶奶，看到了吧? 这只猫怎么会吃你的小鸡? 你的小鸡兴许是被老耗子拖去，被黄鼠狼叼走，被野狲子吃掉啦!"

孙姑奶奶说："你家的猫当然不吃你的鸡，再说它吃了我的鸡，已经饱了。"

祖母说："'抓贼拿赃，捉奸拿双'，你说我家猫吃了你的小鸡，有什么证据?"

孙姑奶奶说："我亲眼看见!"

祖母说："我亲眼看见你吃了我家一头牛!"

孙姑奶奶气翻了白眼，捣着小脚，原地转了两圈，嘴里骂着猫，歪歪扭扭地走啦。

祖母抄起扫地笤帚，扑了猫一下子，说："你要再出去闯祸，我就打杀你。"

几天之后，又有一个人提着一只鲜血淋淋的小鸡雏骂上门来了。猫正蹲在门边，舔着胡子上的血。

祖母无法，只好捉了一只小鸡雏，换了那只死鸡雏。

祖母抄起棍子打猫，猫纵身上了梨树。

后来又接二连三地有人骂上门来，我们本是积善之家，竟因一只猫担了恶名，并不仅仅赔偿人家几只鸡罢了。我家的猫恶名满村，骂猫时，总是把我父亲的名字作为定语：××××家的猫……

祖母惶惶起来，先是以涂满辣椒的小死鸡喂猫，想借此戒掉它的恶习——祖母是用给小孩子断奶的方式——乳头上涂满辣椒，孩子受辣，便不想吃奶——来为猫戒"食鸡癖"的，但毫无效果，想那涂满辣椒的鸡不是成了一道大饭馆里才肯做的名菜"辣子鸡"了吗？人尚求食不得，拿来戒猫"食鸡癖"，无疑是火上浇油啦。

再以后，凡有人找上门，祖母便说："这原本不是俺家的猫，它赖着不走。现在俺更不管了，谁有本事谁就打死它。"再要祖母把自己的鸡雏赠给人家是万万不能啦。

这只猫作恶多端，但无人敢打杀它，是有原因的。乡村中有一种动物崇拜，如狐狸、黄鼠狼、刺猬，都被乡民敬作神明，除了极个别的只管当世不管来世的醉鬼闲汉，敢打杀这些动物食肉卖皮，正经人谁也不敢动它们的毛梢。猫比黄鼠狼之类少鬼气而多仙风，痛打可以，但要打杀一匹猫，需要非凡的勇气。这里本来还蕴藏着起码十个故事，但怕读者厌烦，就简言一个吧。

也是祖母对我说过的：从前，一个女人在案板上切肉，家养的猫伸爪偷肉，女人一刀劈去，斩断了一只猫前腿，那只猫蔫了些日子就死了。女人斩断猫腿时，正怀着孕，后来她生出一子，缺了一只胳膊，此子虽缺一臂，但极善爬树，极善捕鼠。此子乃那猫转胎而生。

这故事也不太恐怖，那缺臂的男孩也可爱，也有大用处，在这鼠害泛滥的年代，他不愁没饭碗，多半还要发大财。关于念咒语，拘出全村的老鼠到村前跳河自杀的故事，是祖母紧接着"猫转胎"的故事讲的，因与猫少牵连，只好不写了。

但我家的猫实属罪大恶极，村人皆曰该杀，可谁也不肯充当杀手，聪明者便想出高招：让狗来咬杀它。

事情发生在一个炎热的中午，柳树上的蝉发了疯一样叫着，一群人远远地围着一条健壮的大狗和我家的猫，看它们斗法。他们如何把我家的猫骗出来，又如何煽动起狗对猫的战斗热情，我一概不知道。

大狗的主人是个比我大三或二岁的男孩，乳名"大响"。据说他出生时驻军火炮营在河北边打靶，炮声终日不断，为他取名"大响"是为了纪念那个响炮的日子。

围观的不仅仅是孩子，还有青年、中年和老年，他们看到狗和猫对峙着，兴奋得直喘粗气。

那条狗叫"花"，大响连声说着："花花花，上上上，咬咬咬！"

狗颈毛直竖，龇着一口雪白的牙，绕着猫转圈，似乎有些胆怯。猫随狗转，猫眼始终对着狗眼，也是耸着颈毛，呜呜地叫着，像发怒又像恐惧。狗和猫转着磨。

众人也叫着："花花花，上上上，咬咬咬！"

狗仗人势，一低头，就扑了上去，猫凄厉地叫一声，令人周身起栗。地上一团黑影子晃动着。

狗不知何故退下来，猫身上流着血，瞅着空，蹿出圈外。

人声如浪，催着狗追猫。我忽然可怜起猫来了，毕竟它在我家住了好几年了。

猫腿已瘸，跑得不快，眼看着就要被狗赶上时，它一侧身，钻进了一个麦秸垛上的小孩子藏猫猫时掏出的洞穴里。洞穴不大，猫在里边蹲着，人在外面看得很清楚。

狗逼住洞口，人围在狗后，狗叫，人嚷，十分热闹。

狗占了一些小便宜，翘起尾巴，气焰十分高昂，在人的唆使下，它一次次往洞穴里突袭着。狗每突袭一次，猫就发出一阵惨叫。

狗又退下来，耷拉着舌头，哈嗒哈嗒喘着粗气，狗脸上沾满猫毛。

"花花花，上上上，咬咬咬!"人们吼着。

狗闭住嘴——这是狗进攻前的习惯动作——正要突袭，就见那洞穴中的猫眼里射出翠绿的火花，刺人眼痛，射到麦草上似乎窸窣有声。与此同时，猫发出令人小便失禁的瘆人叫声，狗和人都惊呆了。正呆着呢，就见那猫宛若一道黑色闪电从洞穴里射出来，射到狗头上，看不清楚猫在狗头上施什么武艺，只能看到狗全身乱晃，只能听到狗转着圈子的尖声号叫。

大响挥动木棍乱打着，也看不清是打在了狗身上还是打到了猫身上。

猫从狗头上跳起来，眼里又放着绿光，比正午的阳光还强烈，它叫着，对着人扑上来。人群两开，闪出一条大道，猫就跑走了。

惊魂甫定的人们看那狗。这条英雄好汉已经狗脸破裂，耳朵上鼻子上流着血。

狗在地上晃晃荡荡地转着圈，看热闹的人都不着一言，挂着满脸冷汗，悄悄地走散，只余下大响抱着狗哭。活该! 这就叫作: 炒熟黄豆大家吃，炸破铁锅自倒霉!

猫获大捷之后，在家休养生息，我因钦佩它的勇敢，背着祖母偷喂了它不少饭食。那时，四只小猫都长得有二十公分长了（不含尾巴），生动活泼可爱无比，它们跟我嬉戏着，老猫也不反对。

几天之后，猫养好了伤，能上街散步了，又有猫食鸡的案子报到我家来了。祖母把猫装进一条麻袋里，死死地捆扎住了麻袋口，然后，由二哥背到街上，扔到一辆去潍坊的拖拉机后斗里。祖母对拖拉机手说了半天好话，央求人家第一不要厌烦猫叫把它中途扔下；第二到了潍坊后要把麻袋左转三圈右抡三圈，把猫抡得头晕了再放它出袋，免得它记住方向跑回来；第三就是希望千万把麻袋给捎回来。祖母再三强调麻袋是借人家的，我知道这麻袋是我们自家的。

猫被扔进拖拉机后斗里，拖拉机后斗颠颠簸簸，把猫给拖到潍坊去了。

这下子好了。

村里的鸡雏们太平了。

潍坊的鸡雏该倒血霉啦。

潍坊离我们村子有多远？

三百零二十里。

失去母亲的四只小猫彻夜鸣叫，激起我的彻夜凄凉。天亮后，祖母连连叹息，说："可怜可怜真可怜，人猫是一理，这四个孤苦伶仃的小东西。"

祖母腾出一个筐子，絮上一些细草，做成了一个猫窝。又吩咐我从厢房里把四只小猫抱到家里来。

梅雨时节到了，半月雨水淋漓，连绵不断。我无法出家门，百无聊赖，便逗着四只小猫玩，用土豆糊糊喂它们。老猫已被送走半月多，那条麻袋，拖拉机手也给捎了回来。拖拉机手姓邱，四十多岁，是个"右派"，人忠实可靠。

我看着生满绿苔的房檐下明亮的雨帘，想象着笼罩田野的云雾，想象着那一片片玉米，一片片高粱，成群的青蛙癞蛤蟆，泥泞不堪的田间道路，被淋湿了羽毛的鸡擎着瘦脖子缩在树下打盹，远处传来沉闷的火车笛声。明亮的钢轨被雨水冲洗得锃亮或生满稀疏的红锈……

雨大一阵小一阵，但始终不停，屋子里也一阵晦暗一阵明亮。当晦暗时，四只小猫的八只眼睛绿绿地闪着光，好像鬼火一样。树叶沙沙响着，是风在吹，我想象着那只老猫的情景，它在那遥远的潍坊，生活得怎么样？

农村的阴雨天，无事可干，劳累日久的大人们便白天连着黑夜睡觉，雨声就是催眠曲。我逗着猫玩一阵，看一阵雨，胡思乱想一阵，瞌睡上来，伏在一条麻袋上便睡。

朦胧中看到那只猫穿越河流与道路，出没郁郁青纱帐，顶风冒雨，向家乡奔来……

一阵喧闹吵醒了我，我揉揉眼睛，我又揉揉眼睛。那只猫果真回来了。它遍身泥巴，雨湿猫毛更显得瘦骨嶙峋。四只小猫与老猫亲热成了一个蛋。

我大叫着："猫回来啦！猫回来啦！"

家里人纷纷起来，看着猫儿女与猫母亲生离死别又重逢的情景，这情景委实有点动人。祖母立刻吩咐母亲给猫备食，它吃鸡的罪恶阴影消逝，起码是在我家老幼的心里，洋溢着一片猫中英雄所创造的奇迹的辉煌光彩。

猫离家十七天，如果不走弯路，跋涉三百余华里，它是被装进暗无天日的麻袋里运走，老邱又忠实地履行了祖母"左转右抡"的嘱咐，它是靠着什么方法重返家园的呢？这个谜我始终解不开。

祖母看着急急进食的猫，感叹道："猫老多啦！"

多年来，我一直珍藏着对这只猫的敬佩，一直认为这只猫创造了猫国的奇迹，并一直存着写篇文章歌颂这只猫的这段光荣的念头。但偶然翻阅今年的《参考消息》，看到一则题为《一只猫孤身穿越日本》的珍闻，方知天外有天，人外有人，猫外更有猫。抄录珍闻如下：

日本《朝日新闻》三月三十一日报道：一只母猫为了寻找她的家，从东往西穿越日本，走了三百七十公里的惊险旅程，花了一年七个月的时间。

这只五岁的母猫名叫米基，一九八四年八月随主人乘火车到须知夫人的故乡旅行。她被装在一个纸盒子里随主人从东到西通过了整个日本，即从太平洋沿岸的平冢到日本海岸的糸鱼川。

但是到达目的地后不久，这只猫就跑掉了，须知一家只好返回。从此，这只猫就"失踪了"。直到一九八六年二月九日，猫的主人在花园里发现了这个小家伙，可是她已经变瘦了，尾巴上的毛也被拔掉了，耳朵也被弄破了，但它仍安然无恙。

有关方面为了表彰她的功绩，特授予她"模范猫奖"，即免费供给她一年多的食物。

东京动物园的一位兽医说，这只猫创造了令人难以想象的奇迹，因为家猫的活动半径只有二百米至五百米。

初读此文，我不免沮丧。好像不但人间奇迹多由外国人创造，连猫间奇迹也是外国猫创造得多。读过之后一想，我不沮丧了。数据最能说明问题：

猫别	跋涉路程	跋涉时间	日均跋涉路程（≈）
中国猫	320 华里	17 日	18.82353 华里
日本猫	740 华里	575 日	1.28696 华里

简直不可同日而语！

这又是一个"外国月亮不如中国月亮圆"的铁证。

日本猫得了"模范猫奖"，我家那只猫因为得不到足够的饲料，重犯偷食鸡雏的毛病，竟被当场捉获，可能是它恶贯满盈的报应，也可能是因长途跋涉健康状况大不如前。它万不该偷鸡偷到大响家去，独眼狗协助大响把它擒住，也应了"冤家路窄"的话。

大响把猫拉到河滩上去，只一镰，就把猫头削落黄沙。

我为此难过了好久。

大响斩猫之后，日子很不好过。村里那些恨猫的人，这时却把同情赐给了猫。有关猫的神话鬼话流传很盛，人们见了大响，都换了一种眼光，好像大响不日就要遭到天谴或被猫鬼所祟。

大响却始终安然无恙。去年我探家时，听说他成了"灭鼠养猫专业户"，这真是天下之大无奇不有，故乡人丰富的想象力由此可见一斑。我带着满肚皮兴趣去找他，"铁将军把门"，他不在，邻人说他赶集卖猫去了。三只大猫在他家墙上徘徊着，满院子猫叫。几天后我见到了他，发现他已成了一个"通仙入魔"的奇人，奇人须有奇文，愿家猫在地之灵佑我佐我，赐我成就奇文的奇思妙想。

文章本已写完，忽然想到北京土语"猫儿腻"，我总认为这话与"猫盖屎"的行为有关系。我亲眼见过猫盖屎，也就是拉过屎后用后爪子象征性地蹬点土盖盖，并不真正盖得不露一点痕迹。我在农村锄地时，锄一盖二，队长批评我："你这是'猫盖屎'！糊弄谁呀！"

"猫盖屎"——"猫盖腻"——"猫儿腻"。

（1987 年 5 月）

一匹倒挂在杏树上的狼

　　元朝的时候，我们那地方荒无人烟，树林茂密，野兽很多，有狼有豹有猞猁，据说还有一窝老虎。明朝的时候，朱元璋下令往这里移民，还把一些犯了错误的人撵来。这里人烟渐多，树林被砍伐，土地被开垦，野兽的地盘渐渐缩小。到了清朝初年，我们这地方就成了比较富庶之乡，树林更少了，野兽自然更少。到了清末民初，德国人在这里修建铁路，树木被砍伐净尽，野兽彻底地丧失了藏身之地，只好眼含着热泪，背井离乡，迁移到东北大森林里去了。到了近代，国家忘了控制人口，使这里人满为患，一个个村庄，像雨后的毒蘑菇，拥拥挤挤地冒出来，千里大平原上，全是人的地盘，野兽绝迹，别说狼虎，连野兔子都不大容易看见了。大人吓唬小孩子时虽然还说"狼来了"，但小孩子并不害怕。狼是什么？什么是狼？大孩子在连环画上也许还看到过，小孩子脑子里就一团模糊了。在这样的背景下，突然有一匹狼，深更半夜里，进入了我们的村庄。

　　我们看到它的时候，它已经被拴住一条后腿，吊在杏树的枝杈上。杏树生长在我们的同学许宝家的院子里，树冠庞大，满身疤瘤，是棵老树。我们曾经蹲在树枝上吃过杏子。现在，狼被挂在我们蹲过的树杈上。今年的杏花已经落了，鹅黄色的叶片间，密集地生长着毛茸茸的小杏。

听到狼的消息时，我正在去学校的路上。同学苏维埃从学校的方向迎着我狂奔而来。我拦住他问：

"苏维埃，你跑什么？是不是你的娘死了？"

"你娘才死了呢！"苏维埃气喘吁吁地说，"你这傻瓜，还到学校去干什么？"

"上学呀，难道今天不上学了？"

"还上什么学呀！"他说，"都到许宝家看狼去了，都去了。"

苏维埃不再跟我废话，朝着许宝家的方向跑去。苏维埃是个很不诚实的孩子，他曾经对我们说：快快快，快去生产队的饲养室里看看吧，那头蒙古母牛生了一个妖怪，有两条尾巴五条腿！我们一窝蜂窜到饲养室，才知道是个骗局。耽误了上课，老师把我们训了一顿。我们对老师重复了苏维埃的谎言，老师揪着他的耳朵把他拖到门外罚站。我们在教室里听老师讲枯燥的算术，他在门外对着我们扮鬼脸。我追着他的背影喊："苏维埃，你又在撒谎！"

"爱信不信！"他不回头，一边喊着，一边朝着许宝家方向跑去。

我还在犹豫不定，就看到一大群人，从我们学校的方向跑过来了。人群中有老师，有学生，还有村子里的干部。

"你们这是干啥去？"我问。

我们班的体育委员王金美推了我一把，说："走走走，看狼去！"

她长了两条仙鹤腿，跑得快，跳得高，连男生都不是她的对手。我紧跟着她跑起来。她的步伐很大，她跨一步我要跑两步。她很友好地伸出一只手拉着我的手，我紧挪小腿跟着她蹿，就像骏马尾巴后的一头笨驴。

我和王金美是许宝的好朋友。我们三个之所以能成为好朋友是因为我们都喜欢看小人书。我有一整套的《三国演义》连环画。王金美有一整套的《铁道游击队》连环画。许宝什么书都没有，但他会刻图章，还会讲一些令人胆寒的鬼怪故事。许宝少年老成，额头上有抬头纹，咳嗽起来活像老头。看熟了《三国演义》，他额头上的皱纹更深，整天说一些老谋深算的话，我们不高兴他这样，就骂他：许宝，不许冒充诸葛亮。我和王金美叫他老许，他听了很喜欢。每逢星期天，我们就坐在他家的杏树杈上，或是看那两套看了几百遍的连环画，或是听他讲鬼故事。许宝的爹死了，许宝和他娘一起过日子。我们认识许宝的娘，许宝的娘也认识我们。我们认识许宝家房檐下那两只燕子，那两只燕子也认识我们。我们坐在杏树杈上看书入迷时，那两只燕子就蹲在院子里晒衣服的铁丝上看着我们。我们还认识经常到许宝家来玩的小炉匠章球。章球脸色靛青，外号"古巴人"，也有叫他章古巴的。他阅历丰富，闯过关东，有一手锔锅锔盆的好活，据说能把电灯泡从里边锔起来。我们坐在杏树杈上，可以看到他坐在许宝家的炕沿上跟许宝的娘说话。

等我们跑到许宝家的土墙外边时，院子里已经挤满了人。后来的人还想挤进去，两扇不坚固的大门吱吱嘎嘎响着，连那个小门楼子也在摇晃。院子里一片乱哄哄的议论声，听不清楚人们说了些什么，只听到许宝大声喊叫："都走吧，都走！有什么好看的？真是的。想看就回家等着去吧，没准今天夜里狼就到你家去！"

听到了老朋友的声音，我们兴奋地大喊：

"老许！老许！"

"老许！老许！"

老许不回答我们，我们听到他在院子里大声地骂人：

"滚滚滚，都滚，把我们家的大门挤破了！"

王金美发挥了她的体育特长，伸手抓住土墙头，一蹿，就上去了。

我也跟着往上蹿，上不去，着急。老王，拉我一把！真笨！还是个男的呢！她伸手把我拽上去。墙外的人受到我们的启发，跟着跳墙，许宝举着一把竹扫帚，挤到墙根，对着墙头上的人连戳带骂：

"混蛋！下去！下去！"

除了我们之外，爬上墙头的人都被许宝给戳了下去。

"老许。"

"老许。"

"还老许什么？"他把我们拉下墙头，说，"你们带了坏头，把我家的墙头草都给毁了！"

"对不起，老许。"

"对不起，老许。"

"别客气了，跟我来吧。"

我们跟着老许，向杏树下挤去。

"闪开，闪开！"老许头前开路，用扫帚把子粗鲁地戳着人们的腰和屁股，"闪开，闪开！"

我们挤到杏树下，眼睛一亮，见到了这匹神秘的狼。

我们看到它时，它已经被拴住一条后腿倒挂在杏树的杈子上。它的头和我的脸在同一条水平线上，后边的人一拥挤，我的鼻尖就触到狼的额头。我从它的头上，嗅到了一股烟熏火燎过的气味。它的身体约有一米多长。全身的毛都是灰突突的。那条被拴住的后腿承受着它全身的重量，显得特别细长。它的尾巴与那条没被拴住的后腿委屈地顺在一起往下耷拉着，尾巴根子正好遮住了它的屁眼，使我们一时也分不清它是公还是母。奇怪的是它的尾巴只剩下半截，根儿齐齐的，散着一撮长毛，好像是被人用铁锹铲掉的，或是让人用菜刀剁掉的。这是一匹瘦骨嶙峋的狼，肚子两边肋条凸现，肚子瘪瘪的，看样子胃里没有一点食。当然，它被挂在树上时已经是条死狼，否则我怎么敢与它面对面呢？

后边的人拼命往前挤，像浪潮一样。我的头先是撞到狼的头上，然后和狼的头一起被挤到杏树的老树干上。狼头坚硬，宛如钢铁。王金美的脸和狼的肚子贴在一起，弄了她一嘴狼毛。狼正褪毛，轻轻一捏，便成撮脱落。王金美噼噼地吐着狼毛，大声喊：

"挤什么，挤什么？"

老许推了我一把，说："伙计，咱们上树吧！"

我们三个轻车熟路，爬上杏树的枝杈，坐在习惯的位置上，轻松地舒了一口气。我们居高临下地看着倒吊的狼和拥拥挤挤的看狼的人。当然也有人满怀醋意地看着我们。苏维埃在人堆里踮着脚尖大喊："老许，让我也上树吧！"

"想上树？"老许轻蔑地说，"那要绑住你一条腿，把你吊起来！"

众人哈哈大笑起来。人们能看到狼的就看狼，看不到狼的就仰起脸来看我们。有的人还趴在许宝家窗台上往屋子里望着，好像要窥探什么秘密。在人群里，我突然看到了班主任老师陈增寿，他个头很高，脖子特长，三角脸上生满了粉刺。看到他时我的心里不由得咯噔了一下。他的严厉在我们学校是有名的，无论多么调皮捣蛋的学生，到了他的班里都变得服服帖帖。这家伙像驯兽师一样，掌握着一套驯服野学生的方法。我们私下里送给他的外号也叫"狼"。

我低声对老许说："坏了，'狼'来了。"

"我已经有了对付狼的经验，我已经根本就不怕狼了！"老许大声地说，好像故意要让狼听到似的。

"许宝，给大家说说，到底是怎么一回事？""狼"在人群里举起一只手，对着树上的我们摇了摇。

树下的人们困难地扭回脖子，看看陈增寿，然后又举目看树上，七嘴八舌地说："对对对，许宝，快给我们说说。"

许宝好像还嫌不够高似的，手扶着树杈站起来。他起身太猛，头碰到上边的树杈，杏树的枝叶嗦嗦地抖，十几颗缺乏营养的小毛杏像雨点似的落在地上。我看到许宝布满小疤的腿在打哆嗦。树下的人说："坐下说，坐下说，我们能看见你。"于是他就坐回了原处。

他清了一下嗓子，说：

"昨天夜里，我在东间屋里给王金美刻图章，从窗户外边刮来一阵风，把油灯刮灭了。我划着火把灯点燃，这时，俺娘在西屋里说：'宝儿，这么晚了，还点灯熬油的干什么？''给同学刻图章呢。''火油五毛三一斤呢，快睡吧！'俺爹死得早，俺娘一个人把我拉扯大不容易，我不敢惹她生气，就吹灭灯，爬到炕上睡了。我刚要睡着，就听到俺娘在西屋里大叫一声。我没顾得上穿衣服就跑了过去。'娘，怎么啦？''宝儿宝儿快点灯！'我划火点上灯，看到俺娘围着被子坐在炕上，脸色像黄杏子似的。'娘，怎么啦！'俺娘把头往墙上一靠，'哎呀，吓死我了……''什么呀，娘？''你赶快端着灯，炕前锅后地照照，看看有什么东西。'我端着灯，炕前锅后地照了照，什么也没有。'照了，什么都没有。'娘着急地说：'肯定有东西，有个毛茸茸的大东西，压在我身上，还用大舌头舔我的脸呢！'我端着灯更仔细地把墙角旮旯都照了，什么都没有。'您肯定是做了噩梦。''我还没睡着呢，做什么噩梦？'娘伸手摸摸脸，'你试试，我的脸上还黏糊糊的呢！''那肯定是您睡着了流出来的口水。''放屁拉臊，我会流出这样的口水？'

"我回到东间里，看着月光很明地从窗棂间射进来，心里想着那个用大舌头舔俺娘脸的毛茸茸的大东西，迷迷糊糊地睡着了。这时，俺娘又发出一声尖叫，比刚才那一声还要可怕，我顾不上穿衣服就跳下炕，跑到西间房里。俺娘哭着说：'宝儿宝儿，快快点灯……'我慌忙点着灯，看到俺娘用手捂着后脑勺子说：'痛死我啦……痛死我啦……'我拉开俺娘的手，把灯凑近俺娘的头，一看，不得了了！俺娘的后脑勺子上，有四个像豌豆粒那么大的洞，上边两个，下边两个，洞里流出了黑血，看样子很深。俺娘将身体缩到炕角上，吓得浑身打哆嗦。俺娘打着哆嗦说：'宝儿，一个大东西，一个毛茸茸的大东西……我说有毛茸茸的大东西，你非说没有东西……'俺娘被吓坏了，我心里也怕得要命，但是我一想，我是男人，如果我也怕了，那谁来保护俺娘呢？'娘，您别害怕，我给您报仇！'我从房门上抽下门闩，紧握在右手里。我左手端着油灯，右手举着门闩，在屋子里搜索着。我搜遍了三间房子的每个角落，连墙角上的老鼠洞都伸进门闩去戳了，还是什么都没有。堂屋的门是闩着的，即便是真有一个毛茸茸的大东西，它也只能在屋子里，可屋子里什么也没有。'娘，什么也没有。''有，一个大东西，毛茸茸的，嘴巴里湿漉漉的一股臭气……'我心里纳闷，看来屋子里有个毛茸茸的大东西是肯定的了，有俺娘后脑勺子上的四个黑洞为证，但是这个毛茸茸的大东西到底能藏到什么地方呢？我心里怕极了，不管它是什么样的大东西，如果我能看到它，我心里的怕还不会这样大，可怕的是我看不到它，但它又确实存在着。'狗东西，'我大声喊叫着，'我不怕你，我就是挖地三尺也要把你个狗东西挖出来！'俺娘缩在炕角上说：'不是狗，不是狗！'我端着灯，在屋子里大声叫骂着来来回回地走着，看样子我很野，其实我是靠这样子给自己壮胆呢，因为我听章古巴大叔说过，无论什么样子的猛兽，说到底还是怕人，如果你自己先草鸡了，它就扑上来把你吃了，如果你不怕，硬对着它走过去，它就灰溜溜地跑了……"

我和王金美交换了一下眼神。对，章古巴大叔的确这样说过，而且是当着我们三个人的面说的。那是在去年杏子黄熟的时候，我们三个蹲在树杈上吃杏子，章古巴大叔坐在树下抽烟，许宝的娘蹲在一块捶布石前，用一根紫红色的棒槌捶打着一块白布。远处传来布谷鸟持续不止的叫声：咕咕咕咕，咕咕咕咕；近处是许宝娘的不紧不慢的捶布声：嘭——嘭——嘭，嘭——嘭——嘭——。空气里满是麦子花的清香气，混合进杏子的香甜和烟草的辛辣。章古巴大叔仰脸看着我们说：这三个孩子，处得真是义气。许宝娘说：俺宝儿孤儿一个，没有朋友怎么行？所以我再穷，这棵树上的杏子一个也不去卖，让孩子们吃。这两个孩子长大了，没准就是俺宝儿的左膀右臂。章古巴仰脸看看我们，坚定地说：我信！就是那天章古巴大叔给我们讲了许多东北大森林的故事，也给我们讲了人跟野兽的关系，还给我们讲了狼的故事。古巴大叔说，狼虽凶恶，但全身都是宝，即便在关东，谁要能得到一匹狼，也要发笔不大不小的财。许宝问：在我们这儿，谁要得到一匹狼，那会怎样？古巴大叔仰脸望着杏树上的许宝，说：小子，在我们这儿，谁要得一匹狼，那就要发大财，出大名！许宝说：老天爷，那就让我得到一匹狼吧！古巴大叔说：只怕狼真的来了，吓得尿了你的裤子！狼是什么？狼是山神爷爷的看家狗！那可不是闹着玩的。许大娘训斥许宝道：宝儿，往后不许说这些疯话！古巴大叔道：不要紧，不要紧，其实，狼真要到了平原，也就变成了狗。但说到底狼还不是狗。狗啥都不是，狼全身是宝，就连狼粪，也是好宝。古人在烽火台上点火报警，必用狼粪。狼粪燃烧时冒出的烟是笔直的，像松树一样，八级风都吹不散。古书上说"狼烟四起"，说的就是用狼粪点火冒出的烟……

"我实在是有点累了，就把灯挂在门框上，一屁股坐在了门槛上。这时候，我的目光一斜，天哪！有两只绿油油的眼睛，在黑洞洞的锅灶里闪烁着。我不由得大叫一声：'娘，我看到了！'我举起门闩，在锅灶口挥舞着，嘴里呀呀地叫唤着。这时，俺娘也从炕上跳下来，问：'在哪里？在哪里？''在锅灶里！'俺娘搬过一块面板，堵住了锅灶口，还用身体死死地顶住面板，生怕这东西跑出来。'怎么办？宝儿？'我想起了《三国演义》，诸葛亮动不动就用火攻，点火，放烟，烧不死也熏死了。'火攻，火攻！'我点燃了一个草捆，让火燃得很旺了，然后让俺娘把面板猛地撤了，我把熊熊烧的草捆猛地戳进了锅灶。

"我找到那根俺娘用来捶布的大棒槌攥在手里，在灶门口等待着，只要它敢往外钻，我就一棒槌砸破它的脑袋。俺娘忍着头上的痛，不停地往锅灶里续草，让灶中的火一刻也不熄灭。我听章古巴大叔说过，野兽最害怕的就是火，不但狼怕，连老虎也怕。屋子里的柴草烧完了，俺娘就跑到院子里往屋里搬草。烧着烧着，锅上的盖垫突然冒起了白烟，一掀锅盖，发现锅已经红了。我们光顾着火，竟忘了往锅里添水。我从水缸里舀了一瓢水倒进锅里，只听得嗞啦啦一阵怪响，一股白气直冲到房顶上去，把壁虎都冲了下来，掉到锅里烫死了。紧接着就听到锅里一声爆响，我家的铁锅爆炸了。俺娘哭起来，'宝儿，锅炸了，咱娘儿两个用什么煮饭吃呀……'我心中充满了对这东西的愤怒，那时候我还不知道它是一匹狼。我说：'娘，咱豁出去吧，反正锅已经炸了，咱不能让这个狗东西好过，烤不死它咱也要用烟呛死它。'娘同意了我的意见。我们娘儿俩把一垛棉花柴都烧光了，积存的草木灰把锅灶里塞得满满的。我们把半年的柴草都烧光了，把那个烤糊了的破盖垫也踩碎了塞进锅灶。我们的锅也烧化了，满屋子烟气腾腾，呛得人喘不上气来。我说：'娘，差不多了。'娘拿起一把破扇子，使劲往锅灶里扇着风，没烧透的草梗燃起青白的火苗，我知道这种蓝白火热度特别高，这也是章古巴大叔告诉过我的。后来草梗也燃完了，我端起一张铁锨，猛地往锅灶里铲去。锨刃铲到灶底上，一股热灰从灶口飞出来。这东西不在锅灶里了。我说，娘，这个狗东西钻到炕洞里去了，而且百分之百是让烟给熏死了。娘说，你怎么知道它熏死了？万一熏不死呢？我说保证熏死了，我天天研究《三国演义》，知道这火攻的厉害。

"我用面板堵住灶门，板外又顶上一块捶布石。院子里的风刮进我家，感到特别清凉，我家像个刚刚停火的大砖窑，堂屋里热，西间屋里也很热。我娘的炕就像热鏊子似的，完全可以在炕上烙饼。炕上的苇席变成了黄色，炕席下的垫草也焦糊了。我说娘您伸手摸摸您的炕，有多么热，那东西即便是铜头铁腿也活不了了。我说娘您到院子里凉快一会儿，我来揭开炕洞看看这东西到底是个什么东西。俺娘还是不放心，她握着一把菜刀守在锅灶旁，万一那东西像孙悟空似的，掌握了避烟避火法，昏头昏脑地往外蹿，俺娘就会给它一菜刀。我搬走俺娘的铺盖，揭了炕席，抱走了铺草，铺草都酥了，一动就碎成粉末。我找了一把二齿钩子，把炕面上的泥刨去，掀开了土坯。一股子呛鼻的烟气直冲屋脊。俺娘攥着菜刀，双腿直打哆嗦。我掀开一块土坯，看不到那东西；又掀起一块土坯，还看不到那东西；我心里扑通扑通乱打鼓，见了鬼了吗？难道这东西变青烟从烟囱里飞走了吗？又掀开一块土坯，我看到这东西的尾巴了。举起二齿钩子等待着，只要它一动，我就给它一下子，决不客气。但是它一动不动，用二齿钩子捣它也不动，我才知道它已经死了。我说，娘，它已经死了。俺娘攥着菜刀，晃晃悠悠地进来，问：'在哪里？在哪里？'我伸手扯住它的尾巴，把它往外拽了拽。俺娘一看到它，叫唤了一声，双腿一罗锅，就坐在了炕前地上。待了一会儿，俺娘问我：'宝儿，这是个啥东西？'我想了想，说：'娘，我看它是一匹狼……'"

老许说完了打狼经过，一时没有人说话。众人的眼睛一会儿盯着杏树，一会儿又下移到狼身上。老许真不简单，与咬人的恶狼斗智斗勇，最后取得了胜利。我感到他一夜之间变成了大人，跟我们拉开了距离。

"许宝，你是一个勇敢的少年，我回去一定要把你勇斗恶狼的英雄事迹往上汇报，你自己要有点思想准备。"我们的班主任陈增寿说，"许宝可以在家休息，其余的人回去上课。"

陈老师往外挤去，有一些听话的好学生跟随着他往外挤。我看看王金美，看到她正在看许宝，我也看着许宝。

许宝说："你们别走，咱们不是早就说好了吗？'不能同年同月同日生，但愿同年同月同日死'吗？"

"我们不走，老许，"王金美说，"我们要好好陪着你。"

这时杏树下有人问："许宝，光听你一个人吹，你娘呢？"

"俺娘到章古巴大叔家治伤去了。"

"是啊，"那人说，"你娘的伤，也只有章古巴能治好……"

"俺娘来了！"许宝激动地说，"俺娘和章古巴大叔一起来了！"

我们的目光越过土墙，果然看到许宝的娘与章古巴一起，从那条弯弯曲曲的小胡同里走出来。

许宝的娘是个白脸长身的中年妇人，因为头痛，双眉之间捏出一个紫红的印子，长年不褪，好像点了一个大胭脂。她说起话来细声细气，对我们态度和蔼，我们叫她许大娘。

章古巴大叔的牙其实并不很白，但由于黑得发青的脸色，他的牙看起来就特别白。

章古巴大叔与许大娘站在一起，对比鲜明，黑的更黑，白的更白。

众人主动地让开了一条道路，让他们很顺利地来到了杏树下。

"娘。"

"许大娘。"

"许大娘。"

"你们这些孩子，怎么又上了树？"许大娘仰脸看看我们，幽幽地说。

她双眉间的紫印像一块葡萄皮，两腮上有一些红晕，好像喝了酒。

有一个女人问："许大婶，咬得重吗？"

她叹了一口气，眼睛里汪着泪水，说："连狼也欺负我们孤儿寡母……"

"许大婶，让我们看看您的伤。"

"娘，给她们看看，她们还以为我在撒谎呢！"

"这难道还是件光荣的事？"许大娘抬头看看树上的我们，又转身看着院子里的人们，"要不是我们宝儿胆大，我就被这个狗东西给祸害了……"

她掀起脑后的发髻，现出了那片伤痕。那儿原本有四个深深的牙印，但此刻那四个牙印被一些黑乎乎的膏状物覆盖了。

"痛吗？"

"痛得我，说句丢人的话，痛得我放声大哭，大汗淋漓，衣服就像放在水里泡过似的……多亏了他章大叔的药，这药一抹上，就感到一阵清凉，虽然还是痛，但比不抹药时轻多了……"

"章古巴，你弄的是什么灵丹妙药？"

"告诉你，告诉你我的饭碗不就打破了吗！"章古巴笑嘻嘻地说，"这是祖传秘方，你如果想知道，就跪下磕头拜师吧！"

章古巴大叔从腰里摸出一把剪刀，一个小布口袋。他用剪刀仔细地剪下狼身上的毛，一撮一撮地放在小口袋里。

"老章，你剪狼毛干什么？"

"按说我不该告诉你这尖嘴猴腮的货，但是我不能不告诉乡亲们，"章古巴扫了众人一眼，大声说，"乡亲们，宝儿娘去找我时，痛得呜呜地哭，像个小孩子似的，我拿出药给她抹上，是个什么效果，我不说，让她自己说，我看她也不用说了，事实就在眼前明摆着。这药，还是我闯关东时合成的，这十几年来，咱这周围十几个村子里，被狗咬了的，被猫抓了的，都到我那儿去讨药，都是药到痛止。这药我只剩下一个壶底子了，寻思着再也不能用我的药给乡亲们服务了。但天赐良机，药源来了！药源是什么？"他剪下一撮狼毛举起来，说，"药源就是这狼毛！乡亲们，亲不亲，一乡人，今日个我就把这秘方毫无保留地贡献给大家，也为我自己积点阴德。把一两狼毛烧成灰，用一两蜂蜜、二两香油，搅拌在一起。要用新竹筷子搅，左搅三百六十圈，右搅三百六十圈，再左搅三百六十圈，再右搅三百六十圈，一直搅到用筷子一挑，能拉出像蛛网一样的透明细丝，然后装进不透明的瓶子里，放到阴凉处就行了。乡亲们，我这秘方，要是卖给医院，怎么着也得卖个三百五百的，今天我把它无偿地贡献给大家了！"

章古巴剪了一小袋狼毛，对许大娘说："别说咱这大平原地区，现在，就是东北大森林地区，要弄匹狼也不是件容易的事情。我剪你这口袋狼毛就算我给你治伤的报酬了，剩下的狼毛，我看你把它剪下来，合成药卖给医院，没准能让你们娘儿两个发点小财。"

"卖药的不积德，积德的不卖药，"许大娘说，"乡亲们，你们谁想合药，就过来剪狼毛吧！"

"宝儿娘，"章古巴说，"您这觉悟，真是没说的！乡亲们，谁要狼毛？俺老章今日为大家服务！"

"俺要一点！"

"给俺剪点！"

"俺也来点！"

……

咔嚓，咔嚓，咔嚓……

一撮，一撮，一撮……

狼身上的毛被剪得乱七八糟，显得更加瘦弱，从上边往下看，如果不知道它是一匹狼，一定会把它看成一条可怜巴巴的癞皮狗。

一个抱着小孩子的年轻妇女挤到前面来，要了一撮狼毛。她怀里那个拖着两道黄鼻涕、正在咿呀学语的小男孩伸出一根胖嘟嘟的手指，指着倒吊在树上的狼，含含糊糊地说："狗……狗……"

章古巴大叔停住剪狼毛的剪刀，目光炯炯地盯着那个小男孩。男孩的娘显得很不好意思，拍了一把男孩的屁股，说："傻孩子，这不是狗，这是狼！"

男孩把嘴里的手指拿出来，流着哈喇子，指着倒挂在杏树上的狼，说："狗……狗……"

男孩的娘羞得满脸通红，不好意思地看着章古巴，再看看许大娘。

章古巴叹口气，把一撮狼毛塞给那个年轻的妇女，说："别说一个吃奶的孩子，这满院子的大人，除了我以外，谁又见过狼呢？"

"章球，你给我们讲讲狼和狗的区别吧，经这孩子一说，我也看着这东西像条狗。"白胡子赵大爷拄着拐棍，颤颤巍巍地说。

"小孩子把狼看成狗，是情有可原的，可您经多见广的赵大爷把狼看成狗，就丢了眼力见儿了！"章古巴盯着发问的老汉，说，"要说狼不像狗，那是不可能的，因为狗的祖先就是狼。但狗和狼还是有明显的区别的，稍微有点见识，就能分辨出来。"他用剪刀敲敲狼的脑壳，发出嘭嘭的响声，"听到了吗？像敲小鼓似的，你们自己去打一个狗脑壳敲敲，听听能不能发出这样的响声？为什么？狼是铜头麻秆腰！"他把剪刀揣进怀里，搬起狼头，让狼的脸朝向众人，"好好看看，狗脸是什么样子？狗脸是那样的，可狼脸是这样的！"他用手掰开狼嘴，狼龇出两排雪白的牙，"看到了吧？狼牙是这样的，可狗牙是那样的！"他扯起一只狼耳朵，说："狗耳朵是耷拉着，狼耳朵是支棱的！"他扒开一只狼眼，"狼眼是绿的，狗眼呢？狗眼是什么颜色？谁能说出狗眼是什么颜色？"他抬头看看我们，问："你们三个大学生，能说出狗眼的颜色吧？"

我和王金美看着老许，听得老许低声说，黄色，于是我们就像回答老师提问一样，大声回答：

"黄色！"

"对极了，狗眼是黄色的！"章古巴大叔高兴地说，"现在，我相信大家都能分辨出狼与狗的区别了。"他猛地放下狼头，还用力推了它一把，让它的身体在杏树下悠荡着。

"章大叔，"一个满脸雀斑的小青年挤到前面来，用手指指狼尾巴，问，"俺有点闹不明白，您说它是一匹狼，俺看着它也像匹狼，可它的半截尾巴是怎么回事？"

"你问这个呀，"章大叔用手拨弄了一下狼的半截粗大尾巴，说，"这的确是个问题，但如果你知道了狼尾巴的功能，这个问题也就不成为一个问题了。"他环顾四周，看到众人焦渴的目光，得意地说："我这辈子，最有价值的是东北十年，其余的都是白混日子。在东北，狼不叫狼，你们知道在东北狼叫什么？"

我们在杏树上大喊："章三！"

"对，狼在东北叫'章三'，为什么把狼叫'章三'，这个问题比较复杂，我在东北问好些个白胡子老头，请教为什么把狼叫成'章三'，他们说祖祖辈辈都是这么个叫法，为什么他们也不清楚。到东北的头一年，我在孙家大院里当马夫，睡到深更半夜里，听到圈里的猪吱吱地怪叫，与我睡在一起的车喝子马大叔一骨碌爬起来，对我说：'小章小章，快快起来，章三来偷猪了！'我急毛火三地披上棉袄，提着一把铁锨，跟着马大叔就往掌柜家的猪圈那儿跑。马大叔提着他的红缨大鞭子跑在前，我提着铁锨跟在后。那天晚上，不是十五就是十六，月亮像个明晃晃的大银盘，挂在半天空，照着地上的雪，亮堂堂耀眼明，就像大镜子似的，连雪上的老鼠脚印都看得清清楚楚。我们大老远就看到一个章三，用嘴咬着孙大爷家那头白色的大肥猪的耳朵，用那条大扫帚一样的粗尾巴，啪啪啪地抽打着肥猪的屁股。那头大肥猪没命地叫着，吱吱吱，吱吱吱，一边叫着一边跟着章三往桦木林子里跑。那情景真是好看极了。大月亮明晃晃地照着白雪，章三的大尾巴啪啪啪地抽打着猪腚，卷起一阵阵雪粉……好看极了，真是好看极了……我看到这情景就呆了，马大叔抽了一鞭，没打着章三，打在了猪腚上，这等于帮了章三的忙。马大叔说：'小章，你还傻愣着干什么？上啊！'我提着铁锨冲上去，对准了章三的尾巴就是一家伙！"

众人都喘了一口粗气，仿佛亲眼看到了章古巴铲断狼尾巴、救出大肥猪的情景。

"现在，你明白了它为什么只有半截尾巴了吧？"章古巴对那个雀斑脸青年说。

雀斑脸青年点点头，因为兴奋，他的脸皮发红，好像一个布满斑点的红皮鸡蛋。"可是，"他仿佛害羞似的喃喃着，"咱这地方离长白山好几千里，它为什么要到这里来？它又是怎么样来到了这里？"

众人都齐声附和着雀斑青年，并把充满期待的目光投射到章古巴的脸上。

"这个问题嘛……"他拖长了声音，好像被这个问题逼到了绝境，但马上他就提高了声音，焕发了精神，"这个问题看起来是个问题，其实也算不上一个问题。实话对你们说吧——这匹狼是来找我报仇的。"

他的话仿佛是一撮盐，投进了沸腾的油锅，人们的口里发出了各种各样的声音。他举起一只手，像一个权威很大的演说者，制止了人们的七嘴八舌。

"你们应该看得出，"他用屈起的中指与食指的关节，敲了敲狼的头，说，"这是匹老狼，两眼昏花，尾巴上的毛都发了白。它起码有了三十岁。狼的三十岁，就是人的八十岁。这是匹公狼，一匹三十岁的老公狼，就相当于一个八十岁的老头。章三，老伙计，我以为逃回家乡，就把你摆脱了，没想到时隔十多年，你又千里迢迢地追寻了来……"

"老章，您的意思是说，这匹狼就是当年那匹被您铲断了尾巴的章三？"

"尽管我不愿意承认，但我也必须承认，我不承认就对不起这匹狼，我不承认就埋没了这匹狼的光荣……"他满脸都是激动不安的表情，眼泪汪汪地说，"其实，我一进院子就认出了它。这个魔鬼，实在是太可怕了，实在是太可敬了，十几年里你让我做了多少噩梦，从今之后我可以安眠了……"

接下来，章古巴大叔绘声绘色地向我们讲述了这匹断尾巴狼的故事，听得我们如醉如痴。

他说，自从铲断狼尾之后，坏运气就跟他结了不解之缘。先是他的鹿皮靴子被嚼得烂碎，然后是马车上的皮绳被全部咬断，最后，那匹被孙大爷视为宝贝的大青马青天大白日被咬断了喉咙。掌柜的生了气，撵了他的佃户。他说，我背着铺盖卷，走到树林子里，大声喊叫着：章三，你这个狗杂种！你有种就出来，老子跟你拼个你死我活，人暗中使坏不是好人，狼暗中使坏也不是好狼！山林里寂静无声，只有风吹着树叶子哗啦啦响。我知道章三就在树林子里藏着，我的话它全部听到，并且全部听懂，但是它不露头。我背着铺盖往前走，这里待不下去了，只能到别的地方去找饭吃。掌柜的还算仁义，给了我三十块钱，算是我半年的工钱，按说我给人家糟蹋了一头大青马，人家一分钱不给也是应该的。我沿着林间小道向三叉子林场走去，听说林场正在招伐木工人，那时候我还没有小炉匠的手艺，只能靠卖大力吃饭。走在林间小路上，我的心里毛毛的，总感到后边有脚步声，可回头看看，什么都没有。走着走着，忽听到树林子里扑棱棱一阵响，吓得我三魂丢了两魂半，定睛一看，原来是一群野鸡在打架。我擦了把冷汗，继续往前走。树林子里的小鸟叽叽喳喳地叫着，一片和平景象，我的心里渐渐放松了。走到一处山泉时，我感到口渴，正想停下来喝点水，就看到在前面十几步远的地方，断尾巴狼蹲在那里满脸冷笑地看着我。我倒退着，退到一棵大松树旁边，扔掉铺盖卷儿就往树上爬，断尾巴狼飞扑过来，猛地往上一蹿，差一点就咬着了我的腿肚子。等它再一次上蹿时，我已经爬到了它够不着的地方。我蹭蹭地往上爬，一直爬到树梢上。我怕自己掉下来，就解下腰带，将自己绑在树杈上。我坐在树杈上，紧紧地搂着树干。山风把树林子吹得呜呜响，松树摇摇晃晃，好像坐在船上一样。我低头看着树下的狼，狼仰脸看着树上的我。就这样不知过了多少时间，我的肚子里呼噜呼噜地响着，眼前一阵阵发黑，如果不是用腰带把自己捆住，早就掉下去被狼吃了。狼也有点烦了，它撕开我的铺盖卷，往我的被子上撒尿。我知道它是故意气我，想让我下树去跟它拼命，可我不上它的当。别说你往被子上撒尿，你就是往上边拉屎，我也不会下树。但这样等到何时是个头呢？一天行，二天还行，三天四天都能挺，五天六天，饿也把我饿死了。但我听人说，狼可以一连半个月不吃东西，这样熬下去，最终我还是要死在它嘴里。

天傍黑时，狼走了，狼走了我也不敢下树。我往四下里打量着，果然看到在灌木棵子里，有两只绿幽幽的眼睛。如果我冒冒失失下了树，正好中了它的奸计。熬到太阳下山，月亮上山，树林子里处处都是暗影子。暗影子里仿佛有无数的眼睛在闪烁。这时候我更不敢下去了。这时我要下树，即使不被断尾巴狼吃掉，也要被别的山猫野兽吃掉，长白山大森林里可不止一匹断尾巴狼。这时，山风停了，所有的树梢都不动了。月光把树叶子照得像涂了一层银粉。夜猫子在树影子里哇哇地叫唤。我的心里一阵发酸，眼泪哗哗地流出来。我知道断尾巴狼不会轻易放了我，心里一横，我就是死在树上变成人干，也不能让你吃了。想到此，我把自己更紧地绑在树上。

月亮升高变小，但月光却更加明亮。这时，我看到一个特长的怪物从远处飞奔而来，近前时才看清，原来是断尾巴狼驮着一个三分像狗、七分像羊的东西。跑到树下，那个东西从狼背上下来，后腿坐在地上，举着两条短短的前腿，那模样像一个袋鼠。我心中大惊，知道狼把狈搬来了。他特别对我们讲解，说狈是狼的军师，因为前腿太短，行动不便，平时待在狼窝里，由狼打食供养着；遇到重大事情，就由狼驮到现场。他说，狈仰起脸，往树上看着，月光照耀狈的脸，白白的，像一块面团。狈眼也是绿的，闪闪烁烁，好像墓地里的鬼火。他说，接下来发生的事情，全世界都没人看到过，被我亲眼看到了，说是坏运气吧，也是好运气。狈往上看了一会儿，与断尾巴狼碰了碰鼻子，好像是交换意见。然后，狈就把鼻子扎在地下，发出了一种低沉的叫声，呜呜的，就像小孩子吹喇叭。他说，这声音听起来不大，但传得非常远，方圆百里的狼都能听到。狼国里的规矩是，只要听到狈的叫声，不管多忙，都要赶来集合，他说大概有抽一袋烟的工夫，就有三十多匹狼在大松树下集合了。新来的狼都走到狈面前，与狈碰碰鼻子，好像晚辈晋见长辈，好像学生晋见老师。把这套礼节弄完了，群狼就绕着树转起圈子来。它们一边转圈子，一边仰脸号叫着。呜——嗷——，呜——嗷——，声音又尖又长，连月光都在哆嗦，幸亏我把自己捆在了树上，否则非掉进狼口里不可。

它们折腾了一阵，看到不能把我从树上吓下来，狈就出了一计，让它们五个一拨，轮番啃树。树下发出狼牙啃树的咔嚓声，树梢在嗦嗦地抖动。我朝着老家的方向祷告着：娘啊娘，儿原本想闯关东挣点钱，回去好好孝敬您，想不到却在这里被狼给吃了……那些狼越啃越起劲，一片狼牙在月光下闪烁。我心里绝望极了，再粗的树，也架不住三十匹狼啃，何况还有狈在旁边给它们出谋划策。与其担惊受怕活受罪，还不如让它们吃了利索。想到此我就解开腰带，正想往下跳，就听到树林深处一声吼叫，震得大地都哆嗦。紧接着林子里响起了呼呼的风声，刮得那些枯树叶子哗哗地响。群狼停止啃树，都看着狈，狈用两条后腿支撑着身体，三跳两跳跳到了断尾巴狼背上，尖叫一声，断尾巴狼驮着它就跑。群狼跟随它们，随风而去。又一阵风响过去，枯树叶子卷在小道上。我看到一只金黄色的大老虎，懒洋洋地，一步一步地，迈着比马蹄子还大的大爪子，啪哒，啪哒，走到了树下。我叫了一声亲娘，心里想，狼跑了，老虎来了，这下子更没有活路了……

他从怀里摸出烟包和烟纸，不紧不慢地卷了一支烟，吧嗒吧嗒地抽起来。

"怎么着了？"

"怎么着了？"

"老虎蹲在树下看了我一会儿，就迈着比马蹄子还大的爪子，啪哒，啪哒，啪哒，走了。"

我们蹲在杏树上，长长地喘了一口气。

"等到天亮，一伙挖参的人来了，把我从松树上救下来。我的腿弯着，像罗圈一样，伸不直了。我的手指像鸡爪子一样，伸不直了。出了山林，我一天也没耽误，买了一张火车票，就上了火车。我坐在火车上，还看到这个东西追着火车跑。"他盯着倒挂在杏树上的狼，感动地说，"想不到啊，想不到，隔了十三年，你竟然翻山越岭地追到这里来了……"

"狼怎么会知道你在这里呢？"雀斑青年好奇地问。

"狗日的小金弟，就你事儿多！"他好像很生气，其实没生气，压低了嗓门，神秘地说，"告诉你们，狗鼻子嗅五百里，狼鼻子嗅一千里。幸亏咱这地方离长白山一千多里，有它的鼻子闻不到的地方，如果咱这地方离长白山不足一千里或是正好一千里，乡亲们，我哪能活到今天！"

"可是它为什么不到你家去找你报仇，却到许大婶家来咬人呢？"

"这个嘛……吭吭……"他咳嗽着，说，"我经常坐在你大婶的炕头上抽烟，留下了气味。另外，狼毕竟是老了，鼻子不太灵了，脑子也木了，就像八十多岁的老头子，身上的器官，都不太灵了……"

许大娘的脸上的红晕更大了，好像抹了一脸红颜色。

"宝儿他娘，都怨我，给你招了祸，"他说，"让你挨了咬，让你费了一垛柴火，让你炸了一口锅，还让你把炕掀了……"

"你这是说的什么话？俺家也是该有这一劫。"

"你和宝儿，孤儿寡母，日子过得不容易，我不能让你们白受这磨难。"他拍拍狼头，说，"乡亲们，狼这东西，全身都是宝。狼皮，做成褥子，能抗最大的潮湿，铺着狼皮褥子，睡在泥里也不会得风湿。狼油，是治烧伤烫伤的特效药。狼胆，治各种暴发火眼，比熊胆一点也不差。狼心，治各种心脏病。狼肺，专治五痨七伤。狼肝治肝炎。狼腰子治各种腰痛。狼胃，装上小米、红枣，用瓦罐炖熟了，分三次吃下，即便你的胃烂没了，它也能让你再生出一个新胃，这个新胃，连铁钉子也能消化得了！狼小肠，灌成腊肠，是天下第一美味，还能治小肠疝气。狼大肠，用韭菜炒吃，清理五脏六腑，那些水泥厂里的工人，吃一碗韭菜狼大肠，拉出的屎，见风就凝固，像石头蛋子似的，用铁锤都砸不破。狼的肛门，晾干，研成粉末，用热黄酒冲服，专治痔疮，什么内痔外痔，都药到痔根断，永不复发。狼尿脬，装进莲子去炖服，什么样的顽固遗尿症，也是一副药。狼眼治青光眼。狼舌治小儿口疮、大儿结巴。狼脑子，宝中之宝，给一根金条也别卖，留着给宝儿吃。狼肉，大补气血，老关东说，'一两狼肉一两参'。狼骨，治风湿性关节炎，虽比不上虎骨，但比豹骨强得多。就是狼肠子里没拉出来的粪，也能治红白痢疾……乡亲们，你们买不买？你们不买，我就把它弄到县城里去卖。"

众人看着，好像拿不定主意。

"老章，卖什么呀！"许大娘说，"你就把它收拾了，分给大家吧，没被它咬死，俺就磕头不歇了，还想靠这个卖钱？"

"话不能这样说，你家受了这样大的祸害，总得找补一下。再说，这样的宝物，有钱也买不到的。"

"算了，算了。"许大娘说。

"不能算了，"他说，"祸是因我而起，这事就由我做主吧。我看还是把它弄到县城里去，卖个好价钱，让你们孤儿寡母过几天好日子！"

"既是这样的好东西，肥水不落外人田，"许大娘红着脸说，"还是分给乡亲们吧，有病的治病，没病的补补身子，也算俺娘儿俩积点德。"

"他大婶，"赵大爷说，"你同意把它卖给乡亲们就是积了德。章球，把狼皮给我留着，我出五块钱，少了点，但我这把子年纪了，你们就委屈点吧！"

"这话说得，让俺脸红，"许大娘说，"赵大叔，狼皮归您，钱俺是不要的。"

"那不成，"赵大爷说，"你挨了一口呢！"

"我看这样吧，"章古巴说，"您也别一个钱不要，您要是一个钱不要，赵大爷也不会要狼皮，三块钱，我斗胆替您做主了！"

这时，一群苍蝇飞来，围着狼飞舞，发出嗡嗡的叫声。

众人催促章古巴："古巴古巴动手吧，别让苍蝇下了蛆，糟蹋了好东西！"

"肥水不落外人田，"章古巴不错眼珠地盯着许大娘的脸，说，"您这话说得多好啊！都说头发长见识短，我看您是头发长见识更长！"

在众人的密切注视下，章古巴从怀里摸出一把牛耳尖刀，弓着腰，开剥狼皮。

（1998 年）

第二辑

不可思议的奇人异事

—

　　莫言的很多小说中，包括著名的《透明的红萝卜》，都有一个小铁匠的身影，但也许你还没读过《铁孩》这篇。铁孩不仅身上长满铁锈，还喜欢吃铁，他嚼起铁筋来嘎嘣香的样子仿佛铁真的很美味，而这其实是莫言对饥饿年代，对苦难生活的幽默化、充满想象力的书写。

　　本辑精选的莫言笔下的奇人异事，不只铁孩，还有用西瓜勘测地震的天才少年、喜欢把一切翻过来的小孩、街头卖艺的驴人……让我们跟随莫言妙趣横生的想象，领悟文学的魅力，也更深刻地理解人的生活与情感。同时也希望作者的幽默、乐观、豁达、奇思妙想，能够伴随你笑对生活，时时给你带来启迪和力量。

铁　孩

　　大炼钢铁那年，政府动员了二十万民工，用了两个半月的时间，修筑了一条八十里长的铁路。铁路的上端连接在胶济铁路干线的高密站上，下端插在高密东北乡那片方圆数十里的荒草甸子里。

　　那时候我们只有四五岁，生活在与"公共食堂"一起建成的"幼儿园"里。"幼儿园"里只有一排五间泥墙草顶的房子，房子周围圈着一些用粗铁丝连接起来的碗口粗的树干，有两米多高，别说是三四岁的孩子，就是年轻力壮的狗，也跳不过去。我们的父、母、兄、姐……凡是能拿起铁锹铲土的，都被编进民工队伍里去了，吃在铁路工地，睡在铁路工地，我们已有很长时间没见到他们了。我们被圈在"幼儿园"里，有三个很瘦的老太婆看管着我们。三个老太婆都是鹰钩鼻子眍䁖眼睛，我们认为她们长得一模一样。她们每天熬三大盆野菜粥喂我们，早上一盆中午一盆晚上一盆。我们都把肚子喝得像小皮鼓一样。喝完了粥我们就把着木栅栏看外边的风景。木栅栏上抽出一些嫩绿的枝条。有柳树枝条，有杨树枝条。有的树干腐烂了，不抽枝条，生出一些黄色的木耳或是乳白色的小蘑菇。我们喝完了粥就把着木栅栏看外边的风景，手掰着木杆上的小蘑菇吃着，看到栅栏外的街道上来来回回走动着一些外乡口音的民工，一个个蓬头垢面，无精打采。

我们在这些民工中寻找亲人。

我们哭咧咧地问:"大叔,你看到俺爹了吗?"

"大叔,你看到俺娘了吗?"

"看到俺哥了吗?"

"看到俺姐了吗?"

……

民工们有的像聋子一样,根本不理睬我们;有的歪过头来,看我们一眼,然后摇摇头;有的则恶狠狠地骂我们一句:

"狗崽子们,钻出来吧!"

那三个老太婆坐在门口,根本不理睬我们。木栅栏高约两米,我们爬不出去。木栅栏间隙很小,我们钻不出去。

我们透过木栅栏,看到村外的田野上渐渐隆起一条土龙,一群群黑色的人在土龙上忙忙碌碌地爬动着,好像蚂蚁一样。听木栅栏外边的民工们说,那就是铁路的路基。我们的亲人们,就在那些蚂蚁一样的人群里。有时候,土龙上会突然插起千万面红旗。有时候会突然插起千万面白旗。更多的时候什么旗也不插。后来,土龙上闪烁着许多亮晶晶的东西。栅栏外边的民工们说:"要铺设铁轨了。"

有一天,木栅栏外走过来一个黄头发的青年,他个子很高,我们觉得他只要一伸胳膊就能摸到木栅栏的尖儿。我们向他打听亲人的消息,他竟然走到木栅栏边,蹲下来,很亲热地摸我们的鼻子,戳我们的肚皮。这是我们召唤来的第一个大人。

他笑着问我们:"你爹叫什么名字?"

"俺爹叫王富贵。"

"噢,王富贵,"他摸着下巴说,"王富贵我认识。"

"你知道他什么时候来接我吗？"

"他来不了了，前日抬钢轨时，他被钢轨砸死了。"

"哇……"一个孩子哭了。

"你见过俺娘吗？"

"你娘叫什么名字？"

"俺娘叫万秀玲。"

"噢，万秀玲，"他摸着下巴说，"万秀玲我认识。"

"你知道她什么时候来接我吗？"

"她来不了了，前日搬枕木时，她被枕木砸死了。"

"哇……"又一个孩子哭了。

……

最后，所有的孩子都哭了。黄头发的青年人站起来，吹着口哨走了。

我们从中午一直哭到黄昏。老婆子们让我们去喝粥，我们还在哭。老婆子们生气地说："哭什么？再哭送你们去万人坑。"

我们不知道万人坑在哪里，但都知道那一定是个极其可怕的地方，于是我们都不哭了。

第二天我们还是把着木栅栏望外面的风景。半晌午时，有几个民工抬着一扇门板急匆匆地走过来了，门板上躺着一个人，不知是谁带头哭了起来，大家一齐哭，好像那门板上躺着的就是自己的亲人。

喝完了中午粥，我们又趴在木栅栏上，看着有两个端着大枪的黑大汉押着那个我们熟识的黄头发青年走了过来。黄头发青年双手背着，手腕子上绑着绳子，鼻眼青肿，嘴唇上流着血。走到我们面前时，他歪着头看看我们，对我们挤眼弄鼻子，好像他心里挺高兴。

我们齐声喊叫他，一个黑大汉用枪筒子戳戳他的背，大声说："快走!"

又是一天上午，我们扒着木栅栏，看到远处的铁路上，突然又插满了红旗，并且响起了敲锣打鼓的声音，数不清的人在铁路上吆喝着，不知为什么那么高兴。中午喝粥时，老太婆们分给我们每人一颗鸡蛋，并且对我们说："孩子们，铁路修好了，下午通车了，你们的爹娘就要来接你们回家了，我们也侍候够你们了。每人一颗鸡蛋，庆祝通车典礼。"

我们高兴起来，原来我们的亲人没死，是那黄头发青年骗我们，怪不得把他捆起来哩。

我们很少吃鸡蛋，老太婆告诉我们要剥了皮才能吃。我们笨拙地剥鸡蛋皮，鸡蛋壳里都藏着一只带毛的小鸡，一咬叽叽叫，还冒血水。我们吃不下去，老太婆们用棍子打我们，逼着我们吃，我们都吃了。

第二天上午，我们趴在木栅栏上，看到铁路上的红旗更多了。半晌午时，铁路两边的人嗷嗷地叫起来，有一个头上冒着黑烟的大东西，又长又黑的大东西，呜呜地叫着，从西南方向跑过来。它跑得比马还快。它是我们看到的跑得最快的东西。我们感到脚下的地皮打起哆嗦来，心里很害怕。有几个穿着白衣裳、戴着白帽子的女人不知从什么地方钻出来，拍着巴掌叫着："火车来了! 火车来了!"

火车呼隆隆响着朝东北方向开过去了，我们的眼睛追着它的尾巴，一直到看不见了还在看。

火车开过去后，果然有一些大人来接孩子。狗被接走了，羊被接走了，柱被接走了，豆也被接走了，最后，只剩下我一个人。

三个老太婆把我领到栅栏外，对我说："回家去吧！"

我早就忘记了家门，哭着央告老太婆们送我回家。老太婆把我推到一边，便急急忙忙地关上了木栅栏大门，门里边还锁上一把黄澄澄的大铜锁。我在木栅栏外哭、叫、求情，她们根本不理。我从木栅门缝里看到，三个一模一样的老太婆，在木栅门里边支起一只小铁锅，锅下插上劈柴点着了火，锅里倒进一些浅绿色的油。火苗子呼呼地响着，锅里的油泛起泡沫。一会儿泡沫消散了，一些白色的烟沿着锅边爬上去。那些老太太打破鸡蛋，用木棍把一些带毛的小鸡扔到油锅里去，炸得啦啦响，扑棱扑棱翻滚。一股焦焦的香气溢出来。老太太们又用木棍把油锅里的小鸡夹出来，吹几口气，就把小鸡塞到嘴里。她们的腮帮子时而这边鼓起来，时而那边鼓起来，嘴里呜噜呜噜响着。她们在吃小鸡时都闭着眼，啪哒啪哒滴着眼泪。任我怎么哭叫，她们也不开门。我眼泪干了，喉咙哑了。我看到一株黑油油的树旁边有一汪混浊的水。我走过去喝水。我喝水时看到水边有一只黄色的蛤蟆。我还看到一条黑色的、脊梁上有白花的蛇。蛤蟆和蛇在打架，我很害怕，我很渴。我忍着怕，跪下用手捧水喝。水从我指头缝里哗哗漏。蛇咬住蛤蟆的腿，蛤蟆头上冒出一些白水。我感到水很腥。我有点恶心。我站起来。我不知道该到哪里去。我想哭。我哭了。我干哭，没有眼泪。

我看到树、水、黄蛤蟆、黑蛇、打架、害怕、口渴、跪下、捧水、水腥、恶心、我哭、没有眼泪……哎，你哭什么？我回头。我看到那个问我话的小孩。我看到他跟我一般高。我看到他没有穿衣裳。我看到他的皮上生着锈。我觉得他是个铁孩子。我看到他的眼是黑的。我看到他跟我一样是个男孩。

他说你哭什么木头？我说我不是木头。他说我偏要叫你木头。他说木头你跟我做伴到铁路上玩去吧。他说那里有很多好看的、好吃的、好玩的。

我说蛇快把蛤蟆吞了。他说让它吞吧，别动它，它会吸小孩的骨髓。

他领着我，我跟着他朝铁路那儿走。铁路好像离我们很近，可总也走不到，走走，望望，铁路还是那么远，好像我们走它也走一样。我们好不容易走到铁路边。我的脚很痛。我问他叫什么名字。他说你愿意叫我什么名字我就叫什么名字。我说我看你像块生锈的铁。他说你说我是铁我就是铁。我说铁孩。他答应了一声并且咧开嘴笑了。我跟着铁孩往铁路上爬。铁路路基很陡。我看到了两道铁轨像两条大长虫从一定是很远很远的地方爬过来。我想只要我一踩它就会扭动起来，它还会用长得没有头的木尾巴把我缠起来。我试探着踩了它一下。我感到铁很凉，它没有扭动也没有甩尾巴。

我看到太阳就要落山了。太阳很大很红，有一些白色的大鸟落在水边。我听到一声怪叫，铁孩说火车来了。我看到火车的铁轮子是红的，几条铁胳膊捣着它转。我感到车轮下有吸人的风。铁孩对着火车招手，好像它是他的好朋友一样。

晚上我感到很饿。铁孩拿来一根生着红锈的铁筋，让我吃。我说我是人怎么能吃铁呢？铁孩说人为什么就不吃铁呢？我也是人我就能吃铁，不信我吃给你看看。我看到他果真把那铁筋伸到嘴里，"咯嘣咯嘣"地咬着吃起来。那根铁筋好像又酥又脆。我看到他吃得很香，心里也馋了起来。我问他是怎样学会吃铁的，他说难道吃铁还要学吗？我说我就不会吃铁呀。他说你怎么就不会呢？不信你吃吃看，他把他吃剩下那半截铁筋递给我，说你吃吃看。我说我怕把牙齿崩坏了。他说怎么会呢？什么东西也比不上人的牙硬，你试试就知道了。我半信半疑地将铁筋伸到嘴里，先试着用舌头舔了一下，品了品滋味。咸咸的，酸酸的，腥腥的，有点像腌鱼的味道。他说你咬嘛！我试探着咬了一口，想不到不费劲就咬下一截，咀嚼，越嚼越香。越吃越感到好吃，越吃越想吃，一会儿工夫我就把那半截铁筋吃完了。怎么样？我没骗你吧！我说，你没骗我，你真是好人，教会了我吃铁，我再也不用喝菜汤了。他说人人都会吃铁，他们不知道。我说早知这样谁还去种粮食？他说你以为炼铁比种庄稼容易吗？炼铁更难。你千万别告诉他们铁好吃，要是让他们知道了，大家一起吃起来，就没有咱俩吃的了。我说为什么你要把这个秘密告诉我呢？他说我一个人吃铁没意思，想找个做伴的。

我跟他踩着铁轨往东北方向走。因为学会了吃铁，我一点也不怕铁轨了。我心里说：铁轨铁轨，你放老实点，你要敢不老实，我就把你吃了。因为吃了半根铁筋，我的肚子一点也不觉得饿了，脚和腿都有劲。我和铁孩每人踩着一根铁轨往前走。走得很快，一会儿就望到前边红彤彤的半边天，有七八个大炉子呼呼地冒着火苗子。我闻到好香好鲜的铁味儿。他说，前边就是炼钢铁的了，没准你爹娘在那里呢。我说我一丁点儿也不想他们了。

我们走着走着，铁路忽然没了。四周都是比我们还高的荒草，荒草里有一大堆一大堆的生满红锈的废钢铁，有好几辆火车歪在荒草里，车厢都砸扁了，里边装着的废钢铁都倾了出来。我们又往前走了会儿，发现这儿有很多人，蹲在钢铁堆里吃饭，炉子里的火把他们的脸映得通红。他们正在吃饭，吃的什么饭？大肉包子地瓜蛋。他们吃得那么香，那么甜，都把腮帮子撑得鼓了起来，好像生了痄腮一样。但是我闻到从那些肉包子里、地瓜蛋里发散出一股臭气，比狗屎还要难闻，我感到恶心得很厉害，便赶紧跑到上风头里去。

这时有一个男人和一个女人忽然从人堆里站起来，大声呼喊着："狗剩！"

我被他们吓了一跳。我认出了那是我的爹和娘。他们跌跌撞撞朝我跑来。我忽然觉得他们很可怕，像"幼儿园"里那三个老太婆一样可怕。我闻到了他们身上那股子比狗屎还要难闻的臭味。在他们伸手就要捉住我的时候我转身逃跑了。我跑，他们在后边追。我不敢回头，但我觉得他们的指尖不断地戳到我的头皮。这时我听到我的好朋友铁孩在我的前边喊我："木头，木头，往铁堆里跑！"

我看到他的暗红色的身影在铁堆里一闪就不见了。我冲向废铁堆，踩着那些锅、铲、犁、枪、炮等等铁器爬上了堆积如山的废铁堆。铁孩在一个圆的铁管子里向我招手，我一斜肩膀就钻进去。铁管子黑乎乎的，弥漫了铁锈的香味。我的眼睛什么也看不见。有一只凉森森的小手拉住我的手。我知道那是铁孩的手。铁孩小声说："别怕，跟我走，他们看不到我们。"

我跟着他往前爬。铁管子曲里拐弯，也不知通向哪里。爬呀爬呀，爬出了一线光明。我跟着铁孩钻出去。铁孩领着我，手把着一辆破坦克的履带爬到炮塔上。炮塔上涂着一些白色的五角星。一根锈烂得坑坑洼洼的炮管子斜斜地指着天。铁孩说要钻到炮塔里去。炮塔的螺丝都锈死了。铁孩说："咬开它。"

我们跪在炮塔上，转着圈啃那些生锈的螺丝。一边啃一边吃，一会儿就啃透了。炮塔盖子被我们掀到一边去。炮塔上的铁很软，像熟透了的烂桃子一样。我们钻进坦克肚子里去，坐在那些软绵绵的铁上。铁孩帮我找了一个孔，让我望着我的爹娘。我看到他们在远处的铁堆上爬着，噼里啪啦地翻动着那些铁器，一边翻动一边哭叫着："狗剩，狗剩，儿呀，出来吧，出来吃大肉包子地瓜蛋……"

我看着他们，像看着两个陌生人一样。当听到他们让我出去吃大肉包子地瓜蛋时，我轻蔑地笑了。

他们找不到我，回去了。

我们钻出坦克，爬到炮筒上去骑着，看远远近近的那些冒火的大炉子和炉子周围忙忙碌碌的人。他们把一些铁锅抬起来，喊一声"一——二——三"，抛到半空中去，掉下来跌破，再用大铁锤砸得稀巴烂。我嗅到了铁锅片儿的焦香味儿，肚子咕噜噜地响起来。铁孩好像猜到了我的心思，说："木头，走，拿口锅吃，铁锅好吃。"

我们避避让让地走进火光里，选中了一口好大的锅，抬起来就跑。几个男人被我们惊吓得连手中的铁锤都丢了，有的还撒丫子就跑，一边跑还一边叫："铁精来了——铁精来了——"

这时我们已跑到铁堆的顶上，一块块掰着铁锅，大口大口吃起来，铁锅的滋味胜过铁筋。

我们吃着铁锅，看到有一个腰里挂着盒子枪的瘸子走过来，用枪带子抽着那几个喊"铁精"的男人，骂道："混蛋，我看你们是造谣言搞破坏！狐狸能成精，大树能成精，谁见过生铁蛋子能成精？"

那几个男人齐声说："指导员，俺们不敢撒谎。俺们正在砸铁锅，从黑影里蹿出来两个小铁人，都生着一身红锈，抢了一口铁锅，抬着就跑，一转眼就没影了。"

瘸子问："跑到哪里去了？"

那些人说："跑到废铁堆上去了。"

"胡他娘的造谣！"瘸子说，"荒滩荒地，哪来的孩子！"

"所以俺们才怕了呢。"

瘸子掏出枪，对着铁堆"当当当"就放了三枪，枪子儿打在铁上，迸出了一些金色的大火星子。

铁孩说："木头，咱把他那支枪抢来吃了吧？"

我说："就怕抢不来。"

铁孩说："你在这儿等着，我去抢。"

铁孩轻手轻脚地下了铁堆，趴在荒草里，慢慢地往前爬，光明里的人看不到他，我能看到他。我看到他爬到瘸子背后时，就在铁堆上抄起一块铁叶子，敲打起铁锅来。

那几个男人都说："听听，铁精在那儿！"

瘸子刚举起枪来要放，铁孩从背后一跃而起，一把就下了他的枪。

男人们大叫："铁精！"

瘸子一腚就坐在地上，嘴里喊着："救命啊——抓特务——"

铁孩提着枪爬到我身边，说："怎么样？"

我说你真有本事。他高兴极了，一口咬下枪筒子，递给我，说："吃吧。"

我咬了一口，尝到一股子火药味。我呸呸地吐着，连声说："不好吃，不好吃。"

他从枪脊上咬了一口，品咂着，说："果真不好吃，扔给他吧！"

他把枪身扔到瘸子身边。

我把被我咬了一口的枪苗子扔到瘸子身边。

瘸子捡起枪身和枪苗，看了看，嗷嗷地叫着，扔掉破枪就跑了。瘸子跑，歪歪倒，我们坐在铁堆上笑。

半夜时，西南方向一道耀眼的光柱射过来，并且传来了"咣当咣当"的巨响。火车又来了。

我们看到火车跑到铁路尽头，一头就扎到另一辆火车身上，后边拉着的车厢呼隆隆挤上来，车厢里的铁哗啦啦地泻在车道外边。

从此以后再也没有火车。我问他火车上有没有特别好吃的地方，他说车轮子最好吃。后来我们吃过一次铁轮子，吃了一半就不愿再吃了。

我们还去炼铁炉边找那些新炼出的铁吃，那些铁反而不如生锈的铁好吃。

我们白天钻到铁堆里睡觉，晚上出来和那些炼铁的人们捣乱，吓得他们胡乱跑。

有天晚上，我们又去吓唬砸铁锅的男人。我们看到明亮的灯火里摆着一口锈得通红的大铁锅，便一起奔那铁锅而去。我们的手刚触到锅沿，就听到呼隆一声响，一面用麻绳子结成的大网把我们罩住了。

我们用嘴咬绳子，下多大的狠劲也咬不断。

他们高兴地喊："抓住了，抓住了！"

后来，他们用砂纸擦我们身上的红锈，好痛，好痛啊！

（1991 年）

贵　客

　　很多年前，一个冬日的逢集的上午，家里来了一个神秘客人。他头戴着一顶油腻发亮的翻边毡帽，帽耳上缝着两块白色的兔皮。眼睑红肿，眼角上夹着黄眵，看上去很是恶心。我的祖父，这个往常里桀骜不驯的人，在这样一个糟老头子面前竟然毕敬毕恭，让我们感到诧异又感到愤愤不平。那个人就这样在我家住了下来。他在我们家肆无忌惮地抽烟，吐痰，把鼻涕抹在我们家的门框上，还在饭桌前响亮地放屁。我们偷偷地在母亲面前表示对这个人的反感，乃至愤恨，希望母亲告诉祖母，祖母再转告祖父，把这个老家伙尽早地从我们家里轰出去。但母亲严肃地说："闭上你们的嘴巴！如果我再听到你们说这样的话，就用针把你们的嘴巴扎烂。"母亲从墙上拔下那根缝麻袋用的、生满了红锈的大针，在我们面前比划着，让我们意识到这个问题的严重性。这个人到底是什么来历，他为什么可以这样放肆地在我们家住下来？母亲不回答，只是把那根大针在我们面前再次晃动着，警告我们闭嘴。过了几天，我们的婶婶，终于忍耐不住了，在做饭的时候，低声地发起牢骚来。母亲对婶婶摆手制止。过了几天，那个人还没有走的意思，不但不走，对饭食也挑剔起来。他还嫌厢房里炕太凉，要求给他好好烧炕。婶婶在厢房的炕洞里塞满了碎草，还抓上了一把六六六药粉，浓烟滚滚，呛得他像一只吃多了盐巴的老山羊一样吭吭地咳嗽。爷爷和奶奶慌忙跑去安慰，并批评婶婶。婶婶挨了骂，心中不平，嘈杂地骂起来。叔叔为了让爷爷下台，打了婶婶几下子。家里大乱，但那个老家伙，就像聋了似的，一声不吭。为了给他改善伙食，爷爷把家里的一辆胶皮轱辘小推车推到集上去卖了，换回了白面和肉，还打回来三斤烧酒。他喜笑颜开，说好酒好酒，让我用一把小锡壶温酒，酒着了火，燎了我的眉毛。他倒了一盅酒给我，说："小伙子，来，压压惊！"我渐渐地对这个人有了好感，感到他很潇洒。他大碗喝酒，大口吃肉。祖母的腮帮子不停地抽动着，我知道她心中很疼。但祖母和爷爷还是硬挤出笑脸，伪装出慷慨大度的样子，让他吃。那人刚开始时也让祖母和祖父吃，但祖母和祖父如何舍得吃？我在炕前转来转去，希望能吃点。但那人只顾自己吃，全不把我放在眼里。婶婶牢骚满腹，说从哪里拣来了一个老祖宗养着。他吃光了我们家那辆独轮车，又开始打量我们家那几只母鸡。爷爷毫不犹豫地说："杀鸡！我们杀鸡。"他吃完了我们三只鸡。

　　一天上午，他终于说："我要走了。"但祖父和祖母却挽留他再住几天。他也就顺水推舟地说："好吧，那我就再住几天吧。"母亲悄悄地对祖母说："娘啊，拿什么给他吃啊？"祖母为难地说："那就把你的体己钱拿出来吧。"母亲将她订婚时的四块大洋，和我们兄弟小时戴过的银脖锁，拿出来，让大哥拿到供销社里卖了，换回来十几元钱。叔叔去集上买回来几斤肉骨头，砸碎了，包成包子，给他吃。他瞪着眼问："肉呢？肉被谁吃了？"婶婶在窗外大声说："肉被狗吃了！"他说："狗走遍天下吃屎，狼走遍天下吃肉。"婶婶说："狗也吃骨头！"爷爷用烟袋锅子敲着窗棂呵斥："你给我闭嘴！"婶婶不服，继续吵吵。叔叔跑出去踢了婶婶一脚。婶婶回到娘家，发誓不再回来。婶婶的父亲来到我家，说我倒要见见你们家这个贵客到底是何方神圣。婶婶的父亲，我们也叫姥爷的，是饱学乡儒，读过四书五经，解放前教过私塾，在乡里很有威望。吃饭时，他引经据典，嘲弄这个人。但这个人只是说一些莫测高深的话，不直接跟姥爷交锋。姥爷急了，说："你知道什么叫厚颜无耻吗？"他笑了，说："你是说我厚颜无耻吧？"

姥爷在院子里，大声地教训祖父和祖母，说他们软弱，说你们到底欠着人家什么？或者是有什么把柄落到人家手里了？如果没有把柄，那就轰走他。

他是初春时到我家，一直住到桃花盛开的初夏。他提出要求，让我们家给他做一套单衣。还要好的布料。他托着换下来的棉衣，对我母亲说："侄媳妇，你给我拆洗一下，缝好，我好冬天时穿。"母亲把他的肮脏的棉衣拆了，洗了，重新给他缝起来。他一再赞叹说："侄媳妇真是好针线！"

在一个下雨的早晨，他把棉衣打成一个包裹，要去我们家那把画着许仙游湖的油纸伞，沿着河堤走了。我们站在河堤上，目送着他，直到他的背影被树林遮住。

翻

"贤弟，"我小学时的同学，现任我家乡那个镇的党委书记王家驹在电话里忧心忡忡地对我说，"贤弟啊，愚兄碰上麻烦事情了……"

我基本上可以猜到我的这些当了官的同学碰上的麻烦是什么，因此就轻描淡写地、含含糊糊地说："老兄，没有什么大不了的，女人吗……"

他着急地说："贤弟，你想到哪里去了？如果是那样的事情，我何必找你？"

"到底是什么事？"我从他的口气里，似乎感到了他遇到的问题的严重性，便说，"只要是我能帮上的……你尽管说……"

于是我的这位小学同学，就在电话里，给我讲述了他碰到的麻烦事情。

我这位同学的妻子，是我们的小学同学宋丽英。他们的结合是门当户对的。王的父亲是公社党委副书记，宋的父亲是供销社的党总支书记。他们都是吃商品粮的，中学毕业后都参加了工作。他们这样的人，按说是不允许生第二胎的，但我这两位同学却生了第二胎。当时的政策是，夫妻双方如果都是吃商品粮的，如果要想生第二胎，只有第一胎生了残疾或是智障的孩子才可以。他们二位第一胎生了一个女孩，过了三年后，他们又生了第二胎，这一胎是个儿子。尽管我们都知道他们的女儿是个又聪明又漂亮的女孩，但对外他们却说这个女孩是个智障。前几年我探家时，父亲经常对我夸奖我这两个同学。其时，王家驹是我们镇的镇长，他的妻子宋丽英是我们镇供销社的副主任。我父亲说：你看看人家王镇长，多么聪明，硬是捡了一个大胖儿子。我父亲对我坚决执行国家的独生子女政策很有意见。我说，他们就不怕别人去告他们？我父亲说：谁去伤这个天理呢？

"贤弟，"王家驹忧心忡忡地说，虽然是电话千里传音，但我仿佛看到了他愁容满面的样子，"你是知道的，我的那个儿子，名字叫小龙的，今年五岁，长得胖头大脸，人见人爱，四岁时就能背诵五十多首诗歌，还会唱十几首歌曲，像那首《黄土高坡》，那是多么高的调门？一般人根本唱不上去，可是小龙就能唱上去，还有形有架的，很像个小小歌星，可是这个孩子，最近得了一个怪症候，翻东西，就是见到什么都要翻过来。最早是把一个气球翻了过来，这没有什么，气球，小孩子都翻过。接着就把一双袜子翻了过来，这当然更正常，甚至可以说是好习惯。接着把枕头翻了过来，弄得满床都是荞麦皮。荞麦皮里有很多虫子，一种黑色的虫子。我想也许是虫子在枕头里啮咬荞麦皮发出的声音被他听到了，小孩子好奇，于是他就把枕头给翻了过来。这不是坏事，甚至也可以当成好事，要不是他，我们每天都枕着虫子睡觉，要是钻到耳朵里去几个，那就不得了了是不是？前几天下雨，灌出来许多蚯蚓，他把那些蚯蚓，像翻鹅肠子一样通通翻了过来，弄得双手腥臭无比。暑假时，他到姥姥家去住，把他姥姥家的几只母鸡，也全部翻了过来。翻出来内脏，还不罢休，接着把那些脏器和肠子，统统地翻过来。仿佛他要从里边寻找什么东西。他姥姥吓坏了，打电话让我们去领孩子。趁着这工夫，他把姥姥邻居家的一只小狗也给翻了过来。我老岳母一见我就说：'快快领走，你们的孩子疯了。'我看到那些死得很惨的母鸡，和那条肝肠涂地的狗，赶快掏出钱来息事宁人，并做张做势地打了儿子一巴掌。他没有哭，仿佛没有感觉到我打了他。他的眼睛怔怔地盯着那头拴在木桩上的骡子，仿佛在盘算着该从哪里动手把这个大家伙也翻过来。我把儿子带回家，严肃地教育他，并威胁他如果再敢乱翻东西，就剁掉他的手指。他撇着嘴，手里翻着一个玩具狗熊，哭了。夜里，我突然感到肚子上痒痒的，睁眼一看，是我的儿子，用指头在我的肚子上比量着，我知道他是想把我翻过来。我一巴掌就把他扇到了床下。他哇哇地哭着，顺手把一只鞋子翻了过来……贤弟，你说怎么办？"

驴　人

　　老莫跟随着熙熙攘攘的游客，绕着著名的歌剧院院子走了一圈。天很蓝，海水很绿，歌剧院很宏伟，但老莫也就是看看而已，并没有太多的感受。在歌剧院附近一条小巷的拐角，老莫看到了一个用逼真的驴皮道具把自己打扮成驴子的人。老莫起初真的以为那是一头驴子，仔细观察后，才明白那是一个人。那驴人后腿跪在地上，前腿——姑且称为前腿吧——撑在地上，对着来来往往的观光客叩头。老莫想：世上常见人顿首，今日始见驴叩头。游客们多半昂首而过，仿佛这头驴人是路边的一处毫无新意的景物。也有个别的游客瞥他一眼，然后走过去。当然也有人，从口袋里摸出零钱——多半是硬币——弯一下腰——也有根本不弯腰的——扔在驴人面前的搪瓷盘里。如果是硬币就会发出清脆的声响。每当有人施舍，驴人的叩头的动作就更大更频。

　　老莫被这个具有惊愕效果的驴人打动了心，掏空了口袋里的硬币，放在他面前的盘子里。硬币落盘时发出了丁丁当当的声音。驴人把跪在地上的后腿直立起来，屁股高高撅起，对着老莫频频鞠躬。老莫在农村时养过驴，知道作为一头驴，这样四肢直立是最轻松的姿势，但他想到藏在驴皮里的人，马上就仿佛感同身受了一样，知道这种姿势较之后腿跪地更为吃力。那也就是说，藏在驴皮里的人，为了感谢老莫的施舍，就像卖艺者拿出绝活一样，把最高级的姿势展示出来。想到此老莫心中涌起了一阵感动，心中洋溢着对驴人的好感。老莫再次掏口袋，没有硬币了，就把一张面值五十的澳元在驴头前晃了晃，然后轻轻地放在瓷盘里。尽管没有施舍硬币那种清脆响亮的效果，但驴人却猛然地直立了起来，将双蹄抱在胸前，对着老莫作揖，同时发出了嘹亮的、高亢的驴叫声。老莫养过驴，对驴叫自然不陌生。这个人叫得比真驴还好，真是可惜了一条好嗓子。在歌剧院旁边的小巷拐角处，一个蒙着驴皮的人，有一条比毛驴还要好的嗓门。老莫想反正明天我就要回国，索性把兜里的澳元全部给他得了。于是就给了。老莫想也许这个人会从道具中露出头来，向他表示感谢，也许这还是一个熟人，也许这还是一个女人，也许……但那驴人并没有因为老莫的慷慨施舍而显身。老莫悻悻地回到宾馆，但他知道驴人是对的。你可以施舍，也可以不施舍。他可以显身，也可以不显身。这是规矩。

夜里，老莫梦到自己成了一头驴，在歌剧院附近的广场上乞讨。人们从他面前昂然而过，没有人理睬他。只有一个名叫小熊的女子将一枚硬币投过来。硬币落到瓷盘里，发出清脆悦耳的声响。老莫透过面具，看到了她那张全世界最美丽的脸。小熊啊……老莫大喊，眼泪夺眶而出，湿了枕巾。

（2004 年 11 月）

天　才

　　蒋大志少时，被村里的尊长、学校里的老师公认为最聪明的孩子。他生着一颗圆溜溜的脑袋，两只漆黑发亮的眼睛，一看模样就知道是个天才。那时候，老师夸奖他，女同学喜欢他，我们——他的男同学，总感到他别扭，总是莫名其妙地恨他——现在，我们知道了那种不健康的感情是嫉妒。老师常常骂我们的脑袋是死榆木疙瘩，利斧劈不开一条缝，要我们向蒋大志学习。我们的一位叫"花猪"的同学反驳老师：蒋大志的脑袋跟我们的脑袋不一样，让我们怎么学？难道让爹娘重新回我们一次炉吗？"花猪"的话把那位外号"狼"的老师逗笑了。"狼"看看蒋大志那颗在一片脑袋中出类拔萃的脑袋，叹一口气，说：是不能学了，你们也无法回炉——出窑的砖，定型了。我们回家把"狼"的话向家长转述了，家长们也只好叹息。

　　从此以后，"狼"便把大部分精力倾注到蒋大志身上，对我们这些蠢材放任自流。蒋大志也不辜负"狼"的期望，先是在地区小学生作文比赛中获得一等奖，继而又写了一篇题为《地球是颗大西瓜》的科幻文章，在《小学生科技报》发表了。这件事引起了很大的轰动，成了村里人半个月内的主要话题。蒋大志的爹蒋四亭也兴奋得要命，逢人说不上三句话就扯出儿子的话头来。后来，人们一见他的面，索性劈头便说：老蒋，你这个儿子是怎么做出来的？把秘诀传传，我们也去做个天才。老蒋听不出人们话语中的讥讽之意，反而十分认真地说：哪里有什么秘诀？一样的父精母血，要说有什么，就是这孩子生下来就睁着眼。老蒋还说，如果吃得好一点，蒋大志还要聪明。听话的人说：老蒋，别让你儿子再聪明了，他要再聪明俺那些孩子就该捏死了。

我明白了蒋大志的聪明与他那颗大脑袋有关后，就开始酝酿一个阴谋。"花猪"是主要的策划者。我们的目的是打坏蒋大志的脑袋，但又不能被"狼"发现。有人提议夜晚把他骗出来，从后脑勺上给他一闷棍；有人提议放学后躲到胡同里，当面给他一砖头。这些办法都被"花猪"否定了，说这样搞非倒大霉不行。"花猪"想了个办法：拉蒋大志打篮球，用篮球砸他的后脑勺。第一是不破皮不出血，"狼"抓不到把柄；第二可以把事情解释成传球失误。这办法赢得了我们的一致喝彩。我们说："花猪"你才是真天才呢，蒋大志会写几篇破作文算什么天才？

有一天上体育课，"狼"照老例给我们一个篮球，让我们到球场上去胡闹。球场上坑坑洼洼，碎砖烂瓦到处可见，球场边上有一棵槐树，树干上绑一个铁圈，就算篮筐。女生们在一起玩跳绳、跳方、踢毽子，男生在一起抢篮球，嗷嗷叫着跑了一阵子。"花猪"挤挤眼，我们会意，故意拥挤在一起，把蒋大志推来搡去，先把他搞得晕头转向，然后，不知是谁冷不防扬起两把浮土，大喊着：地雷爆炸了。浮土迷了许多人的眼，当然蒋大志的眼迷得最厉害。我看到篮球传到"花猪"手里，他双手抱球，举到头上，铆足了劲，对着蒋大志的后脑勺子砸过去。砰！篮球反弹回去，蒋大志就地转圆圈。我们叫着追篮球去了。蒋大志一个人站在那儿哭。

事后，大家都担心蒋大志向"狼"报告。"花猪"跟我们几个骨干分子订立了攻守同盟。我们等待着"狼"的惩罚，每天上课时都提心吊胆。但什么事也没有发生。我们继续蠢笨，蒋大志继续聪明。

几年之后，我们毕了业，很自然地回家种庄稼做农民，只有蒋大志一个人考到县一中去继续念书。我们与蒋大志拉开了距离，那种莫名其妙地恨人家的感觉无形中消逝了。当我们趁着凌晨水清去河里挑水时，经常能碰到蒋大志背着书包、口粮匆匆往学校赶。我们很恭敬地问候他，他也很礼貌地回答。我记得那时他的脸很苍白，神情很悒郁，走起路来飘飘的，好像脚下没有根基。

又过了几年，听说他考上了大学，而且还是很名牌的大学。我们听到这消息，一点儿也不感到吃惊。我们感到这是应该发生的事情，蒋大志有那么大、那么圆的脑袋，他不去上大学，这个世界上谁还配上大学呢？

好像是在一个阴雨连绵的夏季，我、"花猪"等人在河堤上守护堤坝。河里水很大，淹没了桥梁，但决堤的危险是不存在的，所以我们坐在河堤上下五子棋玩。蒋大志的爹找到我们，说蒋大志放暑假回来了，被河水隔在了对岸，刚才乡政府摇电话过来，让我们绑几个葫芦渡他过来。我们很爽快地答应了。

渡他过河后，他穿着一条裤头站在河堤上发抖，周身的皮肤土黄色，一身骨头，显得那头更大。我们不约而同地想起在篮球场上算计他的事，都觉得心里愧愧的。

"花猪"说：兄弟，当年我打了你一球，原想把你的天才打掉哩。

他笑着说：真要感谢你那一球呢，你那一球把我打成天才了。

"花猪"问：哪有这样的事？

他说：你们等着看吧。

我问：兄弟，你在大学里学什么呢？

他说：大学里学不到什么，我正准备退学呢！

我说：使不得。兄弟，你是咱村多少年来第一个大学生，大家都盼着你成大气候呢。你成了大气候，我们这些同学也跟着沾光。

他摇摇头，显然是走神了。

我们听到蒋大志退学回家的消息，都大吃了一惊。多少人想上大学去不了啊！吃惊之后，我们也感到惋惜，像我们这些蠢猪笨驴，在庄户地里翻土倒粪，原是生就的骨头长就的肉，命定了。但你蒋大志长了颗那样的脑袋，在庄户地里不是白白糟蹋了吗？我找到几个当年合谋陷害蒋大志的同学，想一起去劝劝他。我们想，书念多了的人，有时也会犯糊涂，他哪里知道庄户地里的厉害？

我们推开他家的栅栏门，一条尖耳朵的小黄狗摇着尾巴欢迎我们。他家的四间瓦屋还算敞亮，满院子向日葵开得正热闹。我们才要喊，他的爹已经出来了。他压低了嗓门问：你们有什么事？

"花猪"说：听说大志兄弟退了大学，我们想来劝他，让他别犯糊涂。

他爹摇摇头，说：我和他娘把嘴唇都磨薄了！这孩子，从小主意大，认准了理儿，十头老牛也拉不回转。

我说：我们不忍心看着他这样把自己的前程糟蹋了，劝劝，兴许劝回了头。

他爹说：各位大侄子，不必费心了，任由着他折腾去吧。

"花猪"说：不行，我们不能眼瞅着他把自己毁了。咱这个穷村子，五辈子就出了这么个大学生。

我们正吵嚷着，蒋大志从屋里出来了。他弓着腰，脸色蜡黄，一副大病缠身的样子。他摘下眼镜，在衣襟上擦擦，戴上，对我们说：

各位老同学，你们的话，我都听到了。

我们刚要劝说，他伸出一只手，举起来，晃晃，说：老同学们，你们知道唐山大地震吧？

"花猪"说：怎么能不知道！唐山地震那会儿，俺家的房梁还咯嘣响呢。

他问：你知道唐山地震死了多少人吗？

我们不知道。

他说：唐山地震死了二十四万人。这还算少的呢，一五五六年陕西大地震，死了八十三万人。还有日本大地震，智利大地震，死人都在十万以上。

我们说：我们想来劝你回去念大学哩，你给我们说地震干什么？

他说：老同学们，你们不知道，我们这个地区，处在地震活跃带上，随时都有可能爆发大地震。

"花猪"说：那你更不应该回来了。真要来了地震，砸死俺这样的，给国家省粮食，减人口，死一个少一个，砸死你可不得了，你是有用的人，不能死。

他说：老同学，要是家乡的人都砸死，我就算当了国家主席又有什么意思？我退学回来，就是为了研究地震预报。

我说：这事儿国家还能不搞？

他摇摇头，说：我去参观过他们的设施，那些东西，根本不灵。当然，更落后的，还是他们的观念。他们的地震理论的大前提是根本错误的，所以，他们研究手段愈先进；他们背离真理就愈远。这与"南辕北辙"是一个道理。

我们迷茫地看着他。

他很无奈地说：我看出来了，我说的话，你们既不相信，也不明白。他指指自己的脑袋，说：你们不相信我，总该相信它吧！

他的衣襟上沾满了红蓝墨水，他的脑袋上，似乎冒着缭绕的白气，那不是仙气又是什么？我们心中的敬畏油然而生，嘟嘟哝哝地说着：兄弟，我们相信你，你研究吧，有什么活儿要干，就跟我们打个招呼。我们倒退着离开他的家门。

河边的沙地上，种着一望无际的碧绿的西瓜。这是鲁迅先生用过的句子，我们在小学生语文课本上读到过的。瓜田有张三家的，有李四家的——几乎家家都有一块。我们这地方的土质最适合种西瓜。这里的西瓜个大皮薄，脆沙瓤儿，屈指一弹，便能爆裂。家家的瓜田里，都有一个瓜棚，远看像一座座碉堡。蒋大志退学之后，在家猫了一冬，我们不敢去打扰他，见面问他爹，他爹说他没日没夜地写、画。我们问他写什么？画什么？他爹说写一些弯弯曲曲的外国字，画一些奇形怪状的科学画。这小子，他爹不无自豪地说，没有干不成的事，这小子，没准真能下出个金蛋呢。

开春之后，我们有一半时间泡在西瓜地里，眼见着西瓜爬蔓、开花、坐果。当小西瓜长到毛茸茸的拳头大时，蒋大志出现在他爹的瓜地里。半年多没见，他脸更白，眼更大，瘦弱的身体，似乎已承担不了脑袋的重量。我们原以为他是出来看风景呢，没想到他是来搞研究呢。

他拿着一个放大镜，跪在他爹的西瓜地里，照完了瓜秧照西瓜，翻来覆去地照，一照就是一上午。河里水明光光的，他的头也是明光光的。我们想他是不是不研究地震而研究西瓜了？研究课题的转变使我们高兴，他如果能研究出西瓜的新品种，栽培的新技术，对我们大大地有利。我们不敢直接问他，间接地问他爹，他爹说他也不知道。那时候他爹还是幸福的，天气略有些干旱，正适合西瓜生长。在长势良好的西瓜地里，还成长着一个即将震惊世界的儿子，老头怎能不幸福？

他的娘有时把午饭送到地里来。老太婆看到儿子脑袋上亮晶晶的汗珠和满身的尘土，忍不住地说：儿啊，歇会儿吧，让你那个脑袋瓜子歇会儿吧。

他的刻苦精神让人感动，我们通过他认识到：当个科学家比当农民还要艰难，当农民是要出大力流大汗，但干完了活跳到河里洗个澡，躺在四面通风的瓜棚里睡一觉，享受的也是人间至福。可是我们在瓜棚里吹着凉风睡觉时，科学家还跪在西瓜地里冥思苦想。时间一天天熬过去，西瓜一天天长大，我们眼见着他瘦了。他的身子快成了瓜秧，脑袋不见瘦，快成了西瓜。我们劝他爹：大叔，让大志兄弟歇会儿吧，他那膝盖上，是不是扎了根？这样下去，你儿子就变成一颗西瓜了。

布谷鸟飞来又飞走。槐花盛开又凋落。麦子熟了。西瓜长得比蒋大志的脑袋还要大了。天气热了。有一天，忽喇喇一个闪，喀隆隆一个雷，第一场雷雨下来了。雨点中夹杂着一些花生米大小的冰雹。我们都躲在瓜棚里避雨。科学家还跪在西瓜地里，擎着头，直瞪着眼，思考着最最深奥的大问题。西瓜叶子被风吹着，翻卷出灰白的、毛茸茸的叶背，闪出了满地油漉漉、圆溜溜的大西瓜。稀疏的冰雹打穿了一些西瓜的叶片，也在西瓜上打出了一些伤痕，我们有些心疼。但我们更心疼正遭受着风吹雨淋雹打的科学家的脑袋。稀疏的头发淋湿后紧贴在头皮上，更像西瓜了，冰雹打上去，洁白地、亮晶晶地弹跳起来，落在一旁。我的瓜棚离他爹的瓜棚最近，我大声喊：蒋大叔，你难道不想要这个儿子了吗？

他的爹冒着风雨跑到我的瓜棚里来，浑身哆嗦着，眼泪汪汪地说：怎么办？怎么办？他说了，天上下刀子也不要打扰他，他思考的问题已到了最关键的时刻，今天是最后解决的时间了……

我说：也不能眼睁睁地看着他被雨淋死呀。

我们拿着斗笠、蓑衣，走到科学家身边，似乎听到了他脑袋里发出隆隆的响声，这是一台伟大的思想机器在运转。我试探着用食指戳了一下他的肩膀，感觉到了冰冷和僵硬。不好，大叔，你儿子已经冻僵了。

我们往他的嘴里灌了姜汤，又用烧酒搓了他的全身。他灰白的肉体上渐渐洇出了一些粉红的颜色，凝固了的眼珠慢慢地转起来。

他试图站起来，但分明是没有力气。他的眼睛里闪动着满天飞舞的鸟儿也许才有的兴奋，他哆嗦着嘴唇说：

伙计们，我想明白了！

说完了这句话，科学家一头栽倒。伸手试试他的额头，老天爷，烫得像火炭一样。我们从瓜棚上拆下一面门板，几个人抬着科学家，涉过河水，跑到了乡卫生院。

头批西瓜摘下来时，科学家出院了。我们齐集在他爹的瓜棚里，等待着他向我们宣布他的思想成果。

他双手端着一颗大西瓜，气喘吁吁地说：

兄弟爷们儿们，老同学们，我知道这个问题很复杂很深奥，三言两语说不清楚，我尽量地把问题简单化、形象化，便于你们理解。通过观察研究，我发现：西瓜的生长发育过程，与地球的生长发育过程完全一致，西瓜是一个缩小的地球，或者说，我现在双手端着一个缩小了无数倍的地球……因此，研究西瓜就是研究地球，解剖西瓜就是解剖地球，我已经明白了地震的生成原因，我已经能够准确地预报地震……

他把西瓜放在木板上，从铺下抽出明晃晃的瓜刀，嚓，把西瓜切成两半，指点着那些红瓤黑籽筋筋络络对我们说：

瞧，这是地壳，这是地幔，这是地核，这是灼热的岩浆，这是移动的板块……

我们呆呆地看着他。他宽容地笑了，把那颗熟透的西瓜一阵乱刀剁成了无数小块，分给我们，说：你们一定在想，这小子是不是神经病？我不怪罪你们。吃西瓜，尝尝新鲜，尝尝我爹的劳动成果。

我们捧着那一牙西瓜，感到非常非常沉重，这是一部分地球呀，也许这一牙西瓜上，就有半个中国，这上边有大城市、大森林、大沙漠、大海洋、大雪山……

我们胆战心惊地咬了一口红色的瓜瓤——他说，这是岩浆。我们感到今年的地球成色很好，冰凉的岩浆水分充足，又沙又甜，进口就能溶化……

他说：你们为什么不反驳呢？你们应该问我，蒋大志，我问你：如果西瓜代表地球，那么地球上的海表现在西瓜的什么位置上？长江在哪？黄河在哪？喜马拉雅山在哪？哪是北京哪是华盛顿？西瓜长在瓜秧上，地球呢？是不是也结在一棵秧上？太阳系是一片西瓜呢还是一颗西瓜？宇宙中是否布满四维爬动的西瓜藤？这个枝丫里结着一个太阳？那个枝丫里结着一颗月亮？……你们为什么不问呢？

我们捧着地球皮更加发呆，每个人都感到脑袋发涨，那么多的星球在我们的脑袋里像西瓜一样碰撞着，翻滚着，我们头痛欲裂，脑浆子变成了灼热的岩浆……

他悲哀地看着我们，咬了一口岩浆，吐出一块地幔，扔掉一块啃完的地壳，说：我知道，你们不需要我的解答了。但是，兄弟们，爷们儿们，人类们，我是爱你们的……

从此之后，我们再也无法安宁，尤其是夜晚在瓜棚里看瓜时，抬头看到满天的星星，低头看到遍地的西瓜，就感到一种巨大的恐惧，无数疑问像成群的蚂蚁一样在脑子里爬：西瓜是地球，瓜叶是什么？瓜花是什么？瓜子是什么？玉米是什么？大豆是什么？吃瓜的獾是什么？沙地是什么？尿素化肥是什么？……人又是什么？

（1991 年）

地　震

　　蒋四亭捆完了瓜田里最后一棵枯萎的西瓜秧，直起腰，抬头看了一下天。初秋的正午阳光明媚而强烈，湛蓝的天空比夏天时高了许多，有一些大团的白云急匆匆地奔驰着，投下一些飞快滑动的暗影。热热闹闹的西瓜季节过去了，瓜农们的腰包里都有一些皱皱巴巴、充满酸臭气息的钞票，腰杆子显得比春天时直溜了一些。唯有蒋四亭的腰直不起来。他用半握的拳头捶打着酸麻胀痛的腰部肌肉，叹息一声，抱起那颗最后的落秧西瓜，心事重重地往家走。

　　临近村头时，外号"花猪"的中年男人问他："蒋大叔，大志兄弟的研究成果什么时候见报？"

　　他从"花猪"油滑的脸上读出讥讽来，便冷冷地回道："总有那么一天，你会后悔今日说的话。"

　　"花猪"道："大叔，我可没有瞧不起大志兄弟的意思，我跟他从小同学，我知道他有天才。"

　　蒋四亭说："谁知道你是什么意思！"说完了话，他不去理"花猪"，抱着那个青油油的小西瓜，朝自己家里走。他听到"花猪"在背后说："爷儿两个都成了神经病。"

　　"他爹，"蒋四亭的老婆愁苦地说，"我端详着咱孩子不大对劲儿，一天到晚关在屋里，嘴里神念八语的，也不知说些什么，人家都说他得了神经病……"

"胡说，"蒋四亭放下西瓜，压低嗓门训斥老婆，"别人糟蹋大志，是他们看着咱孩子有出息妒忌，咱自己怎么也糟蹋孩子？"

"你这个老东西，"老婆说，"我能不巴望咱儿好？我是说旁人说……"

"旁人说什么，咱不能去堵住人家的嘴，"蒋四亭说，"要紧的是咱自己，不能怀疑儿子。"

"我也没怀疑，"老婆说，"千万斤的西瓜，都让他给剁烂了，我不是半句也没抱怨吗？"

蒋四亭说："不抱怨就好，舍不得孩子套不住狼，何况几个西瓜。等咱孩子把事弄成了，咱就不用种地了，到时候气死那些说风凉话的东西。"

老两口子正说着话，蒋大志从里屋走出来。他面色苍白，头发蓬着，衣衫不整，院子里的光线使他眯缝起眼。他用手掌遮住阳光看了看天，然后急匆匆地转到猪圈墙后小解。回来后，不跟爹娘打招呼，就要往屋里钻。蒋四亭说："大志，你慢点走，我有话跟你说。"

蒋大志停住脚，问："爹，你快点，我正忙着哩。"

四亭道："再忙也听我说几句。"他指着那个青翠的西瓜："这是咱瓜地里的最后一个瓜了，我抱回来，让你研究。"

大志趋前一步，屈起中指，敲了敲西瓜，自言自语地说："只要给我足够长的杠杆，我就能移动地球！"

四亭道："还要什么杠杆，我一只手从地里抱来家的。"

大志道："爹，你是犯了偷换概念的逻辑错误。"

四亭道："儿呀，你别给爹撇文喽，爹不明白。爹想跟你说，你那东西要是捣弄得差不多了，就该拿出来显显世，堵堵外人嘴。你憋在家里听不到风，风言风语可不少啊!"

大志道："如果没人风言风语，那才叫奇怪呢! 他们说我得了神经病，说我想入非非，说我异想天开对不对? 爹，倒回一百年去，要是有人说坐着飞船上了月亮，谁会相信? 但是现在人上了月球。当年老伽利略说地球围绕着太阳转动，教会架起火来要烧死他，他却说：它依然在转动! 爹，科学上的任何一次革命都是一些被人骂为疯子的人搞出来的，许多人为此甚至牺牲了性命，爹、娘，想想那些伟大的先驱，想想你们的儿子研究课题的伟大，牺牲几个西瓜算什么? 别人说几句风言风语又算什么呢?"

大志一席话，说得蒋四亭眼泪汪汪，他激动地说："儿啊，俗话说得好，'知子莫如父'，别人不相信你，是他们'狗眼看人低'，爹相信你，只要你能把事情弄出来，别说剖几个西瓜，就是卖房子卖地，爹也不会犹豫。"

大志的娘也被煽动起昂扬情绪，她双手捧起那个落秧子西瓜，说："儿啊，别说话耽误工夫了，这是咱家瓜地里最后一个瓜，你快抱去研究吧。"

大志也很激动，苍白的脸上泛起几片红，他接过西瓜，说："爹，娘，你们是我国农民中思想最解放、行为最果断、风格最高尚、最具远见卓识、最少保守思想的、空前的杰出代表，能给你们做儿子是我的最大幸福，将来有一天，你们的名字将被铭刻在高大的纪念碑上。"

四亭说："儿，研究吧，咱家的西瓜虽然没有了，爹准备把圈里的猪卖了，买西瓜供你研究，卖猪的钱花光了，爹再去卖牛，卖完了牛就卖鸡，管什么都卖光了，爹就豁出老命去卖血。"

　　大志嘴唇颤抖着，抱着西瓜跑到屋里去了。

　　老蒋肚子饿了，吩咐老婆拿饭吃。老婆端出一摞粗面饼，一碟子萝卜咸菜，放在锅台上。老蒋咬了一口粗面饼，感到粗涩难以下咽，有些不满意地瞟了老婆一眼。他老婆同样不满意地瞟了他一眼。这时，他就想起那上千个被儿子剁烂的西瓜。他意识到这些想法与儿子给自己下的断语相差甚远，便大口地咽粗面饼吃萝卜咸菜，借以驱散卑俗，走向高尚与伟大。

　　"爹，娘，你们跟我来。"蒋大志对正在伸着脖子吃饼的爹娘招招手，神秘又严肃地说。

　　蒋四亭扔掉手中的饼，扯了一把欲张嘴问话的老婆，老两口子尾随着儿子，进入那间"实验室"。

　　"实验室"前窗户上挂着一条破被套，后窗户上糊着几层旧报纸。一盏煤油玻璃灯放射着昏黄、柔弱的光线。屋子里一股霉变味儿。蒋四亭身上冷飕飕的，仿佛进入了传说中的森罗宝殿。他看到儿子房间的墙壁上画着一些图画，闪闪烁烁的，看不清楚。

　　儿子站在摆放着煤油灯的桌子旁边，用一根撑蚊帐用的小竹竿，指指墙上的图画，说："爹，你看不明白吧?"

　　老蒋把头摇得像货郎鼓一样，连声说："看不明白，看不明白……"

　　"娘你呢，看明白了吗?"蒋大志又问。

　　老太婆眯着眼，打量了一会儿，怯怯地说："儿啊，我瞅着你画了块西瓜地。"

　　蒋大志说："也可以这么说吧!"

　　老蒋道："我也早看出来像块西瓜地，这些圆的是西瓜，这长的瓜蔓，这些弯弯曲曲的是瓜须子……但我猜想这不会是西瓜地，你闲着没事画块西瓜地干什么？"

大志道："爹，这像块西瓜地，但的确不是西瓜地。这是我画的太阳系结构图。你们看，这是我们居住的地球，这是火星，这是木星……星球之间的藤蔓，实际上就是使它们维持平衡的引力。西瓜的大小、形状，主要是由西瓜在藤上的位置决定的；同理，星球的大小、形状、转速以及诸如地震、火山喷发、山呼海啸等现象，也都是由连接着星球的藤——引力——决定的。当然，实际的道理要比这复杂一万倍，我说了你们也听不明白。"

老蒋胆怯地问："儿啊，那些像西瓜叶子的东西是什么？"

大志说："那是正在形成的新星球。"

老蒋又问："儿啊，没听说西瓜叶子能长成西瓜呀。"

大志说："爹，你这问题问得好。你知道吗？很多植物的果实，就是由叶子进化而成。你切开西瓜，没看到里边有许多筋筋络络？那筋筋络络，原来就是叶子的筋筋络络呀。"

老蒋困惑地摇摇头。

大志道："爹，你来看张图片。"

老蒋看儿子挂起一张图片，听到儿子说："爹，这是卫星拍摄的地球照片，你看像不像个西瓜？"

老蒋不敢说话，小蒋用竹竿指点着说："这是北极，往外凸着，正是瓜蒂连接瓜蔓的地方；这是南极，往里凹着，正是落花坐果的痕迹。"

老蒋说："我明白了。"

大志放下竿，手按着桌子上的西瓜，神色庄严地说："爹，娘，叫你们来，是想告诉你们一件大事！"

"儿啊，什么大事？"老两口子一起问。

大志把那颗西瓜往前推了推，拿起一支削得溜尖的铅笔，指着瓜上一点说："爹，娘，你们看，这一点，就是咱村所在地，当然，咱村在地球上的比例，比这一点还要小许多许多。根据我的推算——"他指指桌上一大堆纸张，"由于连结着太阳瓜的主藤和蓬勃发展的月亮藤的相互作用，地球瓜上的一点将发生强烈变化，这变化就是一场大地震，时间在十月一日前后。"

"儿啊，怎么办？"老婆子惊呼。

老蒋道："别急，听孩子说。"

小蒋道："根据我的推算，这次地震的中心，是以我们村为中心点的方圆五十里的地盘。地震过后，这里的房屋将全部倒塌，地面上将裂开一条五百米宽的大沟，沟深得望不到底，往外涌带油花子、散发硫黄味道的黑水……"

"儿啊，快逃命吧！"老婆子说。

"别急，听儿子的。"

大志道："爹，娘，我想咱赶快分头通知乡亲们，让大家赶快转移到安全地带，今天是九月十日，还有半个多月的安全期，来得及。"

老蒋道："不能告诉他们，尤其不能告诉那些用冷言冷语讥笑过我们的人，砸死他们活该！"

大志道："爹，这就是你的不对了。乡亲们待咱们好不好，那是小事，可这逃脱地震却是性命攸关的大事情。要是全村人都砸死了，剩下咱一家三口有什么意思？"

老蒋道："儿啊，你说得对。爹刚才说的是气话，几百口子性命，不是闹着玩的。"

大志说："爹，事不宜迟，你和娘分头通知乡亲们去吧，让他们至迟在五天之后离开村庄，向西南方向迁移，走得越远越安全。"

老蒋道："大志，我把嘴唇都磨薄了，可是没人听你的话。"

老蒋婆道："儿啊，咱尽到了心，他们不走咱就走吧！"

大志道："爹，娘，这样吧，你们把家里值钱的东西收拾收拾，套上牛车拉着，随时准备走，我亲自出马去劝他们。"

傍晚时，老蒋家的场院上燃起了一把熊熊大火，我们提着水桶冲去救火，到那儿一看，见我们的老同学天才蒋大志站在火堆旁边，明亮的火焰照耀着他仿佛全身透了明。

他大声说："乡亲们，老同学们，火是我点的，不用救了。"

他点燃的是自家的麦草垛。燃烧着的麦秸草发出噼噼啪啪的声音，好像十几串鞭炮在同时爆响。烈火生旋风，他的衣服和头发在风中飘扬，好像整个人都随时会飞起来一样。

"大志，你这是干什么？"我们疑惑地问。

"乡亲们，老同学们，"蒋大志挥舞着双臂，灼热的气流冲激着他透明的身体，使他像一块浅黄色的松香，随时都会燃烧，随时都会熔化，他的脸上流着亮晶晶的液体，大声喊叫着，"听我的话吧，赶快收拾收拾，朝西南方向逃命，十天之后，这里将是一片废墟，地将开裂，涌出黑水……"

我们蓦然想起在小学课本上学到的猎人海力布的故事，海力布为了劝说乡亲们逃离险境，最后变成了石头，蒋大志呢？他是不是想投身火海？

"大志，背井离乡，抛家舍业，这可不是一件小事情，"我们问他，"你有把握吗？"

他斩钉截铁地说："我有绝对的把握！乡亲们，把眼光放远点，留得青山在，不怕没柴烧。快回家收拾收拾，跟我走吧。"

我们回头望望被深沉的暮色笼罩着的家园，心中涌起难以割舍的眷恋之情。

"大志，到了那几天，我们搬到田野里去住行不？"我们问。

他悲哀地垂下头，停了一会儿，扬起挂满泪花的脸，说："乡亲们，老同学们，难道非要我跳进火堆里你们才肯走吗？"

"你千万别这么想，"我们感动地说，"你这番好心我们深领了。我们想，这山崩地裂，是天神爷爷地神奶奶的事，连国家科学院都不敢打保票，万一……不是我们信不过你……"

"乡亲们，老同学们，"他难过地说，"那就随你们吧，记住，十月一日前后三天，万万不可在屋子里待着……后会有期……"

他大哭着走了。

我们的眼里也盈满泪水。

当天夜里，老蒋家赶着牛车上了路。我们齐集在街上为他们送行。不习惯夜路的老牛走起来摇摇晃晃像个醉汉，崎岖不平的街道使牛车发出嘎嘎吱吱的响声。老蒋两口子坐在车上，拥着铺盖抱着鸡，蒋大志提着马灯牵着牛，慢腾腾地走出村去。我们目送着那盏昏黄的灯光，耳听着嘎吱吱的车声，灯光愈来愈暗，车声愈来愈弱，终于全部消逝。我们默立在昏暗的街道上，感到十分空虚。

十几天后，我们都搬到田野里去躲避灾难。秋天的凉风寒露让村里半数以上的人患了感冒。起初没有怨言，后来怨言渐多。

都说蒋大志是不折不扣的神经病，都庆幸没有听他的鬼话抛家舍业去逃难。过了十月二日，大多数的人都回家睡觉去了，只有我们几个老同学还强迫着老婆孩子们与我们一起野营。连老婆孩子也嘲笑我们，说我们和蒋大志一样中了魔怔。我们坐在一起，抽着烟，看着满天闪烁不定的星斗，听着秋风吹拂晚熟的庄稼叶子的飒飒声，也渐渐地悟到了这事情的荒唐。我们决定，立即回家去，不再傻乎乎地遭罪了。我们牵着牛，领着狗，抱着孩子，心情古怪地往村子里走。

临近村头时，"花猪"说："地震！"

我们停住脚，用心体验着。远处传来火车鸣笛的声音。后来便沉入死样的寂静。正南方有一片闪闪的光芒，"花猪"说："地光！"

其实那是胶州城的万家灯火。

"花猪"发誓说他真的感觉到地皮颤抖了几下，大家都拿他取笑，说他将继承蒋大志的事业，把地震预报搞下去。

蒋大志一家今夜宿在什么地方？

"大志，"老蒋不耐烦地说，"过了十月一日三天了，地怎么还不震？要是不震，你让我怎么回去见人？"

蒋大志的娘沿途受了风寒，躺在车上连声咳嗽着、呻吟着。老蒋捶打着她的背，她吐了一口痰，喘息着说："回家……回家……"

蒋大志就着马灯的昏黄光芒埋头计算着，几天的工夫，他又瘦了许多。在父母的嘟哝、埋怨声中，他抬起头来，痛苦万分地说：

"错了，我计算错了……"

"花猪"拿着一个半导体收音机冲进来，大声说：

"听广播没有？秘鲁发生六级地震，就是昨天夜里我感到地震那会儿。看起来蒋大志那小子并不完全是瞎说。"

养猫专业户

姑姑对我说过，他的爹不务正业，闲冬腊月别人忙着下窖子编草鞋赚钱，他的爹却抱着两只大猫东游西逛。姑姑说他出生时，解放军的炮队在村后那片盐碱地上实弹射击，荒地上竖着一股股烟，有白色的，有黑色的。炮声很响，震得窗户纸打哆嗦。

他长到七岁时，和我打架，用手抓破了我的腮，用牙咬破了我的耳朵，流血不少。被姑姑撞见，姑姑骂他："大响，你这个野猫种，怎么还咬人呢？"

他不住地用舌尖舔着嘴唇，好像猫儿舔唇上的鼠血，眼睛眯缝着，在我姑姑的数落声中，不吱声，也不挪动。一只蓝猫从我家磨屋里叼着一匹耗子蹿出来，耗子很大，把猫头都坠低了。他眯缝着的眼突然睁开，从眼里射出一道光线，绿荧荧的。手提到胸前，身体缩起来，片刻都不到，他直飞到猫前去，把那匹大耗子截获了。蓝猫怪叫几声，像哭一样，对着他龇牙咧嘴，无可奈何，悻悻地贴着墙根又溜进磨屋里去了。姑姑停止了用玉米皮包扎着我的耳朵的手，嘴不说话，僵硬地半张着。我和姑姑都定着眼看手提着大耗子的大响，他的脸上挂着谜一般的好像是愚蠢也许是残酷的笑容。

后来，大响跟随着他爹闯关东去了，一去也就没了音信。我当兵前二年，一个老得有点糊涂了的关东客回了老家，我跟他坐在一起为生产队编苫，问起大响一家，关东客眍着眼说：大响的爹死了，大响被山猫吃了。问到山猫形状时，关东客满嘴葫芦，只说好像一种比猫大点比狗小点的十分凶猛的野兽，连老虎狗熊都怕它三分。

大响被山猫吃了，我也没感到难过，只是又恍然记起他脸上那谜一般的好像是残酷也许是愚蠢的笑容来。

老关东回乡一年就死了，埋在村东老墓田里，村人都说这叫叶落归根，故土难离，哪怕再穷，也难忘了，老来老去，终究要转回来。

又一年初冬，征兵开始了，来带兵的解放军都穿着大头皮鞋羊皮大衣，问问说是黑龙江来的。我马上就想起老关东客那些关于关东的神秘传说，想起了那个被山猫吃掉了的大响，那怪异而凶残的动物正用带刺的舌舔着大响的白骨，凄厉一声叫，连山林都震动了……那时农村日子不好，年轻人都想当兵，争得头破血流的。因我姑姑头二年嫁给了民兵连长邢大麻子，我沾了光，没争没抢就拿到了入伍通知书。坐上闷罐子车，连白带黑地往北开了不知几多工夫，到了一座大森林的边上，触鼻子扎眼的树、雪，风呜呜地叫，夜里满树林子都是狼嗥。首长听说我在家养过猪，就把我分配去养狼狗。养狗的日子里，我经常偷食喂狗的一种红色肉灌肠，挨过批评，但也改不了，因我一见那红色灌肠，就像生精神病似的烦躁不安，非吃不可，非吃不能平息烦躁情绪……现在我还是不敢回忆那红色灌肠的形状和味道……吃着红色灌肠的时候，我的眼前交替出现着两幅幻景：大响像电一般扑到猫头上，截获耗子，脸上是愚蠢的或是残酷的笑容……山猫用带刺的舌舔着大响的白骨，舔着那笑容，像用橡皮擦纸上的字迹一样……

我就好像见过了山猫似的脑海里浮动着山猫机警而凶残的脸。

因我恶习难改,被调到炊事班,负责烧火喂猪。有一天,指导员和炊事班长到山上去谈心,抓回三只小猫崽,山猫崽子! 通体花纹,黑与灰交织,黑得特别鲜艳,耳朵直竖,似比家猫尖锐,别的也就与家猫无大差别了。山猫吃掉大响的故事从此完结了。

抓回小山猫不几日,老兵复员,一宣布名单,炊事班长是第一名,我是最后一名。炊事班长已当兵五年,风传着要提拔成司务长的,他工作积极,经常给我做思想工作。我当兵两年,被复了员,是因为我偷食红色灌肠吧! 复员就复员,总算吃了两年饱饭,还发了好几套里里外外从头到脚的新衣新帽,够穿半辈子啦! 当了两年兵,这一辈子也算没白活。我是这么想。可炊事班长不这么想,宣布复员名单时,一念到他的名字,他当场就昏倒了。卫生员用针扎巴了半天,才把他扎醒了。醒了后,他又哭又闹。

炊事班长哭求也无济于事,与我坐同一辆汽车,哭丧着脸到了火车站,乘一辆烧煤的火车,回他的老家去了。据说他的家乡比我的家乡还要穷。

生怕那只山猫在火车上乱叫被列车员发现罚款,副连长送我一铁筒用烧酒泡过的鱼,把猫喂醉了,让它睡觉。副连长说,它一醒你就用鱼喂它。副连长是我的老乡,他说家乡鼠害成灾,缺猫。

虽说见过山猫之后便不再相信大响被山猫吃掉的鬼话,但在街上碰上了他,心里还是猛一"咯噔",互相打量着,先是死死地互相看着脸，接着是从头到脚地上下扫，然后便互相大叫一声名字。

他身体长大了很多，脸盘上却依然是几十年前那种表情，不开口说话的时候，脸上便浮现那种神秘的微笑，好像愚蠢，又好像残酷。

"'喀巴'说你让山猫吃了呢！"我说的"喀巴"是老关东的名字。

他咧咧嘴问："山猫？"

连田野的老鼠都跑进村里来了，它们嘴里含着豆麦，腮帮子鼓得很高，在大街上慢吞吞地跑着，公鸡想去啄它们的时候，它们就疾速地钻进墙缝里，钻进草垛里，钻到路边随处可见的鼠洞里。

"你见过山猫吗？"他问我。

我告诉他我从关东带回来一只小山猫，在姑姑家躺着，还没真正醒酒呢！

他高兴极了，立即要我带他去看山猫。

我却执意要先看他的家。

他的家是生产队过去的记工房，被他买了。房有四间，土墙，木格子窗，房上有三行瓦，两行瓦蓝色，一行瓦红色。两只大猫卧在他的炕上，三只小猫在炕上游戏。土墙上钉着几十张老鼠皮。他枕头边上摆着一本书，土黄色的纸张，黑线装订，封面上用毛笔写着几个笨拙的黑字：尴鼠催猫。我好奇地翻开书，书上无字，却画着一些奇奇怪怪的花纹。也许别的页上有字，我不知道，我只看了一眼那些花纹，他就把书夺走了。他厉声呵斥我："你不要看！"

我的脸皮稍稍红了一下，自我感觉如此，讪讪地问："什么破书？还怕人看。"

他似乎有些不好意思，摩挲着那本书道："这是俺爹的书。"

"是你爹写的？"

"不是，是俺爹从吴道士那里得的。"

"是守塔的吴道士？"

"我也不知道。"

那座塔我知道，砖缝里生满了枯草，几十年都这样。道士住塔前的小屋里，穿一袭黑袍，常常光着头，把袍襟掖在腰里，在塔前奋力地锄地。

"你可别中了邪魔！"我说。

他咧咧嘴，脸上挂着那愚蠢与残酷的微笑。他把书放在箱子里，锁上一把青铜的大锁，嘴里咕哝着什么，五只猫都蹲起来，弓着腰，圆睁眼看着他的嘴。

我的背部有点凉森森的，耳朵里似乎听到极其遥远的山林呼啸声，正欲开口说些什么，就听到啪嗒一声响，见一匹雪白的红眼大鼠从梁上跌下来，跌在群猫面前，呆头呆脑，身体并不哆嗦。白鼠的脸上似乎也挂着那愚蠢又残酷的笑容。

大响捉着鼠，端详了半天，说："放你条生路吧！"嘴里随即嘟哝了几句，猫们放平了腰，懒洋洋地叫了几声，老猫卧下睡觉，小猫咬尾嬉闹。那红眼白毛鼠顿时有了生气和灵气，从大响手里嗖地跳下，沿着墙，哧溜溜爬回到梁头上去，陈年灰土纷纷落下，呛得我鼻孔发痒。

我当时有很大的惊异从心头涌起，看着大响脸上那谜一般的微笑，更觉得他神秘莫测。一时间，连那些猫，连那土墙上贴着的破旧的布满灰尘的年画，都仿佛通神通鬼，都睁了居高临下、超人智慧的眼睛，在暗中看着我冷笑。

"你搞的什么鬼？"我问大响。

大响赶走那微笑认真地对我说："伙计，人家都在搞专业户挣大钱，咱俩也搞个专业户吧！养猫。"

养猫专业户！养猫专业户！这有趣而神秘、怪气十足又十分正常、富有吸引力的事业。

"听说你从关东带回来一只小山猫？"他又一次问。

晚上我就把小山猫送给了大响，他兴奋得一个劲搓手。

我到姑姑家去喝酒。

姑父三盅酒进肚，脸就红了，电灯影里，一张脸上闪烁着千万点光明。他把我的酒盅倒满，又倒满了自己的盅，把酒壶放在"仙人炉"上燎着，清清嗓子，说："大侄子，一眨巴眼，你回来就一个月了，整天东溜西溜，不干正事，我和你姑姑看在眼里，也不愿说你。你也不小了，天天在这里吃饭，我和你姑即便不说什么，只怕左邻右舍也要笑话你！现在不是前二年啦，那时候村里养闲人，游游逛逛也不少拿工分；现如今村里不养闲人，不劳动不得食。我和你姑不知道你心里怎么想的，是分几亩地种还是出去找个事挣钱？"

我的心有点凄凉，喝了酒，说："姑父，姑姑，我一个大小伙子，自然不能在你家白吃干饭！虽说是要紧的亲戚，毕竟不是自己的家，就是在爹娘家里，白吃饭不干活也不行。吃了你们多少饭，我付给你们钱。"

姑姑说："你姑父不是要撵你，也不是心痛那几顿饭。"

我说："明白了。"

姑父却说："明白就好，就怕糊涂。你打的什么谱？"

我说："这些日子我跟大响商量好了，我们俩合伙养猫。"

纸糊的天棚上，老鼠嚓嚓地跑动着。

姑父问："养猫干什么？"

我说："村里老鼠横行，我和大响成立一个养猫专业户，卖小猫，出租大猫……"

我正想向姑父讲述我和大响设想的大计划时，姑父冷笑起来。

姑姑也说："哎哟我的天！你怎么跟那么个神经病搞到一堆去胡闹？大响是给他爹那个浪荡梆子随职，你可是正经人家子女。"

姑父讽刺道："有千种万种专业户，还没听说有养猫专业户！你们俩还不如合伙造机器人！"

姑姑说："我和你姑父替你想好了，让你一头扎到庄稼地里怕是不行，当过兵的人都这样。喇叭里这几天一个劲儿地叫，县建筑公司招工，壮工一天七块钱，除去吃喝，也剩三五块，你去干个三年两载，赚个三千两千的，讨个媳妇，就算成家立了业，我也就对得起你的爹娘啦！"

我又见了大响，把准备去建筑公司挣钱不能与他养猫的事告诉他，他很冷淡地说："随你的便。"

以后我就很难见到大响的面了。建筑公司放假时我回家去探望过大响，那两扇破门紧锁着，门板上用粉笔写着一行大字：养猫捕鼠专业户。旁有小字注着：捉一只鼠，仅收酬金人民币一元整。铁将军把着门，这老兄不在。但我还是吼了几声："大响！大响！"院子里一片回声，好像在两山之间呼唤一样。我把眼贴到门扇上往里望，院里空荡荡的，低洼处存着夜雨的积水，那匹我曾见过的白耗子在院里跑，墙上钉着一片耗子皮。

大响的邻居孙家老太太迎着我走过来，一头白发下有两点磷火般的目光闪烁。她拄着一支花椒木拐杖，干干的小腿上裂着一层白皮。她问："您是请大响拿耗子的吧？他不在。"

"孙大奶奶，我想找大响耍耍，我是老赵家的儿子，您不认识我？"

老太太一只手拄定拐棍，一只手罩在眉骨上方，打量着我，说："都愿意姓赵，都说是老赵家的儿子，'赵'上有蜂蜜！有香油？"

我立刻明白，这老太太也老糊涂了。

她以与年龄不相适合的敏捷转回头来，对我说："大响是个好孩子，他发了财，买蜂蜜给我吃，你买毒药给我吃，想好事，我不吃！前几年，你们药耗子，把猫全毒死了，休想啦，休想啦……"

回家与姑姑说大响的事，姑姑说："这个疯子！不是个疯子也是个魔怪！"

姑父插言道："你可别这么说！大响不是个简单人物，听说他在墨河南边一溜四十八村发了大财！"

有关大响的传说如雷贯耳是一九八五年，那时我时来运转，被招到县委大院干部食堂烧开水，婚也结了，媳妇的肚子也鼓了起来，满心里盼她生个儿子，可她到底生了个女儿。

女儿出生后，我告了一个月假，回家侍候老婆坐月子。这些日子里，大响来过一次，坐在院子里也不进屋。他比从前有些瘦，但双目炯炯，言语中更有一些玄妙的味道，但细揣摩，又好像是正常的。他说："老兄，贺喜，喜从天降！浩浩乎乎乾坤朗朗！没有工夫煮鸡汤，吃耗子在南方，多跑路身体健康，不可能万寿无疆！送你二百元，给嫂子和侄女添件衣裳。"他把一个红纸包拍在我手里，一转身就走了。我没及谦让，就见他那黑黑的身影已溶到远处的月影里。一声柳哨，令人肠断。我不知这柳哨是不是大响吹的。又隔了几天，因寻一味中药，我骑车跑到邻县的马村，那里有一家大中药铺，三个县都有名。骑到距马村不远的一个小庄子，见村里男女老幼都跌跌撞撞地往村中跑，下车问一声，说是有一师傅在村中摆开法场，要把全村的耗子拘到池塘里淹死。心里一扑棱，立即想到这是大响，便推了车，随着人群往前拥。将近池塘时，早望见红男绿女，围成了一个大大的圆圈。垂柳树下，站着一瘦高个子男人，披一件黑斗篷，蓬松着头发，恰如一股袅袅的青烟。我把草帽拉低，遮住眉头，支起自行车，挤进人圈里，把头隐在一高大汉子背后，生怕被大响瞧见。

起先我想这人也未必就是大响，他的眼神时而涣散，时而凝结，涣散时如两池星光闪烁，凝结时则如两坨青水冷气，仿佛直透观者肺腑；我才觉得他必定是大响。因为他不管目光涣散还是凝结，那种我极端熟悉的谜一般的愚蠢或残酷的微笑始终挂在脸上。他的身后，蹲着八只猫。

好像是村里的村长一类的人物——一个花白胡子的老汉走到大响面前，哑着嗓子说："你可要尽力，拘出一匹耗子，给你一块钱，晌午还管你一顿好烟好菜；拘不出耗子嘛……这里离派出所并不远，前天还抓走了一个跳大神的婆子呢！"

大响也不说什么，只是更加强烈了那令人难以忘却的笑容。花白胡子退到人堆里。大响从猫后提起一面铜锣，用力紧敲三响，锣声惨厉，铜音嗡嗡，不知别人，我的心紧缩起来，更直着腰看大响。他赤着脚，那黑袍上画着怪纹，数百根老鼠的尾巴缀在袍上，袍袖摆动，鼠尾嚓嚓啦啦细响。他提着铜锣，紧急地敲动，边敲锣身体边转动起来。黑袍张开，像巨大的蝙蝠翅膀。群猫也随着他跳动起来，它们时而杂乱地跳，时而有秩序地跳，但无论杂乱无章还是秩序井然，那只我从关东带回来的山猫无疑始终充当着猫群的领袖。两年不见，它长大了许多，只是从它的格外尖锐的耳上，从它那些缠绕周身的格外鲜艳夺目的黑色条纹上，我才能认出它。它的身体比那七匹猫要大，正应了老关东客"比猫大点，比狗小点"的话。我总觉得群猫脸上，尤其是山猫脸上的表情与大响脸上那微笑有着密切联系，在本质上是一致的、共同的、互通的，同属于一个尚未被人类完全认识的因而也就是神秘的精神现象的朦胧范畴。

猫们的跳跃舞蹈协调一致时，就好像八颗围绕着大响旋转的行星。阳光灿烂，照耀着光亮的猫皮，垂柳吻着生满青萍的池塘，蜻蜓无声地滑翔。猫的身体都拉得很长很细，八猫首尾连接，宛若一条油滑的绸缎。

大响与群猫旋转舞蹈，约有抽两袋旱烟的工夫，众人正看得眼花缭乱时，锣声停了，人与猫俱定住不动，好像戏台子上演员的亮相。天气燥热，大响脸上挂着一层油光光的汗。大家都不错眼珠地盯着他，他嘴里振振有词，语音含糊，听不清什么意思，两条洁白的泡沫挂在他的嘴角上。定住的猫在他的"咒语"中活动开来，猫嘴里发出瘆人的叫声，猫腿高抬慢落，徘徊行走，八匹猫好像八个足蹬厚底朝靴在舞台上走过场的奸臣。

群众渐渐有些烦恼，毒辣的太阳晒着一片青蓝的头皮，烦恼是烦恼，但也没人敢吱声。我私下里却为大响担忧起来，全村的耗子难道真会傻不棱登地前来跳塘？

忽然，猫叫停止，八匹猫在大响身前一字儿排开，山猫排在最前头，俱面北，弓着腰，尾巴旗杆般竖起，胡须扎煞，嘴巴里咈咈地喷着气，猫眼发绿，细细瞳仁直竖着，仿如一条条金线。我的汗马上变得又冷又腻，眼前幻影重重，耳朵里钟鼓齐鸣，恍惚中见群马奔驰在塞外的冰冷荒漠上，枯黄的羊儿在衰草中逃窜……赶忙晃头定神，眼前依然只有八匹发威的猫。大响从腰里掏出一支柳笛，嘟嘟地吹起来，笛声连续不断，十足的凄楚呜咽之声。斜目一看，周围的观众都紧缩着头颈，脸上挂着清白的冷汗珠。不知过了几多时光，人背后响起一片嘈杂声，笛声忽而高亢如秋雁嘹唳，群猫也大发恶声。有人回头，喊一声"来了"，人群便豁然分开，裂开一条通衢大道，数千匹老鼠吱吱叫着，大小混杂，五色斑驳，蜂拥而来。众人都不敢呼吸，身体紧缩，个个矮下一截。大响闭着眼，只管吹那柳笛，群猫毛发饯立，威风大作，逼视着鼠群。鼠们毫不惊惧的样子，一个个呆头呆脑，争先恐后地跳到池塘里去，池塘里青萍翻乱，落水的老鼠奋力游动着，把青萍覆盖的水面上犁出一条条痕迹。后来都沉下去，挣扎着，露出红红的鼻尖呼吸，又后来，连鼻尖也不见了。

柳笛声止，群猫伸着懒腰徘徊，大响直立在烈日下，低着头，好像一棵枯萎的树。

湾水平静，众人活过来，但无有敢言语者。村里管事的花白胡子蹒跚到大响面前，叫了一句"先生"，大响睁开眼，嫣然一笑，几乎笑破我的心。

我骑着自行车疾速逃走，浑身空前无力，寻了一块花生地，便扔下车子，不及上锁，一头栽倒，沉沉睡去。醒来时红日已平西，近处的田畴和远处的山影都如被血涂抹过，稼禾的清苦味道直扑鼻孔，我推车回家，回想上午的事，犹如一场大梦。

回到县里后，我见人就说大响的奇能，起初无人相信，后来见我说得有证有据，也就半信半疑起来。

初冬时，邻县的领导向我们县里领导问起大响的事，县委莫书记很机智地做了回答。

莫书记到伙房里找我，了解大响的情况，我把我知道的有关大响的一切都说了。

大响成了名人，市里有关部门也派人前来调查。这样张张扬扬地过去了半年。

麦收的时候，县粮食局一号库老鼠成灾，准备请大响来逮鼠。消息很快传开，市电视台派了记者来，带着录像器材，省报也派了记者来，带着照相机和笔，据说有几位很大的领导也要来观看。

那天上午，一号粮库的防火池里贮满清水，池旁排开一溜桌子，桌子上铺了白布，白布上摆着香烟茶水。县里领导陪着几个很有气派的人坐在那儿抽烟喝茶。

半上午时，一辆黑色的轿车开进院子，大响从车里钻出来。他穿着一双皮鞋，一件藏青的西服挂在身上，显得十分别扭。我寻找着他脸上那谜一般的微笑。

从轿车里把八匹猫弄出来就费去了约十分钟，猫们显得十分烦躁，尤以山猫为甚。

总算开场了，记者把强光灯打在大响的脸上，那微笑像火中的薄纸一样颤抖着。强光灯打在猫脸上，猫惊恐地叫起来。

表演彻底失败。我听到一片骂声。

水池旁一个戴眼镜的人站起来，冷冷地说："彻头彻尾的骗局！"然后拂袖而去。

莫书记急忙追上去，脸上一片汗珠。

我的脸上更是一片汗珠。

(1987 年 10 月)

白狗秋千架

　　高密东北乡原产白色温驯的大狗，绵延数代之后，很难再见一匹纯种。现在，那儿家家养的多是一些杂狗，偶有一只白色的，也总是在身体的某一部位生出杂毛，显出混血的痕迹来。但只要这杂毛的面积在整个狗体的面积中占的比例不大，又不是在特别显眼的部位，大家也就习惯地以"白狗"称之，并不去循名求实，过分地挑毛病。有一匹全身皆白、只黑了两只前爪的白狗，垂头丧气地从故乡小河上那座颓败的石桥上走过来时，我正在桥头下的石阶上捧着清清的河水洗脸。农历七月末，低洼的高密东北乡燠热难挨，我从县城通往乡镇的公共汽车里钻出来，汗水已浸透衣服，脖子和脸上落满了黄黄的尘土。洗完脖子和脸，又很想脱得一丝不挂跳进河里去，但看到与石桥连接的褐色田间路上，远远地有人在走动，也就罢了这念头，站起来，用未婚妻赠送的系列手绢中的一条揩着脸和颈。时间已过午，太阳略偏西，一阵阵东南风吹过来。凉爽温和的东南风让人极舒服，让高粱梢头轻轻摇摆，飒飒作响，让一条越走越大的白狗毛儿耸起，尾巴轻摇。它近了，我看到了它的两个黑爪子。

　　那条黑爪子白狗走到桥头，停住脚，回头望望土路，又抬起下巴望望我，用那两只浑浊的狗眼。狗眼里的神色遥远荒凉，含有一种模糊的暗示，这遥远荒凉的暗示唤起内心深处一种迷蒙的感受。

求学离开家乡后，父母亲也搬迁到外省我哥哥处居住，故乡无亲人，我也就不再回来。一晃就是十年，距离不短也不长。暑假前，父亲到我任教的学院来看我，说起故乡事，不由感慨系之。他希望我能回去看看，我说工作忙，脱不开身，父亲不以为然地摇摇头。父亲走了，我心里总觉不安。终于下了决心，割断*丝丝缕缕*，回来了。

白狗又回头望褐色的土路，又仰脸看我，狗眼依然浑浊。我看着它那两个黑爪子，惊讶地要回忆点什么时，它却缩进鲜红的舌头，对着我叫了两声。接着，它蹲在桥头的石桩上，跷起一条后腿，习惯性地撒尿。完事后，竟也沿着我下桥头的路，慢慢地挪下来，站在我身边，尾巴奄拉进腿间，伸出舌头，一下一下地舐着水。

它似乎在等人，显出一副喝水并非因为口渴的消闲样子。河水中映出狗脸上那种漠然的表情，水底的游鱼不断从狗脸上穿过。狗和鱼都不怕我，我确凿地嗅到狗腥气和鱼腥气，甚至产生一脚踢它进水中抓鱼的恶劣想法。又想还是"狗道"些吧，而这时，狗卷起尾巴，抬起脸，冷冷地瞅我一眼，一步步走上桥头去。我看到它把颈上的毛耸了耸，激动不安地向来路跑去。土路两边是大片的穗子灰绿的高粱。飘着纯白云朵的小小蓝天，罩着板块相连的原野。我走上桥头，拎起旅行袋，想急急过桥去，这儿离我的村庄还有十二里路吧，来前没给村里的人们打招呼，早早赶进去，也好让人家方便食宿。正想着，就看到白狗小跑步开路，从路边的高粱地里，领出一个背着大捆高粱叶子的人来。

我在农村滚了近二十年，自然晓得这高粱叶子是牛马的上等饲料，也知道褪掉晒米时高粱的老叶子，不大影响高粱的产量。远远地看着一大捆高粱叶子蹒跚地移过来，心里为之沉重。我很清楚暑天里钻进密不透风的高粱地里打叶子的滋味，汗水遍身胸口发闷是不必说了，最苦的还是叶子上的细毛与你汗淋淋的皮肤接触。我为自己轻松地叹了一口气。渐渐地看清了驮着高粱叶子弯曲着走过来的人。蓝褂子，黑裤子，乌脚杆子黄胶鞋，要不是垂着的发，我是不大可能看出她是个女人的，尽管她一出现就离我很近。她的头与地面平行着，脖子探出很长。是为了减轻肩头的痛苦吧？她用一只手按着搭在肩头的背棍的下头，另一只手从颈后绕过去，把着背棍的上头。阳光照着她的颈子上和头皮上亮晶晶的汗水。高粱叶子葱绿，新鲜。她一步步挪着，终于上了桥。桥的宽度跟她背上的草捆差不多，我退到白狗适才留下记号的桥头石旁站定，看着它和她过桥。

我恍然觉得白狗和她之间有一条看不见的线，白狗紧一步慢一步地颠着，这条线也松松紧紧地牵着。走到我面前时，它又瞥着我，用那双遥远的狗眼。狗眼里那种模糊的暗示在一瞬间变得异常清晰，它那两只黑爪子一下子撕破了我心头的迷雾，让我马上想到她。她的低垂的头从我身边滑过去，短促的喘息声和扑鼻的汗酸永留在我的感觉里。猛地把背上沉重的高粱叶子摔掉，她把身体缓缓舒展开。那一大捆叶子在她身后，差不多齐着她的胸乳。我看到叶子捆与她身体接触的地方，明显地凹进去，特别着力的部位，是湿漉漉揉烂了的叶子。我知道，她身体上揉烂了高粱叶子的那些部位，现在一定非常舒服；站在漾着清凉水汽的桥头上，让田野里的风吹拂着，她一定体会到了轻松和满足。轻松，满足，是构成幸福的要素，对此，在逝去的岁月里，我是有体会的。

她挺直腰板后，暂时地像失去了知觉。脸上的灰垢显出了汗水的道道。生动的嘴巴张着，吐出一口口长长的气。鼻梁挺秀如一管葱。脸色黝黑。牙齿洁白。

故乡出漂亮女人，历代都有选进宫廷的。现在也有几个在京城里演电影的，这几个人我见过，也就是那么个样，比她强不了许多。如果她不是破了相，没准儿早成了大演员。十几年前，她婷婷如一枝花，双目皎皎如星。

"暖!"我喊了一声。

她用左眼盯着我看，眼白上布满血丝，看起来很恶。

"暖，小姑!"我注解性地又喊了一声。

我今年二十九，她小我两岁，分别十年，变化很大，要不是秋千架上的失误给她留下的残疾，我不会敢认她。白狗也专注地打量着我，算一算，它竟有十二岁，应该是匹老狗了。我没想到它居然还活着，看起来还蛮健康。那年端午节，它只有篮球般大，父亲从县城里我舅爷家把它抱来。十二年前，纯种白狗已近绝迹，连这种有小缺陷、大致还可以称为白狗的也很难求了。舅爷是以养狗谋利的人，父亲把它抱回来，不会不依仗着老外甥对舅舅放无赖的招数。在杂种花狗充斥乡村的时候，父亲抱回来它，引起众人的称羡，也有出三十块钱高价来买的，当然被婉言回绝了。即便是那时的农村，在我们高密东北乡这种荒僻地方，还是有不少乐趣，养狗当如是解。只要不逢大天灾，一般都能足食，所以狗类得以繁衍。

我十九岁、暖十七岁那一年，白狗四个月的时候，一队队解放军，一辆辆军车，从北边过来，络绎不绝过石桥。我们中学在桥头旁边扎起席棚给解放军烧茶水，学生宣传队在席棚边上敲锣打鼓，唱歌跳舞。桥很窄，第一辆大卡车悬着半边轮子，小心翼翼开过去了。第二辆的后轮压断了一块桥石，翻到了河里，车上载的锅碗瓢盆砸碎了不少，满河里漂着油花子。一群战士跳下河，把司机从驾驶楼里拖出来，水淋淋地抬到岸上。几个穿白大褂的军人围上去。一个戴白手套的人，手举着耳机子，大声地喊叫。我和暖是宣传队的骨干，忘了歌唱鼓噪，直着眼看热闹。后来，过来几个很大的首长，跟我们学校里的贫下中农代表郭麻子大爷握手，跟我们校革委刘主任握手，戴好手套，又对着我们挥挥手。然后，一溜儿站在那儿，看着队伍继续过河。

郭麻子大爷让我吹笛，刘主任让暖唱歌。暖问："唱什么？"刘主任说："唱《看见你们格外亲》。"于是，就吹就唱。战士们一行行踏着桥过河，汽车一辆辆涉水过河。（小河里的水呀清悠悠，庄稼盖满了沟）车头激起雪白的浪花，车后留下黄色的浊流。（解放军进山来，帮助咱们闹秋收）大卡车过完后，两辆小吉普车也呆头呆脑下了河。一辆飞速过河，溅起五六米高的雪浪花；一辆一头钻进水里，嗡嗡怪叫着被淹死了，从河水中冒出一股青烟。（拉起了家常话，多少往事涌上心头）"糟糕！"一个首长说。另一个首长说："笨蛋！让王猴子派人把车抬上去。"（吃的是一锅饭，点的是一灯油）很快地就有几十个解放军在河水中推那辆撒了气的吉普车，解放军都是穿着军装下了河，河水仅仅没膝，但他们都湿到胸口，湿后变深了颜色的军衣紧贴在身上，显出了肥的瘦的腿和臀。（你们是俺们的亲骨肉，你们是俺们的贴心人）那几个穿白大褂的人把那个水淋淋的司机抬上一辆涂着红十字的汽车。（党的恩情说不尽，见到你们总觉得格外亲）首长们转过身来，看样子准备过桥去，我提着笛子，暖张着口，怔怔地看着首长。一个戴着黑边眼镜的首长对着我们点点头，说："唱得不错，吹得也不错。"郭麻子大爷说："首长们辛苦了。孩子们胡吹瞎咧咧，别见笑。"他摸出一包烟，拆开，很恭敬地敬过去，首长们客气地谢绝了。一辆轱辘很多的车停在河对岸，几个战士跳上去，扔下几盘粗大的钢丝绳和一些白色的木棒。戴黑边眼镜的首长对身边一个年轻英俊的军官说："蔡队长，你们宣传队送一些乐器呀之类的给他们。"

队伍过了河，分散到各村去。师部住在我们村。那些日子就像过年一样，全村人都激动。从我家厢房里扯出了几十根电话线，伸展到四面八方去。英俊的蔡队长带着一群吹拉弹唱的文艺兵住在暖家。我天天去玩，和蔡队长混得很熟。蔡队长让暖唱歌给他听。他是个高大的青年，头发蓬松着，眉毛高挑着。暖唱歌时，他低着头拼命抽烟，我看到他的耳朵轻轻地抖动着。他说暖条件不错，很不错，可惜缺乏名师指导。他说我也很有发展前途。他很喜欢我家那只黑爪子小白狗，父亲知道后，马上要送给他，他没要。队伍要开拔那天，我爹和暖的爹一块儿来了，央求蔡队长把我和暖带走，蔡队长说，回去跟首长汇报一下，年底征兵时就把我们征去。临别时，蔡队长送我一本《笛子演奏法》，送暖一本《怎样演唱革命歌曲》。

"小姑，"我发窘地说，"你不认识我了吗？"

我们村是杂姓庄子，张王李杜，四面八方凑起来的，各种辈分的排列，有点乱七八糟，姑姑嫁给侄子，侄子拐跑婶婶的事时有发生，只要年龄相仿，也就没人嗤笑。我称暖为小姑是从小惯成的叫法，并无一点血缘骨肉的情分在内。十几年前，当把"暖"与"小姑"含混着乱叫一通时，是别有一番滋味在心头的。这一别十年，都老大不小，虽还是那样叫着，但已经无滋味了。

"小姑，难道你真的不认识我了吗?"说完这句话，我马上谴责了自己的迟钝。她的脸上，早已是凄凉的景色了。汗水依然浸洇着，将一绺干枯的头发粘到腮边。黝黑的脸上透出灰白来。左眼里有明亮的水光闪烁。右边没有眼，没有泪，深深凹进去的眼眶里，栽着一排乱纷纷的黑睫毛。我的心拳拳着，实在不忍看那凹陷，便故意把目光散了，瞄着她委婉的眉毛和在半天阳光下因汗湿而闪亮的头发。她左腮上的肌肉联动着眼眶的睫毛和眶上的眉毛，微微地抽搐着，造成了一种凄凉古怪的表情。别人看见她不会动心，我看见她无法不动心……

十几年前那个晚上，我跑到你家对你说："小姑，打秋千的人都散了，走，我们去打个痛快。"你说："我打盹呢。"我说："别拿一把啦！寒食节过了八天啦，队里明天就要拆秋千架用木头。今早晨车把式对队长嘟哝，嫌把大车绳当秋千绳用，都快磨断了。"你打了一个呵欠，说："那就去吧。"白狗长成一个半大狗了，细筋细骨，比小时候难看。它跟在我们身后，月亮照着它的毛，它的毛闪烁银光，秋千架竖在场院边上，两根立木，一根横木，两个铁吊环，两根粗绳，一个木踏板。秋千架，默立在月光下，阴森森，像个鬼门关。架后不远是场院沟，沟里生着绵亘不断的刺槐树丛，尖尖又坚硬的刺针上，挑着青灰色的月亮。

"我坐着，你荡我。"你说。

"我把你荡到天上去。"

"带上白狗。"

"你别想花花点子了。"

你把白狗叫过来，你说："白狗，让你也恣悠恣悠。"

你一只手扶住绳子，一只手揽住白狗，它委屈地嘤嘤着。我站在跳板上，用双腿夹住你和狗，一下一下用力，秋千渐渐有了惯性。我们渐渐升高，月光动荡如水，耳边习习生风，我有点头晕。你咯咯地笑着，白狗呜呜地叫着，终于悠平了横梁。我眼前交替出现田野和河流，房屋和坟丘，凉风拂面来，凉风拂面去。我低头看着你的眼睛，问："小姑，好不好？"

你说："好，上了天啦。"

绳子断了。我落在秋千架下，你和白狗飞到刺槐丛中去，一根槐针扎进了你的右眼。白狗从树丛中钻出来，在秋千架下醉酒般地转着圈，秋千把它晃晕了……

"这些年……过得还不错吧？"我嗫嚅着。

我看到她耸起的双肩塌了下来，脸上紧张的肌肉也一下子松弛了。也许是因为生理补偿或是因为努力劳作而变得极大的左眼里，突然射出了冷冰冰的光线，刺得我浑身不自在。

"怎么会错呢？有饭吃，有衣穿，有男人，有孩子，除了缺一只眼，什么都不缺，这不就是'不错'吗？"她很泼地说着。

我一时语塞了，想了半天，竟说："我留在母校任教了，据说，就要提我为讲师了……我很想家，不但想家乡的人，还想家乡的小河，石桥，田野，田野里的红高粱，清新的空气，婉转的鸟啼……趁着放暑假，我就回来啦。"

"有什么好想的，这破地方。想这破桥？高粱地里像蒸笼一样，快把人蒸熟了。"她说着，沿着慢坡走下桥，站着把那件泛着白碱花的男式蓝制服褂子脱下来，扔在身边石头上，弯下腰去洗脸洗脖子。她上身只穿一件肥大的圆领汗衫，衫上已烂出密麻麻的小洞。它曾经是白色的，现在是灰色的。汗衫扎进裤腰里，一根打着卷的白绷带束着她的裤子，她再也不看我，撩着水洗脸洗脖子洗胳膊。最后，她旁若无人地把汗衫下摆从裤腰里拽出来，撩起来，掬水洗胸膛。汗衫很快就湿了，紧贴在身上。我问："几个孩子了？"

"三个。"她拢拢头发，扯着汗衫抖了抖，又重新塞进裤腰里去。

"不是说只准生一胎吗？"

"我也没生二胎。"见我不解，她又冷冷地解释，"一胎生了三个，吐噜吐噜，像下狗一样。"

我缺乏诚实地笑着。她拎起蓝上衣，在膝盖上抽打几下，穿到身上去，从下往上扣着纽扣。趴在草捆旁边的白狗也站起来，抖擞着毛，伸着懒腰。

我说："你可真能干。"

"不能干有什么法子？该遭多少罪都是一定的，想躲也躲不开。"

"男孩女孩都有吧？"

"全是公的。"

"你可真是好福气，多子多福。"

"豆腐！"

"这还是那条狗吧？"

"活不了几天啦。"

"一晃就是十几年。"

"再一晃就该死啦。"

"可不，"我渐渐有些烦恼起来，对坐在草捆旁的白狗说，"这条老狗，还挺能活！"

"噢，兴你们活就不兴我们活？吃米的要活，吃糠的也要活；高级的要活，低级的也要活。"

"你怎么成了这样？"我说，"谁是高级？谁是低级？"

"你不就挺高级的吗？大学讲师！"

我面红耳热，讷讷无言，一时觉得难以忍受这窝囊气，搜寻着刻薄词儿想反讥，又一想，罢了。我提起旅行袋，干瘪地笑着，说："我可能住到我八叔家，你有空就来耍吧。"

"我嫁到了王家丘子，你知道吗？"

"你不说我不知道。"

"知道不知道的，没有大景色了。"她平平地说，"要是不嫌你小姑人模狗样的，就抽空来耍吧，进村打听'个眼暖'家，没有不知道的。"

"小姑，真想不到成了这样……"

"这就是命，人的命，天管定，胡思乱想不中用。"她款款地从桥下上来，站在草捆前说，"行行好吧，帮我把草掀到肩上。"

我心里立刻热得不行，勇敢地说："我帮你背回去吧！"

"不敢用！"说着，她在草捆前跪下，把背棍放在肩头，说，"起吧。"

我转到她背后，抓住捆绳，用力上提，借着这股劲儿，她站了起来。

她的身体又弯曲起来，为了背得舒适一点，她用力地颠了几下背上的草捆，高粱叶子沙沙啦啦地响着。从很低的地方传上来她瓮声瓮气的话："来耍吧。"

白狗对我吠叫几声，跑到前边去了。我久久地立在桥头上，看着这一大捆高粱叶子正缓慢地往北移动，一直到白狗变成了白点，人和草捆变成了比白点大的黑点，我才转身往南走。

从桥头到王家丘子七里路。

从桥头到我们村十二里路。

从我们村到王家丘子十九里路，八叔让我骑车去。我说算了吧，十几里路走着去就行。八叔说：现在富了，自行车家家有，不是前几年啦，全村只有一辆半辆车子，要借也不容易，稀罕物儿谁愿借呢。我说我知道富了，看到了自行车满街筒子乱窜，但我不想骑车，当了几年知识分子，当出几套痔疮，还是走路好。八叔说：念书可见也不是件太好的事，七病八灾不说，人还疯疯癫癫的。你说你去她家干么子，瞎的瞎，哑的哑，也不怕村里人笑话你。鱼找鱼，虾找虾，不要低了自己的身份啊！我说八叔我不和您争执，我扔了二十数三十的人啦，心里有数。八叔悻悻地忙自己的事去了，不来管我。

我很希望能在桥头上再碰到她和白狗，如果再有那么一大捆高粱叶子，我豁出命去也要帮她背回家；白狗和她，都会成为可能的向导，把我引导到她家里去。城里都到了人人关注时装、个个追赶时髦的时代了，故乡的人，却对我的牛仔裤投过鄙夷的目光，弄得我很狼狈。于是解释：处理货，三块六毛钱一条——其实我花了二十五块钱，既然便宜，村里的人们也就原谅了我。王家丘子的村民们是不知道我的裤子便宜的，碰不到她和狗，只好进村再问路，难免招人注意。如此想着，就更加希望碰到她，或者白狗。但毕竟落了空。一过石桥，看到太阳很红地从高粱棵里冒出来，河里躺着一根粗大的红光柱，鲜艳地染遍了河水。太阳红得有些古怪，周围似乎还环绕着一些黑气，大概是要落雨了吧。

我撑着折叠伞，在一阵倾斜的疏雨中进了村。一个仄棱着肩膀的老女人正在横穿街道，风翻动着长大的衣襟，风使她摇摇摆摆。我收起伞，提着，迎上去问路。"大娘，暖家在哪儿住？"她斜斜地站定，困惑地转动着昏暗的眼。风通过花白的头发，翻动的衣襟，柔软的树木，表现出自己来；雨点大如铜钱，疏可跑马，间或有一滴打到她的脸上。"暖家在哪儿住？"我又问。"哪个暖家？"她问。我只好说："个眼暖家。"老女人阴沉地瞥我一眼，抬起胳膊，指着街道旁边一排蓝瓦房。

站在甬道上我大声喊："暖姑在家吗？"

最先应了我的喊叫的，是那条黑爪子老白狗。它不像那些围着你腾跃咆哮，仗着人势在窝里横，咬不死你也要吓死你的恶狗，它安安稳稳地趴在檐下铺了干草的狗窝里，眯缝着狗眼，象征性地叫着，充分显示出良种白狗温良宽厚的品质来。

我又喊，暖在屋里很脆地答应了一声，出来迎接我的却是一个满腮黄胡子两只黄眼珠的剽悍男子。他用土黄色的眼珠子恶狠狠地打量着我，在我那条牛仔裤上停住目光，嘴巴歪歪地撇起，脸上显出疯狂的表情。他向前跨一步——我慌忙退一步——他跷起右手的小拇指头，在我眼前急遽地晃动着，口里发出一大串断断续续的音节。我虽然从八叔的口里知道了暖姑的丈夫是个哑巴，但见了真人狂状，心里仍然立刻沉甸甸的。独眼嫁哑巴，弯刀对着瓢切菜，按说也并不委屈着哪一个，可我心里仍然立刻就沉甸甸的。

　　暖姑，那时我们想得美。蔡队长走了，把很大的希望留给我们。他走那天，你直视着他，流出的泪水都是给他的。蔡队长脸色灰白，从衣袋里摸出一把牛角小梳子递给你。我也哭了，我说："蔡队长，我们等你来招我们。"蔡队长说："等着吧。"等到高粱通红了的深秋，听说县城里有招兵的解放军，咱俩兴奋得觉都睡不稳了。学校里有老师进县城办事，我们托他去人武部打听一下，看看蔡队长来没来。老师去了。老师回来了。老师对我们说，今年来招兵的解放军一律黄褂蓝裤，空军地勤兵，不是蔡队长那部分。我失望了，你充满信心地对我说："蔡队长不会骗我们！"我说："人家早就把这码事忘了。"你爹也说："给你们个棒槌，你们就当了针。他是把你们当小孩哄怂着玩哩，好人不当兵，好铁不打钉，混混毕了业，回家来拉弯弯铁，别净想俏事儿。"你说："他可没把我当小孩子。他决不把我当小孩子。"说着，你的脸上浮起浓艳的红色。你爹说："能得你。"我惊诧地看着你变色的脸，看着你脸上那种隐隐约约的特异表情，语无伦次地说："也许，他今年不来后年来，后年不来大后年来。"蔡队长可真是个仪表堂堂的美男子啊！他四肢修长，面部线条冷峭，胡楂子总刮得青白。后来，你坦率地对我说，他在临走前一个晚上，抱着你的头，轻轻地亲了一下。你说他亲完后说："小妹妹，你真纯洁……"为此我心中有过无名的恼怒。你说："当了兵，我就嫁给他。"我说："别做美梦了！倒贴上二百斤猪肉，蔡队长也不会要你。""他不要我，我再嫁给你。""我不要！"我大声叫着。你白我一眼，说："烧得你不轻！"现在回想起来，你那时就很有点样子了。

　　哑巴显然瞧不起我，他用跷起的小拇指表示着对我的轻蔑和憎恶。我堆起满脸笑，想争取他的友谊，他却把双手的指头交叉在一起，弄出很怪的形状，举到我的面前。我心里顿时产生了手捧癞蛤蟆的感觉。我甚至都想抽身逃走了，却见三个同样相貌、同样装束的光头小男孩从屋里滚出来，站在门口，用同样的土黄色小眼珠瞅着我，头一律往右倾，像三只羽毛未丰、性情暴躁的小公鸡。孩子的脸显得很老相，额上都有抬头纹，下颌骨阔大结实，全都微微地颤抖着。我急忙掏出糖来，对他们说："请吃糖。"哑巴立即对他们挥挥手，嘴里蹦出几个简单的音节。男孩们眼巴巴地瞅着我手中花花绿绿的糖块，不敢动一动。我想走过去，哑巴挡在我面前，蛮横地挥舞着胳膊，口里发着令人发怵的怪叫。

暖把双手交叠在腹部，步履略有些踉跄地走出屋来。我很快明白了她迟迟不出屋的原因，干净的阴丹士林蓝布褂子，褶儿很挺的灰的确良裤子，显然都是刚换的。士林蓝布和用士林蓝布缝成的李铁梅式褂子久不见了，乍一见心中便有一种怀旧的情绪快快而生。穿这种褂子的胸部丰硕的少妇别有风韵。暖是脖子挺拔的女人，脸型也很清雅。她右眼眶里装进了假眼，面部恢复了平衡。我的心为她良苦的心感到忧伤，我用低调观察着人生，心弦纤细如丝，明察秋毫，并自然地战栗。不能细看那眼睛，它没有生命，它浑浊地闪着磁光。她发现了我在注视她，便低了头，绕过哑巴走到我面前，摘下我肩上的挎包，说："进屋去吧。"

哑巴猛地把她搡开，怒气冲冲的样子，眼睛里像要出电。他指指我的裤子，又跷起小拇指，晃动着，嘴里嗷嗷叫着，五官都在动作，忽而挤成一撮，忽而大开大裂，脸上表情生动可怖。最后，他把一口唾沫啐在地上，用骨节很大的脚踩了踩。哑巴对我的憎恶看来是与牛仔裤有直接关系的，我后悔穿这条裤子回故乡，我决心回村就找八叔要一条肥腰裤子换上。

"小姑，你看，大哥不认识我。"我尴尬地说。

她推了哑巴一把，指指我，跷跷大拇指，又指指我们村庄的方向，指指我的手，指指我口袋里的钢笔和我胸前的校徽，比画出写字的动作，又比画出一本方方正正的书，又伸出大拇指，指指天空。她脸上的表情丰富多彩。哑巴稍一愣，马上消失了全身的锋芒，目光温顺得像个大孩子。他犬吠般地笑着，张着大嘴，露出一口黄色的板牙。他用手掌拍拍我的心窝，然后，跺脚，吼叫，脸憋得通红。我完全理解了他的意思，感动得不行。我为自己赢得了哑兄弟的信任感到浑身的轻松。那三个男孩子躲躲闪闪地凑上来，目不转睛地看着我手中的糖。

我说："来呀！"

男孩们抬起眼看看他们的父亲。哑巴嘿嘿一笑，孩子们就敏捷地蹿上来，把我手中的糖抢走了。为争夺掉在地上的一块糖，三颗光脑袋挤在一起攒动着。哑巴看着他们笑。暖发出一声轻轻的叹息，她说：

"你什么都看到了，笑话死俺吧。"

"小姑……我怎么敢……他们都很可爱……"

哑巴敏感地看着我，笑笑，转过身去，用大脚板几下子就把厮缠在一起的三个男孩踢开。男孩们咻咻地喘着气，汹汹地对视着。我摸出所有的糖，均匀地分成三份，递给他们，哑巴嗷嗷地叫着，对着男孩打手势。男孩都把手藏到背后去，一步步往后退。哑巴更响地嗷了一阵，男孩便抽搐着脸，每人拿出一块糖，放在父亲关节粗大的手里，然后呼号一声，消逝得无影无踪。哑巴把三块糖托着，笨拙地看了一会儿，就转眼对着我。嘴里啊啊手比画。我不懂，求援地看着暖。暖说："他说他早就知道你的大名，你从北京带来的高级糖，他要吃块尝尝。"我做了一个往嘴里扔食物的姿势。他笑了，仔细地剥开糖纸，把糖扔进口里去，嚼着，歪着头，仿佛在聆听什么。他又一次伸出大拇指，我这次完全明白他是在夸奖糖的高级了。很快地他又吃了第二块糖。我对暖说，下次回来，一定带些真正的高级糖给大哥吃。暖说："你还能再来吗？"我说一定来。

哑巴吃完第二块糖，略一想，把手中那块糖递到暖的面前。暖闭眼，"嗷——"哑巴吼了一声。我心里抖着，见他又把手往暖眼前伸，暖闭眼，摇了摇头。"嗷——嗷——"哑巴愤怒地吼叫着，左手揪住暖的头发，往后扯着，使她的脸仰起来，右手把那块糖送到自己嘴边，用牙齿撕掉糖纸，两个手指捏着那块沾着他黏黏的口涎的糖，硬塞进她的嘴里去。她的嘴不算小，但被他那两根小黄瓜一样的手指比得很小。他乌黑的粗手指使她的双唇显得玲珑娇嫩。在他的大手下，那张脸变得单薄脆弱。

她含着那块糖，不吐也不嚼，脸上表情平淡如死水。哑巴为了自己的胜利，对着我得意地笑。

她含混地说："进屋吧，我们多傻，就这么在风里站着。"我目光巡睃着院子，她说："你看什么？那是头大草驴，又踢又咬，生人不敢近身，在他手里老老实实的。春上他又去买那头牛，才下了犊一个月。"

她家院子里有个大敞棚，敞棚里养着驴和牛。牛极瘦，腿下有一头肥滚滚的牛犊在吃奶，它蹬着后腿、摇着尾巴，不时用头撞击母牛的乳房。母牛痛苦地弓起背，眼睛里闪着幽幽的蓝光。

哑巴是海量，一瓶浓烈的"诸城白干"，他喝了十分之九，我喝了十分之一。他面不改色，我头晕乎乎。他又开了一瓶酒，为我斟满杯，双手举杯过头敬我。我生怕伤了这个朋友的心，便抱着电灯泡捣蒜的决心，接过酒来干了。怕他再敬，便装出不能支持的样子，歪在被子上。他兴奋得脸通红，对着暖比画，暖和他对着比画一阵，轻声对我说："你别和他比，你十个也醉不过他一个。你千万不要喝醉。"她用力盯了我一眼。我跷起大拇指，指指他，翘起小拇指，指指自己。于是撤去酒，端上饺子来。我说："小姑，一起吃吧。"暖征得哑巴同意，三个男孩便爬上炕，挤在一簇，狼吞虎咽。暖站在炕下，端饭倒水伺候我们，让她吃，她说肚子难受，不想吃。

饭后，风停云散，狠毒的日头灼灼地在正南挂着。暖从柜子里拿出一块黄布，指指三个孩子，对哑巴比画着东北方向。哑巴点点头。暖对我说："你歇一会儿吧，我到乡镇去给孩子们裁几件衣服。不要等我，过了晌你就走。"她狠狠地看我一眼，挟起包袱，一溜风走出院子，白狗伸着舌头跟在她身后。

哑巴与我对面坐着，只要一碰上我的目光，他就咧开嘴笑。三个小男孩闹了一阵，侧歪在炕上睡了，他们几乎是同时入睡。太阳一出来，立刻便感到热，蝉在外面树上聒噪着。哑巴脱掉褂子，裸出上身发达的肌肉，闻着他身上挥发出来的野兽般的气息，我害怕，我无聊。哑巴紧密地眨巴着眼，双手搓着胸膛，搓下一条条鼠屎般的灰泥。他还不时地伸出蜥蜴般灵活的舌头舔着厚厚的嘴唇。我感到恶心、燥热，心里想起桥下潋潋的绿水。阳光透过窗户，晒着我穿牛仔裤的腿。我抬腕看表。"噢噢噢!"哑巴喊着，跳下炕，从抽屉里摸出一块电子手表给我看。我看着他脸上祈望的神情，便不诚实地用小拇指点点我腕上的表，用大拇指点点他的电子表。他果然非常地高兴起来，把电子手表套在右手腕子上，我指指他的左手腕子，他迷惘地摇摇头。我笑了一下。

"好热的天。今年庄稼长得挺好。秋天收晚田。你养的那头驴很有气度。三中全会后，农民生活大大提高了。大哥富起来了，该去买台电视机。'诸城白干'到底是老牌子，劲冲。"

"噢噢，噢噢。"他脸上充满幸福感，用并拢的手摸摸头皮，比比脖子。我惊愕地想，他要砍掉谁的脑袋吗？他见我不解，很着急，手哆嗦着。"噢噢噢，噢噢噢！"他用手指着自己的右眼，又摸头皮，手顺着头皮往下滑，到脖颈处，停住。我明白了。他要说暖什么事给我知道。我点点头。他摸摸自己两个黑乎乎的乳头，指指孩子，又摸摸肚子。我似懂非懂，摇摇头。他焦急地蹲起来，调动起几乎全部的形体向我传达信息，我用力地点着头，我想应该学学哑语。最后，我满脸挂汗向他告辞，这没有什么难理解的，他脸上显出孩子般的真情来，拍拍我的心，又拍拍自己的心。我干脆大声说："大哥，我们是好兄弟！"他三巴掌打起三个男孩来，让他们带着眵目糊给我送行。在门口，我从挎包里摸出那把自动折叠伞送他，并教他使用方法。他如获至宝，举着伞，弹开，收拢，收拢，弹开，翻来覆去地弄。三个男孩仰脸看着忽开忽合的伞，腭骨又索索地抖起来。我戳了他一下，指指南去的路。"噢噢。"他叫着，摆摆手，飞步跑回家去。他拿出一把拃多长的刀子，拨开牛角刀鞘，举到我的面前。刀刃上寒光闪闪，看得出来是件利物。他踮起脚，拽下门口杨树上一根拇指粗细的树枝来，用刀去削，树枝一节节落在地上。

他把刀子塞到我的挎包里。

走着路，我想，他虽然哑，但仍不失为一条有性格的男子汉，暖姑嫁给他，想必也不会有太多的苦头吃，不能说话，日久天长习惯之后，凭借手势和眼神，也可以拆除生理缺陷造成的交流障碍。我种种软弱的想法，也许是犯着杞人忧天倾的毛病了。走到桥头间，已不去想她的事，只想跳进河里洗个澡。路上清静无人。上午下那点雨，早就蒸发掉了，地上是一层灰黄的尘土。路两边窸窣着油亮的高粱叶子，蝗虫在蓬草间飞动，闪烁着粉红的内翅，翅膀剪动空气，发出"喀哒喀哒"的响声。桥下水声泼剌，白狗蹲在桥头。

白狗见到我便呜叫起来，龇着一嘴雪白的狗牙。我预感到事情的微妙。白狗站起来，向高粱地里走，一边走，一边频频回头呜叫，好像是召唤着我。我脑子里浮现出侦探小说里的一些情节，横着心跟狗走，并把手伸进挎包里，紧紧地握着哑巴送我的利刃。分开茂密的高粱钻进去，看到她坐在那儿，小包袱放在身边。她压倒了一边高粱，辟出了一块空间，四周的高粱壁立着，如同屏风。看我进来，她从包袱里抽出黄布，展开在压倒的高粱上。一大片斑驳的暗影在她脸上晃动着。白狗趴到一边去，把头伏在平伸的前爪上，"哈哒哈哒"地喘气。

我浑身发紧发冷，牙齿打战，下腭僵硬，嘴巴笨拙："你……不是去乡镇了吗？怎么跑到这里来……"

"我信了命。"一道明亮的眼泪在她的腮上汩汩地流着，她说，"我对白狗说，'狗呀，狗，你要是懂我的心，就去桥头上给我领来他，他要是能来就是我们的缘分未断'，它把你给我领来啦。"

"你快回家去吧。"我从挎包里摸出刀,说,"他把刀都给了我。"

"你一走就是十年,寻思着这辈子见不着你了。你还没结婚?还没结婚。……你也看到他啦,就那样,要亲能把你亲死,要揍能把你揍死……我随便和哪个男人说句话,就招他怀疑,也恨不得用绳拴起我来。闷得我整天和白狗说话,狗呀,自从我瞎了眼,你就跟着我,你比我老得还要快。嫁给他第二年上,怀了孕,肚子像吹气球一样胀起来,临分娩时,路都走不动了,站着望不到自己的脚尖。一胎生了三个儿子,四斤多重一个,瘦得像一堆猫。要哭一齐哭,要吃一齐吃,只有两个奶子,轮着班吃,吃不到的就哭。那二年,我差点瘫了。孩子落了草,就一直悬着心,老天,别让他们像他爹,让他们一个个开口说话……他们七八个月时,我心就凉了。那情景不对呀,一个个又呆又聋,哭起来像擀饼柱子不会拐弯。我祷告着,天啊,天!别让俺一窝都哑了呀,哪怕有一个响巴,和我做伴说说话……到底还是全哑巴了……。"

我深深地垂下头,嗫嚅着:"姑……小姑……都怨我,那年,要不是我拉你去打秋千……"

"没有你的事,想来想去还是怨我自己。那年,我对你说,蔡队长亲过我的头……要是我胆儿大,硬去队伍上找他,他就会收留我,他是真心实意地喜欢我。后来就在秋千架上出了事。你上学后给我写信,我故意不回信。我想,我已经破了相,配不上你了,只叫一人寒,不叫二人单,想想我真傻。你说实话,要是我当时提出要嫁给你,你会要我吗?"

我看着她狂放的脸，感动地说："一定会要的，一定会。"

"好你……你也该明白……怕你厌恶，我装上了假眼。我正在期上……我要个会说话的孩子……你答应了就是救了我了，你不答应就是害死了我了。有一千条理由，有一万个借口，你都不要对我说。"

……

（1985 年 4 月）

第三辑

梦境、奇遇与冒险

—

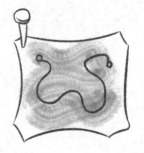

谁不渴望一个充满奇遇与冒险的世界呢？在这一辑中，莫言的奇幻王国向我们展现出更丰富的一面："我"和九叔在夜晚打鱼的神秘经历、走夜路时的奇遇、靠嗅味生活的长鼻人一族、采燕窝世家的惊险遭遇，以及能识别出人的原形的老虎须……

这些故事充满非凡的想象力，展现了莫言的文字独特的魅力。当我们在莫言的文学世界流连忘返时，也许可以思考一下，莫言是怎么描写这些奇异的场景的呢？他是怎么塑造了这么多生动有趣的人物？我们能不能也写一写自己的梦境和奇遇，写一写自己天马行空的想象呢？

夜　　渔

　　经过很长时间的缠磨，九叔终于答应夜里带我去拿蟹子。那是六十年代中期。每年都涝，出了村庄二里远，就是一片水泽。

　　吃过晚饭后，九叔带我出了村。临行时母亲一再叮嘱我要听九叔的话，不要乱跑乱动，同时还叮嘱九叔好好照看着我。九叔说，放心吧嫂子，丢不了我就丢不了他。母亲还递给我们两张葱花烙饼，让我们饿了时吃。我们披着蓑衣，戴着斗笠。我拎着两条麻袋。九叔提着一盏风雨灯，扛着一张铁锹。出村不远，就没了道路，到处都是稀泥浑水和一棵棵东倒西歪的高粱。幸好我们赤脚光背，不在乎水、泥什么的。

　　那晚上月亮很大，不是八月十四就是八月十六。时令自然是中秋了，晚风很凉爽。月光皎洁，照在高粱间的水上，一片片烂银般放光。吵了一夏天的蛙类正忙着入蛰，所以很安静。我们拖泥带水的声音显得很大。感到走了很长很长时间，才从高粱地里钻出来。爬上了一道堰埂，九叔说这就是河堤，是下栅子捉蟹的地方。

　　九叔脱了蓑衣摘了斗笠，又脱掉了腰间那条裤头，赤裸裸一丝不挂，扛着铁锹跳到那条十几米宽的河沟里去，铲起大团的盘结着草根的泥巴截流。河沟里的水约有半米深，流速缓慢。一会儿工夫九叔就在河水中筑起了一条黑色的拦水坝，靠近堰埂这边，开了一个两米的口子，插上双层的高粱秆栅栏。九叔把马灯挂在栅栏边上，便拉我坐在灯影之外，等待着拿蟹子。

我问九叔，拿蟹子就这么简单吗？

九叔说你等着看吧，今夜刮的是小西北风，北风响，蟹脚痒，洼地里蟹子急着到墨水河里去集合开会，这条河沟是必经之路，只怕到了天亮，捉的蟹子咱用两条麻袋都盛不下呢。

堰埂上也很潮湿，九叔铺下一件蓑衣，让我坐上去。他裸着身体，身上的肉银光闪闪。我觉得他很威风，便说他很威风。他得意地站起来，伸胳膊踢腿，像个傻乎乎的大孩子。

九叔那年十八岁多一点，还没娶媳妇。他爱玩又会玩，捕鱼捉鸟，偷瓜摸枣，样样都在行，我们很愿意跟他玩。

折腾了一阵，他穿上那条裤头，坐在蓑衣上，说，不要出动静了，蟹子们鬼得很，听到动静就趴住不爬了。

我们安静了，一会儿盯着那盏放射出温暖的黄色光芒的马灯，一会儿盯着那个用高粱秆栅栏结成的死城。九叔说只要螃蟹爬到栅栏里就逃脱不了了，我们下去拿就行了。

河水明晃晃的，几乎看不出流动，只有被栅栏阻挡起的簇簇小浪花说明水在流动。蟹子还没出现，我有些着急，便问九叔。他说不要心急，心急喝不了热黏粥。

后来潮湿的雾气从地上升腾起来，月亮爬到很高的地方，个头显小了些，但光辉更明亮，蓝幽幽的，远远近近的高粱地里，雾气团团簇簇，有时浓有时淡，煞是好看。水边的草丛中，秋虫响亮地鸣叫着，有喔喔的，有吱吱的，有唧唧的，汇合成一支曲儿。虫声使夜晚更显得宁静。高粱地里，还时不时地响起哗啦啦的水声，好像有人在大步走动。河面上的雾也是浓淡不一，变幻莫测，银光闪闪的河水有时被雾遮盖住，有时又从雾中显出来。

蟹子们还没出现，我有些焦急了。九叔也低声嘟哝着，起身到栅栏边上去查看。回来后他说：怪事怪事真怪事，今夜里应该是过蟹子的大潮呀，又说西风响蟹脚痒，蟹子不来出了鬼了。

九叔从河边的一棵灌木上，摘下一片亮晶晶的树叶，用双唇夹着，吹出一些唧唧啾啾的怪声。我感到身上很冷，便说：九叔，你别吹了，俺娘说黑夜吹哨招鬼。九叔吹着树叶，回头看我一眼。他的目光绿幽幽的，好生怪异。我心里一阵急跳，突然感到九叔十分陌生。我紧缩在蓑衣里，冷得浑身打战。

九叔专注地吹着树叶，身体沐在愈发皎洁的月光里，宛若用冰雕成的一尊像。我心中暗自纳闷：九叔方才还劝我不要出动静，怕惊吓了蟹子，怎么一转眼自己反倒吹起树叶来了呢？难道这是一种召唤蟹子的号令？

我压低嗓门叫他："九叔，九叔。"他对我的叫唤毫无反应，依然吹着树叶，唧唧啾啾吱吱，响声愈发怪异了。我慌忙咬了一下手指，十分疼痛，说明不是在梦中。伸出手指去戳了一下九叔的脊背，竟然凉得刺骨。这时，我真正有些怕了，我寻思着要逃跑，但夜路茫茫，泥汤浑水高粱遍野，如何能回到家？我后悔跟九叔捕蟹子了。这个吹着树叶的冰凉男人也许早已不是九叔了，而是一个鳖精鱼怪什么的。想到此，我吓得头皮发炸，我想今夜肯定是活不回去了。

天上不知道何时出现了一朵黄色的、孤零零的云，月亮恰好钻了进去。我感到这现象古怪极了，这么大的天，月亮有的是宽广的道路好走，为什么偏要钻到那云团中去呢？

清冷的光辉被阻挡了。河沟、原野都朦胧起来，那盏马灯的光芒强烈了许多。这时，我突然嗅到一股淡淡的幽香。幽香来自河沟，沿着香味望过去，我看到水面上挺出一枝洁白的荷花。它在马灯的光芒之内，那么水灵，那么圣洁。我们家门前池塘里盛开过许许多多荷花，没有一枝能比得上眼前这一枝。

荷花的出现使我忘记了恐惧，使我沉浸在一种从未体验过的洁白清凉的情绪中。我不知不觉地站起来，脱掉蓑衣，向荷花走去。我的腿浸在温暖的水中，缓缓流淌的水轻轻抚摸着我的大腿，我感到快要舒服死了。离荷花本来只有几步路，但走起来却显得特别漫长。我与荷花之间的距离仿佛永远不变，好像我前进一步，它便后退一步。我的心处于一种幸福的麻醉状态，我并不希望采摘这朵荷花，我希望永远保持着这种荷花走我也走的状态，在这种缓慢的、有美丽的目标的追随中，温暖河水的抚摸，给了我终身难忘的幸福体验。

后来，月亮的光辉突然洒满河道，一瞬间，我看到它颤抖两下，放射出几道比闪电还要亮的灼目白光，然后，那些宛若玉贝雕琢成的花瓣纷纷落下。花瓣打在水面上，碎成细小的圆片，旋转着消逝在光闪闪的河水中。那枝高挑着花瓣的花茎，在花瓣凋落之后，也随即萎靡倾倒，在水面上委蛇几下，化成了水的波纹……

我不知不觉中眼睛里流淌出滚滚的热泪，心里充满甜蜜的忧伤。我心中并无悲痛，仅仅是忧伤。眼前发生的一切，宛若一个美丽的梦境。但我正赤身站在河水中，水淹至我的心脏，我的心脏的每一下跳动都使河水轻轻翻腾，水面上泛起涟漪。荷花虽然消逝了，但清淡的幽香犹存，它在水面上漂漾着，与清冽的月光、凄婉的虫鸣融为一体……

一只有力的大手抓住我的脖颈把我提出水面，水珠一串串，像小珍珠，从我的胸膛、肚腹，滴溜溜地滚落到水面上。我听到河水被两条粗壮的大腿蹚开，发出哗啦啦的巨响。随后，我的身体被抛掷起来，在空中翻了一个筋斗，落在蓑衣上。

我想一定是九叔把我从河中提上来，但定睛一看，九叔端坐在堰上，依然那么专注痴迷地吹着树叶，没有一丝一毫移动过的迹象。

我大叫了一声：九叔！

九叔叼着树叶，回头看了我一眼，那目光完全是陌生人的目光，并且那目光中还透出几分愠恼，好像嫌我打扰了他的吹奏。有了下河追随荷花的经历，恐惧竟离我而去，我已不太在乎九叔是人还是鬼，他似乎只是一个引我进入奇境的领路人，目的地到达，他的存在也就失去了意义。这样想着，他吹奏树叶的声音也由鬼气横生变得婉转动听了。

马灯的昏黄光芒向我提示，我们是来捉螃蟹的。一低头，一抬头，就看到成群结队的螃蟹沿着高粱秆栅栏往上爬。螃蟹们的个头很整齐，都有马蹄般大小，青色的亮盖，长长的眼睛，高举着生满绿毛的大螯，威风又狰狞。我生来就没见过这么大、这么大的螃蟹集中在一起，心里又兴奋又胆怯。戳九叔，九叔不动。我很有些愤怒，螃蟹不来，你着急；螃蟹来了，你吹树叶，要吹树叶何必半夜三更跑到这里来吹？我又一次感到九叔已经不是九叔。

一只软绵绵的手摸我的头颅，抬头一看，竟是一个面若银盆的年轻女人。她头发很长、很多，鬓角上别着一朵鸡蛋那么大的白色花朵，香气扑鼻，我辨不出此花是何花。她满脸都是微笑，额头正中有粒黑痦子。她身穿一袭又宽又大的白色长袍，在月光中亭亭玉立，十分好看，跟传说中的神仙一模一样。

她用低沉甜美的声音问我："小孩，你在这里干什么呀？"

我说："我在这里捉螃蟹呀。"

她哧哧地笑起来，说："这么个小东西，也知道捉螃蟹？"

我说："我跟我九叔一块儿来的，他是我们村里最会捉螃蟹的人。"

她笑着说："呸，你九叔是天下最大的笨蛋。"

我说："你才是笨蛋呢！"

她说："小东西，我让你看看我是不是笨蛋。"

她回手从身后拖过一根带穗的高粱秆，往河沟中的两道栅栏间一甩，那些青色的大螃蟹就沿着秆儿飞快地爬上来。她把高粱秆的下端插进麻袋，那些螃蟹就一个跟着一个钻到麻袋里去了。瘪瘪的麻袋很快就鼓胀起来，里边嘈杂着万爪抓搔、千嘴吐泡沫的声音。一只麻袋眼见着满了，她从脚前揪下一根草茎，三绕两绕，把麻袋口拴住了。另一只麻袋也很快满了，她又用一根草茎封了口。

"怎么样？"她得意地问我。

我说："你一定是个神仙！"

她摇摇头，说："我不是神仙。"

"那你一定是个狐狸！"我肯定地说。

她大笑着说："我更不是狐狸。狐狸，多丑的东西，瘦脸，长尾，满身的脏毛，一股子狐臊气。"她把身体凑上来，说："你闻闻，我身上有臊气没有？"

我的脸笼罩在她的那股浓烈的香气里，脑袋有些眩晕。她的衣服摩擦着我的脸，凉凉的，滑滑的，十分舒服。

我问："你既不是狐狸，又不是神仙，那你究竟是什么？"

她说："我是人呀。"

我说："你怎么会是人呢？哪有这么干净，这么香，这么有本事的人呢？"

她说："小东西，告诉你你也不明白。二十五年后，在东南方向的一个大海岛上，你我还有一面之交，那时你就明白了。"

她把鬓角上那朵白花摘下来让我嗅了嗅，又伸出手拍拍我的头顶，说："你是个有灵气的孩子，我送你四句话，你要牢牢记住，日后自有用处：镰刀斧头枪。葱蒜萝卜姜。得断肠时即断肠。榴莲树上结槟榔。"她的话还没说完，我便睡眼蒙眬了。

等到我醒来时，已是红日初升的时候，河水和田野都被辉煌的红光笼罩着，那一望无际的高粱像静止不动的血海一样。这时，我听到远远近近的有很多人呼唤我的名字。我大声地答应着，一会儿，我的父母、叔婶、哥哥嫂嫂们从高粱地里钻出来，其中还有我的九叔。他一把抓住我，气愤地质问我：

"你跑到哪里去了？！"

据九叔说，我跟随着他出了村庄，进了高粱地，他摔了一跤爬起来就找不到我了，马灯也不见了。他大声喊叫，没有回音，他跑回家找我，家里自然也找不到，全家人都被惊动了，打着灯笼，找了我整整一夜。我说：

"我一直跟你在一起呀。"

"胡说！"九叔道。

"这是两麻袋什么？"哥哥问。

"螃蟹。"我说。

九叔撕开扎口的草茎，那些巨大的螃蟹匆匆地爬出来。

"这是你拿的？"九叔惊讶地问我。

我没有回答。

今年夏天，在新加坡的一家大商场里，我跟随着朋友为女儿买衣服，正东挑西拣地走着，猛然间，一阵馨香扑鼻，抬头看到，从一间试衣室里，掀帘走出一位少妇，她面若秋月，眉若秋黛，目若朗星，翩翩而出，宛若惊鸿照影。我怔怔地望着她。她对着我妩媚一笑，转身消逝在熙熙攘攘的人流里。她的笑容，好像一支利箭，洞穿了我的胸膛。靠在一根廊柱上，我心跳气促，头晕目眩，好久才恢复正常。朋友问我怎么回事，我心不在焉地摇摇头，没有回答。回到旅馆后，我突然想起了那个帮我捉螃蟹的女人，掐指一算，时间正是二十五年，而新加坡也正是一个"东南方向的大海岛"。

（1991 年）

奇　遇

一九八二年秋天，我从保定府回高密东北乡探亲。因为火车晚点，车抵高密站时，已是晚上九点多钟。通乡镇的汽车每天只开一班，要到早晨六点。举头看天，见半块月亮高悬，天晴气爽，我便决定不在县城住宿，乘着明月早还家，一可早见父母，二可呼吸些田野里的新鲜空气。

这次探家我只提一个小包，所以走得很快。穿过铁路桥洞后，我没走柏油路，因为柏油公路拐直角，要远好多。我斜刺里走上那条废弃数年的斜插到高密东北乡去的土路。土路因为近年来有些地方被挖断了，行人稀少，所以路面上杂草丛生，只是在路中心还有一线被人踩过的痕迹。路两边全是庄稼地，有高粱地、玉米地、红薯地等，月光照在庄稼的枝叶上，闪烁着微弱的银光。几乎没有风，所有的叶子都纹丝不动，草蝈蝈的叫声从庄稼地里传来，非常响亮，好像这叫声渗进了我的肉里、骨头里。蝈蝈的叫声使月夜显得特别沉寂。

路越往前延伸庄稼越茂密，县城的灯光早就看不见了。县城离高密东北乡有四十多里路呢。除了蝈蝈的叫声之外，庄稼地里偶尔也有鸟或什么小动物的叫声。我忽然感觉到脖颈后有些凉森森的，听到自己的脚步声特别响亮与沉重起来。我有些后悔不该单身走夜路，与此同时，我感觉到路两边的庄稼地里有无数秘密，有无数只眼睛在监视着我，并且感觉到背后有什么东西尾随着我，月光也突然朦胧起来。我的脚步不知不觉地加快了。越走得快越感到背后不安全。终于，我下意识地回过头去。

我的身后当然什么也没有。

继续往前走吧，一边走一边骂自己：你是解放军军官吗？你是共产党员吗？你是马列主义教员吗？你是，你是一个唯物主义者，而彻底的唯物主义者是无所畏惧的，共产党员死都不怕还怕什么？有鬼吗？有邪吗？没有！有野兽吗？没有！世界本无事，庸人自扰之……但依然浑身紧张、牙齿打战，儿时在家乡时听说过的鬼故事"连篇累牍"地涌进脑海：一个人走在路上，突然听到前边有货郎挑子的嘎吱声，细细一看，只见到两个货挑子和两条腿在移动，上身没有……一个人走夜路碰到一个人对他嘿嘿一笑，仔细一看，是个女人，这女人脸上只有一张红嘴，除了嘴之外什么都没有，这是"光面"鬼……一个人走夜路忽然看到一个白胡子老头在吃草……

我后来才知道我的冷汗一直流着，把衣服都渥湿了。

我高声唱起歌来："向前向前向前——杀——"

自然是一路无事。临近村头时，天已黎明，红日将出未出时，东边天上一片红晕，村里的雄鸡喔喔地叫着，一派安宁景象。回头望来路，庄稼是庄稼，道路是道路，想起这一路的惊惧，感到自己十分愚蠢可笑。

正欲进村，见树影里闪出一个老人来，定睛一看，是我的邻居赵三大爷。他穿得齐齐整整，离我三五步处站住了。

我忙问："三大爷，起这么早！"

他说："早起进城，知道你回来了，在这里等你。"

我跟他说了几句家常话，递给他一支带过滤嘴的香烟。

点着了烟，他说："老三，我还欠你爹五元钱，我的钱不能用，你把这个烟袋嘴捎给他吧，就算我还了他钱。"

我说："三大爷，何必呢？"

他说："你快回家去吧，爹娘都盼着你呢！"

我接过三大爷递过来的冰冷的玛瑙烟袋嘴，匆匆跟他道别，便急忙进了村。

回家后，爹娘盯着我问长问短，说我不该一人走夜路，万一出点什么事就了不得了。我打着哈哈说："我一心想碰到鬼，可是鬼不敢来见我。"

母亲说："小孩子家嘴不要狂！"

父亲抽烟时，我从兜里摸出那玛瑙烟袋嘴，说："爹，才刚在村口我碰到赵三大爷，他说欠你五元钱，让我把这个烟袋嘴捎给你抵债。"

父亲惊讶地问："你说谁？"

我说："赵家三大爷呀！"

父亲说："你看花了眼了吧？"

我说："绝对没有，我跟他说了一会儿话，还敬了他一支烟，还有这个烟袋嘴呢！"

我把烟袋嘴递给父亲，父亲竟犹豫着不敢接。

母亲说："赵家三大爷大前天早晨就死了！"

（1989 年）

船

　　月光，树下，男人和女人在一起。他们的影子暗淡，与树影重叠，看上去很神秘。一只鸟在树上扑棱翅膀。湖中银光闪闪，有人在水中游泳，头皮光溜溜的，看上去像漂浮在水面的西瓜。有一艘船从远处划过来，船上点着灯笼，有女人在船上吹箫，伴着箫声歌唱的也是女人。渐渐地近了。可以看到船头上摇橹的那人亮晶晶的鼻子，闪着釉光的胳膊。越来越近。仿佛是从明朝摇到现代。吹箫的和唱歌的女人，穿着那已经看厌了的古装，精致的绣花衣裳，质地很光滑，月光在上边流淌。女人的脸有些模糊，但轮廓很美。船上没有客人，不知道她们为谁吹奏为谁歌唱。船更近了，与那个探到湖中的木栈桥连接在一起，箫声和歌声也停了，有余音在水面上缭绕。船夫手扶着橹把子，将左腿抬起，放在右腿的膝盖上。船似乎在等人，不着急，很悠闲。树下的男女原本是拥抱着的，这时分开，手拉着手，走上栈桥，跳到船上去。看来他们与船家早有约定。船慢慢离开，船后被搅动的水面，像跳动的水银。船上又起来音乐，箫声，歌声，有几分凄凉，似亡国之音，但更多的是一种颓唐的怀旧情调。那个一直坐在岸边，借着月光夜钓的人，长叹一声，知道自己已经很老了。

嗅　味　族

爹眯着眼睛看了我一会儿，然后用嘲讽的腔调说：

"好汉，过来！"

我讨厌这种不尊重儿童的腔调，但还是用手指摸弄着圆滚滚的肚皮，一步挪半寸，两步挪一寸，三步一寸五，四步挪两寸，就这样一寸一寸地挪到了饭桌前，等待着爹的打击。爹暂时没有出手，也许是因为他处的位置打击我不太方便吧——他坐在饭桌的正中，两边雁翅般展开我的那些兄弟姐妹们——也许他还没有决定该不该给我一顿沉重打击，但作为我来说，根据以往的经验和眼前的形势，知道一顿臭揍迟早难免，便硬起头皮，做好了准备。对我这样的坏孩子来说，挨打受骂是家常便饭，用我娘的话来说就是，我这样的人是属破车子的，就得经常敲打着，三天不打，上房揭瓦，两天不揍，闹起来没够。我爹呼噜了一口野菜汤，咕咚咽下去，问：

"说吧，好汉，到哪里去了？"

我本来可以撒一个谎，譬如说我钻到草垛里不小心睡着了，甚至可以说我让带着狗熊和三条腿公鸡的杂耍班子用蒙汗药拍了去，幸亏我机智勇敢才逃脱了他们的魔掌——那一段时间里社会上正悄悄地流传着一个杂耍班子用蒙汗药拐儿童的说法，就算是谣言吧，说杂耍班子的人只要用手把小孩子的后脑勺子拍一下，小孩子就会乖乖地跟着他们走。说有一个小孩子就是这样被杂耍班子拍了去使了酷刑后变成了一个狗人。有一天杂耍班子到孩子舅舅所在的村子去演出，杂耍班子的班主一边敲着破锣一边指着小孩子说：各位乡亲们，看看这个可怜的孩子吧，乡亲们，可怜可怜这个狗孩子吧……人们一圈一圈地围上去，看那可怜的狗孩子。那孩子从人群里一眼就看到了自己的舅舅，看到了舅舅从某种意义上说比看见了爹爹还要亲，于是那孩子的眼泪就哗哗地流出来了。小孩的舅舅心中好生纳闷，心里想这个披着狗皮的小孩子是怎么了？为什么这样不错眼珠地盯着我，又为什么哭得如此伤心？他马上就联想到几年前姐姐家丢了的男孩，仔细一看那双眼睛，知道就是自己的外甥。他是个胸有城府的人，当下也没声张，等到杂耍班子休息时，装作闲人凑上去，提着那孩子的乳名低声问：你是小什么吗？那狗孩子点点头。舅舅马上就跑到县政府把杂耍班子给告了，破案之后，杂耍班子里那些坏人全部给枪毙了。——这个故事传得有鼻子有眼，都说村子里的兽医王大爷亲眼看到过那个狗孩子表演节目。我们追着王大爷让他讲讲那个狗孩子的故事，但王大爷总是心烦意乱地轰我们：滚开，你们这些狗东西！

没有撒谎，更不敢造谣，我实事求是地说：

"我跟于进宝到井里去了。"

"什么？"父亲惊讶地睁大了眼睛。

我的围着饭桌喝菜汤的兄弟姐妹们也用嘲笑的眼光看着我。我知道这些家伙把我当成傻瓜，他们做梦也想不到我到井里去干什么，当然也不能怨他们，因为这件事情的确离奇，如果我不是亲身经历，打死我我也不会相信天底下竟然会存在着这样的事。

"我跟着于进宝到他家后园里那眼井里去了。"我对他们尽量详尽地说着,"昨天下午,我去找于进宝玩耍,玩了一会儿,口渴得很,于进宝家没有水,于进宝就带我到他家后园里去找水喝,他家后园里有一口很深的井……"

母亲打断我的话,问我,又像是自言自语:

"你一夜没回来?你在哪里睡的?"

"我们根本就没有睡,我们跟那些长鼻人一起玩,唱歌跳舞捉迷藏,我们根本不困……"他们没有对我发出质问,但我从他们闪烁的眼神里,从他们停止喝菜汤的动作上,知道他们被我的故事吸引住了,或者说他们对我的一夜经历产生了浓厚的兴趣,我知道他们等待着我往下讲述。我当然非常愿意把自己的经历讲给他们听,尽管于进宝和那些长鼻人曾经要求我严格保守秘密,但我是个肚子里藏不住话的快嘴孩子,满肚子的新鲜奇遇如果不说出来,非把我憋死不可。我说:"那些长鼻人鼻子有点长,但也不是非常长,比我们的鼻子略微长点,与我们不同的是他们只有一个鼻孔眼儿,长在鼻子尖上。他们不吃饭,他们嗅味,他们嗅嗅味就饱了,但他们很会做饭,他们做的饭好吃极了,有鸡,有鸭,还有兔子,香极了……"

我正要把一夜奇遇讲给他们听时,刚刚开了一个头,但是我的爹把碗往桌子上一扔,将筷子往桌子上一拍,像一座山丘拔地而起。他越过障碍,顺手给了我一个耳光,把我打翻在地,然后他就气昂昂地走出了家门。他当然不会去找于进宝核实真伪,他也不会去于家的后园井里探勘,在他的心目中,我说的都是鬼话,连一星半点的真实也没有。

父亲走了,母亲把我从地上揪起来,当然是揪着我的耳朵揪起来，然后她就逼问我：

"小东西，说实话，昨天夜里你到哪里去了?"

"我跟于进宝到长鼻人那里去了……"我歪着脑袋，咧着嘴，痛苦地说。

"还敢胡说，"母亲恼怒地说着，揪住我耳朵的手又加了一把劲儿，使我的耳朵变成了不知什么模样，"说实话，到底干什么去了?!"

我的眼泪夺眶而出，耳朵痛疼是热泪盈眶的原因之一，但不是主要的原因，主要的原因是我感到委屈，明明我说的是大实话，但他们却以为我在撒谎；明明我是冒着被长鼻人惩罚的危险把一个美好的秘密告诉他们，但他们却以为我在胡编乱造。我的那些可恶的兄弟姐妹们见我受到惩罚不但不表示同情，反而幸灾乐祸，他们得意地眯着眼睛，脸上都带着笑意，那四个年纪比我小的，可能怕我收拾他们，笑得还比较含蓄，那四个比我大的，丝毫也不掩饰他们的得意之心。他们甚至添油加醋地说一些让母亲更加愤怒的话，譬如我那个生着两颗虎牙的大姐就很严肃地说：

"最近有人把生产队的小牛用铁丝捆住嘴巴给弄死了，咱家可是有这种细铁丝——"

"你就作死吧，"母亲忧心忡忡地说，"牛是生产队的宝贝，害了生产队里的牛，那就是反革命!"

"咱们干脆对外宣布，"我的那个二哥说，"与他断绝关系，免得牵连到我们。"

到底还是母亲境界高些，她瞪了那位很可能是我的二哥的家伙一眼，说：

"有你们这样的兄弟吗？你们都是我养的，能断绝得了吗?"

母亲松开了揪住我耳朵的手，我感到耳朵火辣辣的，知道它的体积大了不少。我的耳朵比常人的耳朵要大，原来也大不了多少，因为人们的揪和拧，它们变得越来越大。

"说吧，"母亲疲乏地说，"你这一夜到底到什么地方去了? 你如果不说，就别想吃饭!"

我瞄了一眼锅里那些黑乎乎的野菜汤，看了一眼桌子上那碗用来下饭的发了霉的咸萝卜条子，心中暗暗得意，初进家门时说实话我心中还有些惭愧，因为我一个人吃了那么多美味食物而我的父母吃这些猪狗食。但现在我一点愧意也没有了。我打了一个饱嗝，让胃里的气味汹涌地蹿上来；我陶醉在美好的气味里，心中充满了幸福的感觉。我看到我的那些兄弟姐妹们都把鼻子翘起来，脑袋转动着，在搜寻美好气味的源头。在饥饿的年代里，人们的嗅觉特别的灵敏，十里外有人家煮肉我们也能嗅到，当然也说明了那个时候空气特别纯净，一星半点儿的污染都没受。我的兄弟姐妹根本想不到让他们馋涎欲滴的气味竟然是从我的胃里返上来的。说不是故意的其实也是故意的我又打了一个响亮的饱嗝，然后大张开嘴巴，这时我看到，我的那些兄弟姐妹的目光全都集中到我的嘴巴上了，如果能够，我相信他们都会奋不顾身地钻到我的胃里去看个究竟。

母亲的嗅觉尽管不如我的兄弟姐妹们的嗅觉灵敏，但她毫无疑问地也闻到了从我的嘴巴里散出来的美食气味。我看到她的眼睛里洋溢着讶异和惊喜，我知道她不敢相信自己的鼻子，她很可能以为自己在做梦。对她的心情我完全理解，换了我也会这样，因为在那个时代里，从我这样一个穷孩子嘴巴里发出这样的气味比狗头上长角还要稀奇。但铁一样的事实就摆在我的母亲和我的兄弟姐妹们面前，他们不愿意相信也得相信，美好的气味无可争辩地从我的嘴巴里往外扩散，逗引得他们百感交集眼泪汪汪。我知道我的那些兄弟姐妹们心中对我充满了嫉妒和仇恨，他们恨不得把我的肚皮豁开，看看我到底吃了些什么东西；我知道母亲不嫉妒我也不仇恨我，但她也很想知道我到底去什么地方吃了些什么样的好东西，然后就可以让我当向导，带领着全家去会一次大餐。我的那个生着虎牙的姐姐已经急不可耐地冲了上来，用她的粗糙的手扒开我的嘴巴，凶巴巴地问：

"小坏蛋，你还真的吃到了好东西！快说，你到哪里去吃到了好东西？快说，你吃到了一些什么样的好东西？"

我的兄弟姐妹们跟随着虎牙姐姐围上来，七嘴八舌地问着我。这时我真是得意极了，想起方才父亲用他的铁巴掌扇我耳光时这些家伙幸灾乐祸的表情，想起这些家伙平日里对我的欺凌和压迫，我的心中无比快意，六月债，还得快，人不可貌相，海水不可用斗量，这些坏家伙大概从来没想到过我这个土豆堆里的最蹩脚的土豆，竟然会好运临头，他们根本想不到还会求到我的面前，刚才我还巴不得将我的奇遇告诉他们，但现在我已经不想把秘密告诉他们了。我为什么要告诉他们？我凭什么要告诉他们？我如果是个大傻瓜我才会告诉他们，我如果不是一个大傻瓜我就不会告诉他们。母亲也用恳求的目光望着我，显然也是想让我把秘密吐露出来，但是我耳朵上的痛疼提醒了我，让我想起了她几分钟前还揪着我的耳朵恨不得揪下来的悲惨往事，于是我的意志就变得像钢铁一样坚硬了。我决心把这个秘密保守到底，我必须遵守我与于进宝小哥哥的约定，我更必须履行我们与长鼻人之间的诺言，我为刚才差一点泄露了机密而后悔，幸亏他们没把我的话当真，但现在他们从我的嘴巴里嗅到了气味，他们很可能当真了。我惊愕地明白了：其实我已经泄露了秘密，我提到了于进宝家的水井，提到了长鼻人和他们的美味食品。我的这些饿疯了的兄弟姐妹，很可能马上就会下到于进宝家的井里去看个究竟！这时，母亲把我的兄弟姐妹们分到两边，走到我的面前，我感到她的手正在温存地抚摩着我的脑袋，我不断地提醒着自己：不要上当受骗，刚才就是这只手差一点儿把你的耳朵揪下来！她现在抚摩你是为了让你吐露机密，而一旦你吐露了机密，她的手就会重新揪你的耳朵！我听到她对我说：

"好孩子，告诉娘，你昨天夜里到底到哪里去了？你到什么地方去吃了些什么样的好东西？"

我灵机一动，想起了虎牙姐姐说过的话头，我宁愿搬起一个屎盆子扣到自己头上也不能泄露机密，于是我就伪装出犯了严重错误的模样，吞吞吐吐地说：

"娘，我错了……昨天夜里，我跟着一群野孩子，把生产队里一头小牛用细铁丝捆着嘴巴整死了……然后……他们点上火，把小牛烧熟了……他们让我吃，我实在太馋了，就吃了……"

在我的脑袋上爱抚着的那只手，突然间变成了拳头，像擂鼓一样敲打着我的头，我听到母亲用恨极了也怕极了的压抑着的声音说：

"你就去作死吧，你就等着公安局来抓你吧！"

我的那些兄弟姐妹们有用脚踹我的，有用巴掌扇我的，有用指甲掐我的，有用唾沫啐我的……总而言之是转眼间我就成了他们的公敌。他们把我打得遍体鳞伤，然后就懒洋洋地散开了。

但昨天夜里的确发生了比做梦还美的好事，有我满口的余香为证，有我的愉快而辛苦地工作着的肠胃为证，有我嗅到了野菜汤的气味就恶心的生理反应为证，有那么多栩栩如生的记忆为证。母亲把一个筐子一把镰刀扔给我，让我跟着我的姐姐哥哥们去挖野菜。在通往田野的土路上，村子里的孩子们唱着流行的歌曲，尽管饥饿但孩子们依然欢天喜地，你追我赶，打打闹闹，孩子队里有于进宝小哥哥，走着走着我们俩就靠在了一起，他压低嗓门问我：

"你没泄密吧？"

"没有……"我心里虚虚地说。

"千万保密，否则咱们就吃不到好东西了。"

我大姐瞪了我一眼，说：

"快走。"

我跟随着他们往田野里走，但我的心已经回到了昨天。

当时，我和于进宝在玩他家那副残缺不全的扑克牌，突然感到口很渴，我就问：

"进宝哥哥你们家有水吗？"

于进宝说：

"你想喝水啦？我们家没水，你如果想喝就跟我到我家后园里去喝吧。"

我就跟着于进宝到他家的后园里去了。他家的后园里有一眼水井，一眼非常普通的水井，水很深，浇园用的。井口上安着一架辘轳，支架上生出了蘑菇，绳子上发出了绿霉，看起来已经很久没有使用了。我们站在井台上，探头往井里望去，起初我们什么也看不见，渐渐地我们的眼睛适应了，看到了井里明亮的水，和水面上我们的脸。一头乱毛，两只小眼睛，一个塌鼻子，两扇大耳朵——原来我是这样子的一副好模样，怪不得我的一个姐姐经常骂我"气死画匠"。于进宝哥哥也是一头乱毛，两只小眼睛，一个塌鼻子，两扇大耳朵。我们两个简直像用一个模子刻出来的。我的母亲经常无奈地对我的那些兄弟姐妹们说："你们看看，他怎么越来越像东屋里小宝？"我的一个姐姐说："太像了，一个娘养出来的也没有这样像的！"然后她就用黑黑的眼睛仇恨地盯着母亲，好像母亲欠了她一笔陈年老账。小宝就是我最亲爱的于进宝哥哥，他在村子里名誉很坏，至于他干过什么坏事，则没人能说出来。

我们看着井里那两张一模一样的脸。看了一会，就开始往自己的脸上吐唾沫。我的唾沫吐到我的脸上就像吐到他的脸上一样。他的唾沫吐到他的脸上就像吐到我的脸上一样。我们的唾沫吐到我们的脸上把我们的脸破碎了，我们的鼻子眼睛混乱不清，于是我们就开心地笑起来。

突然，我们嗅到一股奇异的香味。我们抬起头来环顾四周，四周是断壁残垣，发了疯的野草，野草中仓皇奔走的蜥蜴，蜥蜴身上闪烁的鳞片……家家户户的烟囱里没有冒烟的，没有人家在炒肉，这香气……这香气……这香气是从井里冒出来的！我们紧张地抽动着鼻子，眼前似乎出现了许多在梦里都没见到过的精美食物，有像砖头那样厚的肉，一方一方的，颜色焦黄，冒着热气。有把脑袋扎进肚子里的烧鸡，颜色焦黄，冒着热气。有整头的小羊，颜色焦黄，冒着热气……

我们拽住辘轳绳子往井里滑去，他在下边，我在上边。井筒子深得似乎没有底，我的耳朵里嗡嗡地响着，好像在大风里行走。我的眼前起初是亮的，往下滑了一阵后就慢慢地黑起来。我感到有人拽了一下我的腿，我的身体往边上一偏，然后脚就着了地。于进宝小哥哥拉着我的手，沿着一条黑洞洞的地道，小心翼翼地摸索着前进。我们心中感到害怕，但越来越浓的香气吸引着我们，使我们的脚步不停。不知从何时起，眼前渐渐地明亮起来，地道也宽敞起来。我们看到一道道的光线从一些圆圆的洞眼里射进来，洞眼多粗，光线就多粗。我心中紧张，歪头看了一眼他的脸，看到了他的脸就像看到了我的脸。我们紧紧地拉着手，就像一对孪生兄弟。浓厚的香气变成了热乎乎的风扑到我们的脸上，随着香风传来了一些哧呼哧呼的声音。我们屏住呼吸，贴着洞壁，高高地抬腿，轻轻地落脚，慢慢地向前靠拢。

终于，我们看到了，在前方的一个宽敞的大洞里，有一个平展展的土台子，台子上摆着三个巨大的黑陶盘子，一个盘子里放着一方方的肉，像砖头那样厚，颜色金黄，冒着热气，肉的上面撒着一层切碎的香菜末儿。一个盘子里放着十几只脑袋扎到肚子里的鸡，颜色金黄，冒着热气，鸡的上面撒了一层花椒叶子。一个盘子里放着一头小羊，颜色金黄，冒着热气，小羊身上插了几根翠绿的葱叶。大概有二十多个人，团团围着盘子，都跪着，屁股后边挂着一条粗粗的尾巴。他们穿着用树叶子缀成的衣裳，头上戴着瓜皮小帽。他们都生着两只小眼睛，两扇大耳朵，这些都跟我们像，与我们不像的是他们的鼻子。我们是塌鼻子，他们是长鼻子，而且还比我们少了一个鼻孔眼儿。他们跪在盘子周围，脖子探出来，鼻子离食物很近，鼻孔一开一合，那些哧呼哧呼的声音就是从他们的鼻子里发出来的。我们将身体紧紧地贴在洞壁上，好像两只壁虎。有好几次我觉得他们已经发现了我们，但是他们并没有对我们怎么样。一个看起来很小的长鼻人突然站起来，鼻子哧呼着，脑袋转动着，眼睛分明地与我们的目光相接了，但他还是没有对我们怎么样。我感觉到他们是故意地不理睬我们。

他们吸了一阵后，一个个离开了盘子，站起来，脸上带着心满意足的神情，往地洞的深处走去。那个小小的长鼻人还扭回头对着我们扮鬼脸，一个露着胸部的大长鼻人——一定是他的妈妈——伸手把他拉走了。地洞里静悄悄的，只有那三只大盘子里的食物散发着香气。我们终于抵抗不住美味的吸引，蹑手蹑脚地靠到盘子前，顾不上危险，抓起那些好东西，狼吞虎咽起来。我们似乎刚开始吃，其实已经吃了许多。因为当那些长鼻人突然把我们包围起来时，我们本想逃跑，但是已经拖不动自己的肚子了。我们坐在地上，活像两只巨大的蜘蛛。

长鼻人的语言很怪，呱呱咭咭的，我们一句也听不明白。但从他们脸上的表情判断，他们没有恶意。后来他们在土台子前跳起舞来，好像是用这种形式欢迎我们访问他们的地洞。他们跳的舞跟我们村子里正在流行的一种舞有点相似，也是那样简单那样机械，好像一群木偶。其中有两个母长鼻人，把我们拉起来，让我们跟他们一起跳舞。我们吃得太多，行动实在困难，但他们让我们跳我们不敢不跳。跳了一会，我们的肚子小了，感觉也舒服了。渐渐地我们忘了他们是跟我们不一样的人，而且也能听明白他们的语言了。跳完了舞，大家坐在一起说话，像开座谈会一样。于进宝小哥哥说，我们是两个饥饿的孩子，今天很幸运地来到了你们的地洞，受到了你们友好热情的招待，吃到了从来没有吃过的最香最美的食物，我们真是全世界最有福气的孩子，我们回到上边即使马上死掉也不冤枉了。一个下巴上生着十几根白胡子的老长鼻人代表长鼻人发言，他说，你们不要客气，其实，我们早就知道你们两个，你们原来就是我们这里的人，后来因为刮白毛大风把你们俩刮走了。我们几年前就知道你们俩在上边生活，而且我们还知道你们俩活得很苦。我们早就决定把你们俩请回来玩玩，但一直找不到机会，今天，这机会终于来了。所以你们来到了这里就应该像回到了自己家里一样，或者说就像走亲戚一样。他说他们是嗅味的民族，根本不要吃东西，每天嗅一次食物的气味就可以了。他说如果我们不嫌弃他们嗅过的食品，尽管来吃好了，即便我们不吃，他们也要倒进暗道，流到蓝河里去喂四眼鱼。后来他们把我们送到井口，欢迎我们经常来做客，他们恳求我们不要把这里的情况对外人说道，我们对他们发誓：如果我们说了，就让乌鸦啄我们的脑袋。

（2000 年）

沈　园

　　一声霹雳在面包房外的槐树梢上炸开，树下的电车线上，闪烁着耀眼的火花。这是入夏以来的第一声惊雷，街上的行人愣了片刻，便匆匆忙忙跑到街道两边的商厦下躲藏。骑车的人则弓着腰，贴着街边往前蹿。一阵凉风吹过，密集的雨点倾斜着砸下来。马路上更加混乱，人们在风雨中四散奔逃。

　　他与她面对面坐在一间幽暗的面包房里，每人面前摆着一杯饮料，明亮的冰块在杯子里浮动着。在他们两人之间的桌子上放着两个陈旧的羊角面包，一只苍蝇围绕着面包飞舞着。他歪着脑袋，看着街上乱糟糟的风景。槐树的枝叶在风中惊慌地摇晃着，地面上蹿起一股股细小的尘土，浓烈的土腥味夺门而入，几乎盖住了面包店特有的那种奶油气息。几辆电车咬着尾巴从远处缓缓地驶过来，急雨敲打着车厢，形成了一层灰白的水雾。车厢里人满为患，敞开的车窗里探出几个光溜溜的头颅，承受着雨鞭的抽打。车门的夹缝里抻出一角红色的裙裾，湿漉漉地粘在脚踏板上，仿佛一面失败的破旗。

　　"下吧，下吧，下得越大越好，早就该下一场大雨了，这座城市已经干透了，起码有半年没下雨了，再不下场大雨连树都要干死了。"他突然咬牙切齿地说起来，那神态很像某部革命电影里的一个反面人物，"你们那里怎么样？也是好久没下雨了吧？

我每天看完新闻联播后就看天气预报，特别关注你们那里的天气。你们那个城市给我留下了非常美好的印象。我最讨厌大城市，如果不是为了孩子，我早就搬到小城市里去了。小城市安静、悠闲，你们那里的人我估计起码要比大城市里的人多活十年……"

"我想到沈园里去看看。"她说。

"沈园？"他正过头，面对着她，说，"沈园好像是在浙江的什么地方，是杭州？还是金华？人到中年，脑子不行了，退回去三五年，我的记忆力还是非常好的，几年工夫就不行了……"

"我每次来北京，都想到沈园去看看，但总是去不了。"她的眼睛在幽暗中闪闪发光，干枯的脸上焕发出一种生气蓬勃的光彩。

他心中暗暗吃惊，不敢正视她的灼人的目光。他听到自己用干瘪的嗓音说：

"北京有圆明园、颐和园，但我从来没有听说过有个沈园……"

她匆匆地收拾着座位下的东西，将两个小纸袋装进一个大纸袋里，然后又将大纸袋装进一个塑料手提袋里。

"这就走吗？你的火车不是晚上八点才开吗？"他指指桌子上的面包，用轻松的口吻说，"你最好把它吃了，上了车未必有饭吃。"

她将塑料袋子抱在胸前，目光死死地盯着他，用低沉但是坚定不移的口吻说："我要到沈园去看看，我今天必须去沈园看看。"

一阵夹杂着雨点的凉风从门外吹进来，他抚摸着自己的胳膊，不由得打了一个寒战。

"据我所知，北京根本没有什么沈园。对了，我想起来了！"

他兴奋地说，"我终于想起来了，沈园在浙江绍兴，十几年前我去过一次，距离鲁迅故居不远，就是南宋大诗人陆游和唐婉题词应答的地方，什么'红酥手，黄藤酒，满城春色宫墙柳'之类，其实只是一座荒凉的破园子，到处都是野草，就像那个陪同我去的朋友说的，不看很遗憾，看了更遗憾……"

此时她已经站了起来，整理了一下衣服，拢了一下头发，再次对着他，又好像自言自语地说：

"这一次，无论如何我也要到沈园里去看看。"

他伸出一只手拦在她面前，小心翼翼地说："就算沈园在北京，咱们也得等雨小一点时再去吧？如果想去绍兴看真正的沈园，那只能等明天，火车一天一班，早已开走，这样的天气飞机绝对不会起飞，而且，好像也没有去绍兴的航班。"

她绕开了他的手，提着塑料口袋，出了面包房，走进灰白的雨幕中。他匆匆地跟那两个目光闪烁的服务员结了账，急忙追了出去，站在面包房探出去的门廊里，他听到急雨抽打着廊檐上的铁皮，发出令人心烦意乱的嘈杂声。他的目光透过门廊上挂下来的瀑布般的水帘，看到她用那个塑料口袋遮着脑袋，正在急匆匆穿越马路。几辆轿车从她的身后急驰而过，溅起的水花顷刻之间将她的裙子打湿，使她的瘦骨伶仃的身体显示出来。他站在长檐下，侧目望了望不远处自家居住的那栋灰色的楼房，似乎看到了急雨从阳台上新近安装的海蓝色玻璃下千变万化地流淌下来。一股浓郁的茶香仿佛也在鼻子里氤氲，他甚至听到了女儿娇滴滴地喊着：爸爸，你来呀！

她站在马路对面的急雨里，对着一辆辆的轿车招手，不管是出租车，还是不是出租车。她的脸朦朦胧胧，让他突然想起了将近二十年前，在寒冷的雨夹雪里，站在她宿舍的玻璃窗户外，看到她端坐在椅子上，身穿着一件洁白的高领毛衣，清秀的脸上带着微笑，愉快地拉着手风琴的情景。后来他曾经想对她说说那个几乎把他冻僵了的夜晚，但事到临头他总是克制住自己袒露心怀的欲望。那个拉手风琴的年轻姑娘似乎在急雨中复活了，他心中的残余的激情猛烈地燃烧起来。他冲进了急雨，跑到了马路对面，站在了她的面前。片刻的工夫，他的全身也像她一样，湿得通透，冰凉的、夹杂着冰雹的雨水使他的身体马上就凉透了。他抓住她的胳膊，试图将她拖到能够遮挡雨水的商厦里，但她用力地挣扎着，使他的努力化解在拉拉扯扯之中。他感到似乎有芒刺在背，侧目便看到商厦下那些鬼鬼祟祟的目光，而且还有好几张脸似曾相识，但他知道自己已经没有退路，如果撒手而去，他的良心将会永世不得安宁。

他终于将她拉进了路边的电话亭中，两个半圆的罩子一边一个，遮住了他们的上半截身体。他说："我知道在前面的胡同里有一家台湾茶馆，很有情调，我们到那里去坐坐，喝杯热茶，等雨小点了，我就送你去车站。"

她的上半截身体隐没在庞大的半圆形罩子里，看不到她脸上的表情，只能看到黑裙紧贴在她腿上，两个膝盖丑陋地突出着。她一声不吭，似乎没听到他的提议。马路上的车辆已经很稀少，她坚韧地对着每一辆轿车招手，不管是不是出租车。

在大雨变成了中雨的时候，他们终于拦住了一辆红色的夏利出租车。他拉开车门将她让了进去，随着他也钻了进去。司机冷冷地问："去哪？"

"去沈园！"她抢着说。

"沈园？"司机问，"沈园在哪里？"

"不去沈园，"他脱口而出，"去圆明园。"

"去沈园！"她的声音麻木而固执。

"沈园在哪里？"司机问。

"不去沈园，去圆明园。"他说。

"到底去哪里？"司机不耐烦地说。

"我说去圆明园就去圆明园！"他的嗓门突然提高了。

司机侧着脑袋看了他一眼，他对着司机那张阴沉的脸点点头。接下来她又重复了三次说去沈园，但司机一声不吭，出租车在空旷的大街上急驰，车子两边的水哗哗地溅出去，让他产生了一种莫名其妙的悲壮感。他偷偷地观察着她的脸色，看到她的嘴噘得很高，似乎是在赌气。他还看到她的手在车门把手上微微颤抖，好像在酝酿着什么阴谋。为了防止她突然跳车，他紧紧攥住了她的右手。他感到她的手冰凉黏腻，好像一条鱼的尸首。她的手在他的手里一动不动，没有丝毫要挣脱的意思，但他还是牢牢地攥住它不敢放开。

车子拐进了一条狭窄的小街，街道两边堆满了白色垃圾，白色垃圾里有许多墨绿色的西瓜皮在放光。几家临街的小饭馆门口悬挂的彩色粘蝇纸在风雨中招展着，几个蓬头垢面的女人袒胸露背地倚在门边，嘴里叼着香烟，满脸都是无聊的表情。这情景使他恍惚回到了她的那个小城。他惊问：

"伙计，这是到了哪里？"

司机不回答，车内雾气弥漫，雨刷器紧张地工作着，发出令人心烦意乱的单调声响。

"你这是往哪里开？"他不由得惊呼起来。

司机恼怒地说："你吵什么？不是去圆明园吗？"

"去圆明园怎么走到这里来了？"

"不走这里走哪里？"司机减缓了车速，冷冷地说，"你给我指一条路吧，往哪里走？"

"我也不知道该走哪条路，但我感觉着不应该这样走。"他将态度缓和下来，说，"你们干这行的，当然比我路熟。"

"知道吗？"司机轻蔑地说，"我给你们抄了近路，起码少跑了三公里。"

"谢谢。"他连忙说。

"我原本是想收车回家睡觉的，"司机说，"这样的大雨天，谁还在外边跑？我是可怜你们……"

"谢谢，谢谢！"他说。

"我不黑你们，"司机说，"多给十元吧，你们运气，碰上了我这样的好人，如果……你们如果嫌贵，现在可以下车，我一分钱也不要。"

他看看车窗外昏暗的天地，说："兄弟，不就是十元钱吗？"

车子冲出小街，拐上了一条更为荒僻的土路。路上已经积存了很深的浊水，车子在积水中发疯般地冲刺着，溅起的雨水泼洒到路两边湿漉漉的树干上。司机低声咒骂着，不知是骂路还是骂人。他憋住火不敢吭气，心中充满不祥的预感。

车子从土路上挣扎出来，上了明亮的水泥路。司机又骂了一阵，然后猛一拐弯，就将车子停在了一座敞开的大门前。

"到了吗？"他问。

"这是小门，进去不远就是西洋景，"司机说，"我知道你们主要是想看西洋景。"

他看看计价器上打出来的数字，又加上了十元，从铁丝格子里递过去。

"我可没有发票。"司机说。

他没有理睬他，推开车门钻到外边。他等待着她从这边钻出来，但她却从那边钻出去了。

司机掉转车头走了。他低声骂了一句，骂完他感到对这个司机不但没有恶感，反而有些许好感。

雨还在下，路边的树木叶片鲜明，干净得可爱。她站在雨里，面色苍白，目光迷离。他拉了一下她的胳膊，说："亲爱的，走吧，前面就是你的沈园。"

她顺从地跟随着他进入园门。道路两侧的商亭里，小贩们热情地叫卖着：

"雨伞，雨伞，最漂亮最结实的雨伞……"

他走过一个商亭，买了两把雨伞，一把红色的，一把黑色的。然后他到售票处买了两张票。售票员生着一张粉团般的大脸，两道眉毛文得像两条绿色的菜虫子。

他问："你们这里几点关门？"

"这里永远不关门！"粉团大脸说。

他们举着雨伞走进圆明园。他举着黑伞走在前面，她举着红伞随在后边。雨点抽打着伞布，发出嘭嘭的响声。有三五成群或是成双成对的游人从他们对面走过来。有的举着花花绿绿的伞缓缓地走，有的没举伞，在雨中仓皇地奔跑。

"我以为只有我们两个有病……"话一出口他就感到非常后悔，于是就赶紧地说，"不过确实非常有意思，如果不是下这样的大雨，这里每天都是人满为患的。"

他很想说一句，"今天的圆明园属于我们俩"，但又是话到嘴边憋了回去。他们沿着弯曲但明净如镜的小路往前走，路边的池塘里，生长着许多半大的荷叶与蒲草，几只蛤蟆在水边蹦跳着。

"太好了！"他兴奋地叫起来，"如果再有一头在塘边吃草的水牛，如果再有一群在塘边游动的白鹅，那就更妙了。"他亲切地看着她的苍白的脸，感动地说："你的感觉从来就是最好的，如果不是你，我这辈子也见不到这样的圆明园。"

她长长地叹了一口气，说："这不是我的沈园。"

"不，这就是你的沈园，"他感到自己像在一出戏里表演一样，用含义深长的腔调说，"当然，这里也是我的沈园，是我们的沈园。"

"你还会有沈园？"她的目光突然变得锐利无比，刺得他几乎无地自容。她摇摇头，说："沈园是我的，是我的，你不要来抢我的沈园。"

他感到刚刚兴奋起来的心情顿时变得沮丧无比，眼前的景色也变得索然无趣。

"你踩死它们了！"她突然惊叫了一声。

他下意识地往路边一跳。她用更加凄厉的声音喊叫着："你踩死它们了！"

他低头看到，路面上蹦跳着成群结队的小蛤蟆。它们只有黄豆般大小，但四肢齐全，十分袖珍。在他走过来的地方，无数被踩扁了的小蛤蟆的尸体鲜明地标出了他的脚印。她蹲在地上，用手指拨弄着那些蛤蟆尸体。她的手指泛白，指甲灰暗，指甲缝里满是污垢。一丝厌恶之情从他的心底像沉渣一样泛起，于是他就用嘲讽的腔调说：

"小姐,你踩死的并不比我少,是的,你踩死的不比我少。尽管我的脚比你的脚大,但你的步子比我小,因此你不比我踩死的少。"

她站起来,喃喃自语着:"是的,我不比你踩死的少……"她用手背擦了一下眼睛,说:"蛤蟆,蛤蟆,你们为什么这样小……"然后她就泪眼婆娑了。

"行了,小姐,"他心中厌恶,却用玩笑的口吻说,"世界上还有三分之二的劳动人民在水深火热中挣扎呢!"

她用汪汪的泪眼盯着他说:"它们这样小,但它们的胳膊和腿都长全了呀!"

"再全不也是蛤蟆吗?"他抓住她的胳膊,拉着她往前走,她将雨伞扔在地上,用另一只手努力地剥着他的手。

"为了几只蛤蟆,我们总不能在这里过夜吧?"他松开她的手,愤愤地说,但他从她的眼神里看到他无法强制她踩着蛤蟆前进。他收起雨伞,脱下衬衣,提在手里抡动着,驱赶着地上那些令他厌恶无比的东西。小蛤蟆四散奔逃着,终于闪开了一线干净的道路。他拉着她,说:"赶快走!"

他们终于站在了废墟前面了。雨基本上停止了,天色也略显清明,他们收了雨伞,爬上了一块曾经被工匠们精雕细琢过的巨石,他将衬衣用力地拧了拧,抖了抖,穿到身上。他不无夸张地打了一个喷嚏,期望能引起她的关切,但她对此毫无反应。他自我解嘲地摇摇头,然后就像所有的登高望远的人一样,努力扩展开胸膛,大口呼吸着新鲜空气,心情如雨后的天空一样,渐渐变得晴朗起来。这里的空气实在是太好了,他想说,但没有说。偌大的园子里似乎只有他们两个人,这的确有点像个奇迹。他用很好的心情观看着前面的废墟。它们是那样的著名，是那样的深入人心，它们出现在多少人的镜头里，出现在多少人的诗句里，但现在它们是这样平凡。它们默默无言，但似乎又在倾吐着千言万语，它们是沉默的石头巨人。在废墟的面前，二百年前的喷水池里，现在许多他叫不出名字的野草从石头缝隙里顽强地钻出来。

他们相互援着手，爬上了一块更高更大的石头，清凉的风吹过来，身上黏湿的衣服渐渐干爽，她的黑裙的裙角在微风中开始飘动。他用手抚摸着被雨水冲洗得十分洁净的石头，鼻子嗅到了一股清冷的气息。他好像发现了一个秘密似的说："你闻闻，石头的气味。"

她目光专注地盯着那根曾经支撑过高大建筑的圆柱，看样子根本就没听到他的话。她的目光似乎要穿透石头的表面，深入探究里边的内容。这时他看到她鬓角花白的头发，不由得从心底发出了长长的叹息。他伸手捏下了她肩头上的一根落发，感慨地说："光阴似箭，一转眼之间，我们就老了。"

她没头没尾地冒出一句："刻在石头上的话是不是就不会变？"

"石头本身也会变，"他说，"所谓的海枯石烂不变心，那不过是个美好的幻想。"

"但是在沈园里，一切都不会变。"她的目光死盯着石头，好像是在跟石头对话，而他不过是个无关紧要的听众。但他还是积极地响应着她的话，大声地说：

"在这个世界上，永恒的东西是根本就不存在的，譬如这座名园，三百年前，当清朝皇帝建筑它时，大概不会想到用不了多久它就会变成废墟，当年皇上和他的嫔妃们寻欢作乐的大厅里的大理石地面，也许现在变成了老百姓猪圈里的垫底石……"

他自己也感到了这些话枯燥无味，与废话没有什么区别，而且他也知道，她连一个字也没听进去，于是他就停止了演说，从口袋里摸出一包被雨水浸湿的烟，从中选出一根比较干燥的，打火点燃。

两只喜鹊追逐着从他们头上飞过去，落在远处的树梢上，喳喳地噪叫着。他想说，鸟儿是多么自由啊，但还是依从了自己的习惯，将到了嘴边的话咽了下去。这时，从她的嘴里发出一声兴奋的尖叫，她的黯淡的眼睛里也同时放出了光彩。他惊讶地看着她，接着就顺着她的手指方向，看到了灰蓝色的天空中，出现了一道艳丽的彩虹。她像个孩子似的跳起来，大声地喊叫着：

"看那儿，看那儿！"

她的愉快马上就感染了他，横亘天际的虹桥使他暂时忘记了黯淡的现实生活，沉浸在孩童般的愉悦中。他们的身体在不知不觉中贴近了。他们的目光亲切地交流着，没有躲闪和回避，没有犹豫和动摇，他们的手十分自然地握在一起，他们的身体同样十分自然地拥抱在一起。

当他从她的嘴里嗅到一股浓浓的淤泥味道时，天际的美丽彩虹已经消失了。废墟里一片苍茫，横倒竖卧的石头上泛起青紫的光芒，显示出许多庄严和狞厉。水草中的虫鸣响成一片，远处传来鹅的叫声。他无意中瞥见了她腕上的手表，时针已经指向七点。他惊慌地说：

"糟糕，你的车是八点开吧？"

（1999 年）

采　燕

　　我岳母诞生于一个采燕世家，她在我的老岳母肚子里时就听到过金丝燕痛苦的啁啾，就得到过金丝燕的营养。我的老岳母是个馋嘴的女人，怀上我岳母后变得更馋，她经常背着丈夫偷食燕窝，偷食技巧很高，从没被她的丈夫发现。我岳母说她娘生就一副比钢铁还要坚硬的牙齿，能把韧性极强的干燕窝咬烂。她从不偷食整个的燕窝——整个的燕窝她丈夫有数，我岳母她娘总是很巧妙地从每只燕窝底部用刮刀留下的切痕上往里啃进一寸，啃出的茬口比刀子切的还整齐。我岳母说她的娘偷食的都是一等官燕。没经炮制的燕窝营养价值更为丰富，我岳母说任何美味佳肴一经烹制，其营养都要被大量破坏。我岳母说任何进步都建立在丧失一些东西的基础上，人类发明了烹调，愉悦了口腔感官，但丧失了人的剽悍和勇猛，生活在北极圈里的爱斯基摩人之所以有那么强悍的身体和抵御严寒的能力，与他们生吃海豹肉有绝对的关系，一旦他们掌握了复杂精巧的中国烹调术，他们就在那里待不下去了。我岳母她娘偷食了那么多生燕窝，所以我岳母发育得极为健全，生下来时就头发乌黑，皮肤粉红，哭声雄壮胜过男婴，嘴里还生了四颗牙齿。我岳母的爹是个迷信的人，他听人说生下来长牙的婴孩是丧门星，就把我岳母给扔到乱草棵子里去了。那时令是寒冬腊月，广东尽管没有严冬，但十二月的夜晚也凉气砭骨，我岳母在野草丛中一夜，竟然甜睡不死，感动了她爹，又把她给抱了回来。

我岳母的娘据我岳母说很漂亮，我岳母的爹据我岳母说八字浓眉，深眼窝，塌鼻子，薄嘴唇，尖下巴上一撮山羊胡子。我岳母的爹整日攀崖贴壁又瘦又老像一只丑陋的壁虎，我岳母的娘天天偷食燕窝滋养得粉红雪白一掐冒白水儿像一枝六月的荷花。我岳母一岁时她娘跟着一位燕窝商人跑到香港去了，我岳母跟着她爹长大。我岳母说她娘私奔之后她爹每天煮一个燕窝给她吃，所以她是吃燕窝长大的孩子。我岳母说她怀我老婆时正是六十年代初最困难的时候，没吃过一口燕窝，所以生了个我老婆像个黑猴。如果她吃燕窝情形也会好转，但我老婆拒吃。其实我知道想吃也不行，我岳母在烹饪学院当特食中心主任没多久，不当主任时她要弄个燕窝也不容易。她做给我吃的这个劣质燕窝，也不是正路上来的。所以从这一点上我也知道我岳母十分喜欢我，胜过我老婆喜欢我。我跟我老婆结婚一半是因为她爹是我的恩师，我跟我老婆还没离婚的一个重要原因是因为我很喜欢我岳母。

我岳母喝着燕窝汤吃着小燕雏茁壮地成长，她四岁时的身高和智力就达到了正常发育的十岁孩童的水平。我岳母认为这绝对是金丝燕的功劳。我岳母说在某种意义上她是雄金丝燕用珍贵的唾液哺育大的，而她的娘因为惧怕她那四颗生来就有的牙齿而不给她哺乳。这算什么哺乳动物？我岳母恨恨不平地说。我岳母还由此发挥说人是哺乳动物中最残忍最无情的，只有人才拒绝为婴儿哺乳。

我岳母的老家住在东南沿海的一个海角上，天气晴朗的日子，她坐在海滩上，能够看到那一连串的钢青色的海岛的影子。

那些岛上有着高大的岩洞，岩洞里出产燕窝。村里人多以捕鱼为生，只有我岳母的爹和我岳母的六个叔叔靠采燕窝为生。这是祖传的职业，极其危险但收益颇丰，一般人家想干也干不了。所以我在前边说我岳母出生在一个采燕世家。

我岳母说她的父亲和叔叔们都是精壮的人，身上没有脂肪，只有一束束血红蛋白含量极高的像麻绳拧成的肌肉。拥有这种肌肉的人自然身手矫健，胜过猿猴。她爹养着两只猿猴，她说那是她父亲和叔叔们的老师。在不能采集燕窝的季节里，我岳母的父亲和叔叔们就坐吃着头年采燕的收入，为下一次采燕做各方面的准备。他们几乎每天都牵着猿猴上山，驱使它们攀壁缘木，并进行模仿。我岳母说马来半岛的采燕人有驯化猿猴采燕的，但不太成功，猴性善变，影响生产。我岳母说她爹六十多岁时还是身轻如燕，在光滑的青竹上攀缘，不弱健猴。总之，我岳母的家族由于遗传的原因和职业的训练，都善于攀壁上树。我岳母说体能最为出色的是她的小叔叔，他练就了一身壁虎功，能不凭借任何器械，赤手爬到几十米高的岩壁上去采燕。我岳母说她把别的叔叔的模样都淡忘了，但却牢牢记着这位小叔叔的模样。他遍体生着一层鱼鳞状的老皮，瘦干的脸上有两只深陷在眼眶里的、闪烁着忧悒光芒的蓝色大眼睛。

我岳母说她七岁那一年的夏天，第一次跟随父亲和叔叔们去海岛采燕。她家有一艘很大的双桅船，船是松木的，刷着厚厚的桐油，散发着森林的芳香。那天刮着东南风，海上的长浪追逐奔涌，滩涂上的白沙被太阳照得闪闪发亮。我岳母说她经常被那刺目的白光从梦中惊醒，于是，在酒国市的被窝里，她听到了南海的波涛，嗅到了海的味道。她的父亲叼着一支旱烟管，指挥着弟弟们往船上搬运粮草、淡水、青竹竿。末了，她的一个叔叔牵来一头角上缠着红绸的肥胖公水牛。那家伙双眼血红，嘴里吐着白沫，一副怒气冲冲的模样。渔村里的孩子们跑来看采燕船出发。孩子群里有好几位是我岳母的玩伴，海燕、潮生、海豹……有一个老女人站在村头一块岩石上喊叫着：海豹、海豹子，来家。一个小男孩极不情愿地离去了。临走时他对我岳母说：燕妮，你能帮我逮一只金丝燕吗？你给我一只活金丝燕，我给你一颗玻璃球。他亮了亮那颗攥在手里的玻璃球。我想不到我岳母竟有这样一个辉煌的乳名，燕妮！天老爷人家！竟跟马克思夫人一个名字。我岳母忧伤地说：那个海豹子，现在已是军分区司令了。我岳母的话里流露出了对我岳父的不满。我老婆说，军分区司令有什么了不起，我爸爸是大学教授，酿造专家，不比他个小小司令神气！我岳母看看我，委屈地说：她永远站在她爸爸的立场上与我作对。恋父情结，我说。我老婆狠狠地剜了我一眼。我岳母说采燕船出发那天，最热闹的场面是赶公牛上船。

她说牛是有灵性的，没阉过的公牛最有灵性，它知道让它上船意味着什么，所以它一靠近小码头就红了眼，喘着粗气，把一个犟头拧来摆去，扯拽得我那位叔叔跟跟跄跄。我岳母说有一条狭窄的木板把木船和小码头的石阶连结在一起，木板悬空，倾斜，板下是浑浊的海水。公水牛的前蹄停在木板的一头，便再也不肯前进半步。那位叔叔用上吃奶的劲拉鼻绳，铁鼻环把水牛青色的鼻梁拉出去很长，牛的鼻梁随时都可能豁开，一定痛疼难挨，但它坚持着不上板，与死亡相比，鼻子不算什么。我岳母说她的几个叔叔一拥而上，想把水牛硬推到船上去，但任他们怎么推，也奈何不了它，反倒被它愤怒地一尥蹄子，打瘸了我岳母某一位叔叔的腿。

我岳母说她的小叔叔不但体能比他的哥哥们出色，智慧也是第一。他从他哥哥手中接过牛绳，拉着牛在海滩上散步。他和牛说着话。海滩上留下了他和牛的脚印。后来他脱下褂子蒙住了牛头，一个人把牛牵上了跳板。牛走在跳板上时，跳板弯成了一张弓。那畜生其实也知道它走在一条险路上，因为它迈动四蹄时小心翼翼，好像马戏团里那些久经训练的走索山羊。牛上了船，人也上了船，跳板撤去，哗哗地挂满帆。小叔叔从牛脸上解下衣服。牛浑身发抖，四蹄跳动，发出一声凄凉的鸣叫。渐渐地，大陆消逝，海岛逼近，岛上云雾朦胧，宛若仙山琼阁。

我岳母说她父亲和叔叔们在岛的一角上锚住了船，小叔叔把牛弄下船。他们的脸色严肃而神圣。一踏上遍地荆榛的荒岛，那暴躁的公牛变得比绵羊还要温驯。牛眼里血红的颜色消失，湛蓝的与海洋一样的颜色与我岳母的小叔叔的眼睛一样的颜色出现。

我岳母说他们抵达荒岛时已是黄昏时分，海上红光闪闪，岛上群鸟翻飞，鸣声震耳。他们在岛上露宿，一夜无话。第二天凌晨，吃罢早饭，她的父亲说：干吧。神秘惊险的采燕工作就开始了。

这些岛上，有许多黑暗的洞穴。我岳母说在一个大洞穴的外边，她父亲摆起了香案，烧了一沓纸，磕了几个头，然后说一声：杀牲！他的六个兄弟便一拥而上，把那头公牛扑倒在地。奇怪的是那头膘肥体壮的公牛竟然没进行丝毫反抗，与其说它是被那六个男人按倒，不如说它自己躺倒。它静静地卧着，健壮的脖子平铺在岩石上，那颗生着钢青色铁角的硕大头颅，笨拙地连结在脖子上，仿佛是生硬地焊接上的一样。它的姿势表明它心甘情愿地成为献给洞中神灵的牺牲。我岳母说她模模糊糊地感觉到，岩洞中的燕窝是洞中神灵的私有财产，而她父亲和叔叔们用这条肥胖的公牛和洞中神灵进行交换。洞中的神灵既然能吃公牛，一定是个极其凶恶的大怪物。我岳母说这联想使她产生了恐惧。按倒黄牛后，她的叔叔们闪到边上去。她看到父亲从腰里抽出一把雪亮的小斧头，双手攥着，向公牛走去。她的那颗心脏仿佛被一只大手紧紧地攥住了，每跳动一下都要停顿了再不跳动一样。她父亲嘴里念念有词，漆黑的眼睛里跳动着惊恐不定的光芒。她忽然产生了对父亲也对公牛的怜悯，她觉得面前这个瘦猴一样的男人和僵卧在岩石上的公牛一样可怜，杀者和被杀者都情不自愿，但迫于一种巨大的压力不得不这样做。

我岳母看到那奇形怪状的巨大洞口，听到洞里那一阵阵的怪异声响，感受到洞口喷吐出的阴森空气，灵感发动，想到，她父亲和公牛共同惧怕的是岩洞中的神灵。她看到公牛紧紧地闭着眼，长长的睫毛被上下眼睑夹成一条线，一只碧绿的苍蝇在它的潮湿的眼角上挑挑拣拣地吃着什么，连我岳母都被这只讨厌的苍蝇搞得眼角发痒，但公牛却一动不动。我岳母的父亲走到牛的身旁，六神无主般地往四下里打量了一下。他想看什么呢？我岳母说，其实他什么也看不到，抬头张望恰恰暴露了他内心的极度空虚。他把小斧头放在左手里握着，往右手心里吐了一口唾沫，然后又把小斧头倒在右手里握着，往左手心里吐了一口唾沫，最后，他双手攥住斧把儿，挪动了一下双腿，似乎要站得更稳当一点。他呼了一口长气，憋住，脸色发青，双眼瞪圆，高高地把斧头举起来，猛地劈下去。令我岳母不解的是，这公牛临死前紧紧闭着眼，头被砍下来后，反倒睁圆了眼睛，那眼睛依然蓝得像海水一样，倒映出周围的人影。我岳母说她父亲安顿好牛头，退后一步，嘴里不知念叨了几句什么话，然后扑地跪倒，朝着洞口频频磕头。她的叔叔们也跪倒在岩石上，对着洞口磕头。

祭洞仪式完成后，我岳母她父亲和叔叔们带着家什进洞。她被留在洞外看守船只和器具。我岳母说他们进洞之后就像石头沉入大海一样无声无息。她一个人面对着大睁着双眼的牛头和咕咕冒血的牛身子感到十分恐惧。远望海天茫茫，大陆隐没在海水后边，岛上飞翔着许多不知名字的大鸟。有几匹肥大的老鼠从岩缝里钻出来，吱吱叫着，蹿到牛的尸体上去，我岳母试图轰开它们，它们却一蹦半米高向我岳母这个小姑娘发起了进攻，她清楚地感受到了老鼠爪子挠着她胸脯的滋味。我岳母号哭着跳到洞里去。

她哭叫找她的父亲和叔叔们，穿越了一段幽暗的洞。突然她的眼前一亮，七束耀眼的火把在她的头上出现了。我岳母说她父亲在采燕的淡季里用浸透松脂的树枝捆成了很多火把，那些火把长约一米，有一个细细的、可以用嘴叼住的把儿。我岳母说看到火把的亮光后她立即停止了哭号，一种神圣的庄严的气氛扼住了她的喉咙。她感到与父辈们正在进行的工作相比较，自己的那点小恐惧根本不值一提。

那是一个巨大的山洞，高约六十米，宽约八十米，我岳母用成人后的估测能力为她儿时的印象定了量。山洞究竟有多长我岳母说她估测不出。洞中有流水的潺潺声，有水滴落下的叮咚声，凉风习习。她仰脸看到那几支火把在半空中燃烧着，火光映照着她父亲的脸，她叔叔们的脸，尤其是她小叔叔的脸。那张迷人的脸在火苗的映照下具有了琥珀的颜色和琥珀的质地，感人至深，永远难忘，像克利科·蓬萨旦寡妇酿造的香槟酒一样，清馨润肺，缭绕不绝，压倒群芳，出类拔萃。他口叼着哔哔叭叭爆响着的火把，身体紧紧地贴在一道岩缝里，对着一个晶莹乳白的东西伸过刀去。那就是燕窝。

我岳母说其实她一进岩洞，最先让她心驰神往的不是那高悬头上的松脂火把，也不是被火把照耀的她小叔叔那张富有魅力的脸，而是那满洞飞舞的金丝燕。它们被火光惊扰，纷纷飞出巢穴又不想远离巢穴，洞中群燕翻飞，犹如山花烂漫，又似蝶群盘旋。燕声啾啾，千声万声，泣血啼血。我岳母说她听出了燕啼声中包含着的辛酸和愤怒。她的父亲从她的头上，驾着一根长长的青竹，悠到洞壁的一侧，那里有十几个刚刚凝固的燕窝。她的爹仰着脸，头上缠着一道白布，大张着两个黑洞洞的鼻孔，脸色像烤熟的乳猪一样。他伸出了那柄白色的刮刀，只一下，便把一只燕窝削下，伸手接住，装进了腰间的叉袋。几个黑色的小东西掉下来，落在我岳母的脚前，啪一声轻响，她低头摸去，摸起几块破碎的蛋壳，蛋黄和蛋清沾在壳上。我岳母说她心里很难过。她看到父亲只靠着几根屠弱的青竹，在几十米的高空冒险采燕，她的心中也很难过。燕子一团一簇地扑向她父亲的火把，仿佛要把那火把扑灭，保护自己的巢穴和后代。但火的威势在最后的时刻逼退了它们。它们的羽翼在即将接触到火苗时才疾速折回，蓝色的燕羽在火光中闪烁。我岳母说她父亲对群燕的骚扰置之不理，哪怕燕翅拍打着他的脑壳，他的眼睛依然盯着岩壁上的燕窝，并且用稳准狠的手法，把它们一个个削下来。

一支火把将尽时，我岳母说她父亲和叔叔们攀缘着倚在洞壁上的青竹溜下来。他们聚在一起，引燃新火把，倒出叉袋里的燕窝，堆在一块白布上。我岳母说按照往常规矩，她父亲只采一支火把的燕，剩下三支火把工夫，由他的弟弟们采，他在洞壁下看守着燕窝，防止恶鼠抢食，同时也休息那毕竟已经衰老的身体。我岳母说她出现在他们面前，使他们又惊又喜。她父亲训斥她为什么私自进洞，她说一个人在洞外害怕。我岳母说她一说出"害怕"二字，她的爹立刻脸色大变，抬手扇了她一巴掌，说：闭嘴。她说她爹的手黏糊糊的，沾满了燕窝的汁液。我岳母说后来她才知道，在洞里绝对不允许说出诸如"跌落""滑倒""死亡""害怕"之类的字眼，否则将大不吉利。她挨了巴掌，呜呜地哭了。她的小叔叔说：别哭，燕妮，待会我给你逮只燕。

他们每人抽了一锅烟，用腰间的叉袋擦了擦身上的汗，便叼起火把，向岩洞的深处走去。我岳母说她父亲说：既然你来了，看着货，我再上去采一支火把。按规定，他们每天要采四支火把的时间。

我岳母说她的父亲叼着火把去了，她看到洞底有流水，水中有游蛇，还有许多腐烂的竹竿与藤蔓，洞底的石头上，积着一层厚厚的燕屎。她的目光追随着她的小叔叔，因为他说要给她捉只活燕。她看到他沿着几根青竹，飞一样地爬到了十几米的高处，找一处缝隙站住脚，再弯腰把脚下的竹子提上去，插住，又提上去一根竹，斜架在另一根竹上，再提上去一根，架住。三根竹便架构成一座令人惊心动魄的天桥。她的小叔叔踩着这摇摇欲坠的天桥，逼近了岩洞的穹隆，那里有块垂下来的蘑菇状乳石，在那石上，有十几个特大的白燕窝。当别处的金丝燕弃巢惊飞时，这里的燕子不惊不飞，它们也许知道它们的巢建在了绝对安全的位置上。

筑成的巢里，抻着两只机灵的燕头，还有几只金丝燕，正倒悬在乳石上，频频摆动着头颅，扯着洁白透明的丝线，编织着细腻优美的巢穴。它们也许不知道我岳母的小叔叔已经手把着、脚蹬着冰凉滑溜的岩石，像只可怕的大壁虎，一点一点地向它们靠拢。我岳母说金丝燕用八个朝前的爪子紧紧地把着岩石，辛苦万端地咳唾筑巢。它的短短的嘴巴像只灵巧的梭子，在弧形的平面上快疾地编织着。扯一阵亮丝后，它们就把身体紧缩起，翅膀抖，尾羽颤，把珍贵的唾液从喉咙里咳出来，含在嘴里，再扯亮丝。那些东西在空气中转瞬间便凝固成透明白玉。我岳母说金丝燕吐涎筑巢，是大自然中少有的奇观，达官贵人们不知金丝燕的辛苦，更不知采燕人的辛苦，所以他们也就感觉不到燕窝的珍贵。

我岳母的小叔叔几乎是倒挂在那石蘑菇的肥大部了，仅凭着两只脚，就把住了虽有沟坎但极其滑溜的乳石，这实在是不可思议。火把横向伸出，火苗在他头的外侧熊熊燃烧。他腰间装燕的叉袋垂挂下来，好像两面在雨中狼狈下垂的破旗。他自然不能开口说话，但他的处境已经说明他无法把采下的燕窝装入叉袋。我岳母说父亲已从岩壁上溜下来，举着火把，仰脸看着把性命悬挂在洞顶的小弟，并准备随时捡起他挥刀割下的燕窝。

我岳母说直到现在她再也没有看到那么大的燕窝。那是古老的燕窝。我岳母说燕类都有在旧巢上筑新巢的习性，只要不遭破坏，它们可以把一个巢造得像斗笠那么大。当然，没遭破坏的燕巢，都几乎是纯粹的燕唾凝成，不含杂质，质量优异。

他伸出了手，手里握着一把三棱的锋利刮刀。他的身体被可怕地拉长了，好像一条蛇。我岳母说她看到许多明亮的汗珠从她小叔叔的头发梢上滴下来。他的刀触到那个巨大燕窝的边缘了，触到了，触到了。他的身体又拉长了些，他的刮刀戳到燕窝的基部里去了，他来回抽动着刮刀，成群的汗珠从他头上滴下来。燕窝里的大燕子飞出来了，它们表现得特别英勇，不顾死活地用身体去碰撞他的脸，一次一次又一次。我岳母说燕窝在石上粘得非常牢固，尤其是多年的燕窝，几乎是长在石头上一样。所以她的小叔叔的工作异常艰苦，他必须置大燕子的疯狂冲撞于不顾，必须心不乱，手不软，咬紧牙，闭住眼，坚持住，把牙咬进唇里，尝到自己的血滋味。

我岳母说，天哪，好像过了几百年一样，那庞大的燕巢终于倾斜了，终于垂下来了，只要再来一下，它就会掉下来，像块巨大的白金子一样掉下来。

小叔叔，加把劲呀！我岳母情不自禁地喊叫起来。随着她的一声叫喊，他的身体往前一跃，那只白色燕窝脱离了岩石，飘飘摇摇地，费了漫长的时间，落在了我岳母和她父亲的脚前面。与燕窝同时落下来的，还有她那个技艺非凡的小叔叔。我们在前边说过，他能从十几米的高处飘然落地而不损伤自己的身体，但这一次是太高了，而且姿势不对。那支自高空跌落的火把落地之后依然燃烧着，一直到洞底的浅浅流水把它浸灭为止。

我岳母说，她小叔叔摔死后五年，她的父亲也粉身碎骨在一个岩洞里，但采集燕窝的工作并不因为死人而停止。她不可能继承父业，也不愿意靠叔叔们养活，在一个炎热的夏日里，她背着那只小叔叔生前采下的巨燕，踏上了漫漫征程。那年，我的岳母十四岁。

（本文节选自莫言长篇小说《酒国》）

祖母的门牙

据说我刚生下来时就有两颗门牙。我的祖母遵照古老的传统用打火的铁镰给我开口时，还以为我的牙床上沾着两粒黄瓜子儿呢，但她马上就听到了我的门牙碰撞铁镰时发出的清脆响声。祖母的脸顿时就变黄了，因为在民间的传说中，生下来就有牙的孩子多半都是复仇者——是前世的仇人投胎转世，这个复仇者不把这个家庭弄得家破人亡是不会罢休的。祖母扔下火镰，提着我的两条瘦腿，像提着一个剥了皮的猫，毫不犹豫地就要往尿罐里扔。她老人家曾经是专业接生婆，在周围十几个村子里都有名气，经她的手接下来的孩子不计其数。

我出生时，新法接生已经实行多年，村里的人家生孩子已经不来请祖母，她的饭碗让新法接生给砸了。我母亲的肚子刚刚鼓起来时，祖母那两只闲了多年的手就发起痒来。我母亲从过门那天起，就听她咒骂新法接生。她说新法接生是邪魔歪道，接下来的孩子不是痴就是傻，不痴不傻长大了也是罗圈腿。我母亲是上过识字班的人，认识起码三百个字，能看简单的小人书，在农村妇女中算知识分子，她当然不相信我祖母的鬼话，但五十年代初期的农村家庭，还笼罩着浓厚的封建气息，我父亲又是个出了名的孝子，我祖母说什么他就信什么，即便心里有怀疑，也不敢提出异议。他对我祖母的感情远远超过对我母亲的感情，他和祖母经常联手欺负我母亲。

我母亲嫁过来的第三天，我祖母就对我父亲说："富贵，该给她个下马威了！"

他有点羞涩地说："才三天……再说，她也没犯错误……"

我母亲说："你爹话还没说完呢，你奶奶那个老混蛋就把一个鸡食钵子摔了！"

啪！祖母把鸡食钵子扔在地上，跌成了三六一十八瓣。

"富贵呀，富贵，你个杂种，我一把屎一把尿把你拉扯大容易吗？"祖母瞪着金黄的眼珠子，指着我爹的鼻子控诉，"你可真是'山老鸹，尾巴长，娶了媳妇忘了娘！把娘扔到山沟里，把媳妇背到热炕上！'"

"娘，我没把您扔到山沟里……"

"你还敢跟我犟嘴，你翅膀硬了是不是？自打这个小狐狸精进了门，你就不像我的儿子了！你说吧，今日你打不打？不打她，就打我！"

母亲说："从来就没见过你爹这样的窝囊废，他心里其实是舍不得打我的，我进门三天，连大门朝哪开都没摸清楚，你说我会有什么错误？"

我父亲见我祖母发了大脾气，把嘴一咧，呜呜地哭起来。

祖母一屁股坐在地上，双手轮番拍打着地面，呼天抢地地哭着、数落着："老头子啊……你在天有灵，睁开眼看看这个好儿子吧……老头子啊，我这就跟随着你去了吧……"

我母亲看到这种情景，自己从屋子里走出来，跪在我父亲面前，说："娘让你打，你就打吧！"

母亲说："我硬憋着不哭，但那些眼泪就像断了线的珠子一样，扑扑簌簌地滚下来。"

父亲从灶前捡起一根烧火棍，在我母亲的背上抽了一下子。

祖母瞪着眼说："我说富贵，你演戏给谁看呢？"

父亲为难地说："还得真打？"

祖母气得身体往后一挺，眼见着就背过气去了。

这一下可把我爹给吓坏了，他大叫着："娘啊娘，您别生气，我这就打给您看，我狠狠地打给您看……"

父亲抢起烧火棍，抽打着母亲的背。打顺了手，也就顾不上拿捏，一下是一下，打得真真切切，鲜血渐渐地沁透了母亲的衣衫。母亲起初还咬牙坚持着，后来就哭出了声。

母亲说："痛是次要的，主要是感到冤屈。"

祖母长长地出了一口气，活了过来。

父亲看到祖母醒了，手上更加不敢惜力，一下比一下打得凶狠。

母亲身体一歪，倒在地上。

祖母抽着大烟袋，懒洋洋地说："行了吧，念她初来乍到，饶了她吧！"

父亲扔掉烧火棍，眼里含着泪，嘴一咧一咧的，活像个鬼。

祖母严肃地问我母亲："你是不是心里觉得冤？"

母亲的眼泪哗哗地流着，说："不冤……"

祖母说："我看你心里冤，冤得很呐！"

母亲哭得连话都说不出来了。

祖母问："知道为什么打你？"

母亲摇摇头。

祖母说："当年，我进门三天，我的婆婆也是这样，让你公公打了我一顿，当时我也觉得冤，连死的心都有，但是现在我明白了，我婆婆让你公公打我，是告诉我一个道理，知道是啥道理吗？"

母亲摇头。

祖母站起来，拍拍腚上的土，说："多年的水沟流成了河，多年的媳妇才能熬成个婆！"

这句话让母亲在黑暗中看到了一线光明。

母亲说："如果不是听了她这句话，那天夜里，我很可能一绳子就把自己撸死了。"

多年后我问母亲："为什么不去找政府？为什么不去法院告她？"

母亲摇摇头说："你说什么呀！"

母亲怀着我将近临盆时，曾经动过请李瓶儿来接生的念头，私下里也跟父亲提出过请求。父亲说："你这不是让我到老虎腚上去拔毛吗？"

祖母看出了母亲的心思，敲山震虎地说："李瓶儿，只要她敢跨进我的家门一步，我就把她豁了！"

就这样，我一出生就落在了祖母那两只冰凉的手里。

在我的头就要被浸入尿罐的危急关头，母亲一跃而起，蹿到炕下，从祖母手里把我抢下来。祖母大怒，道："富贵屋里的，你想干什么？"

祖母说着就把她的铁硬的爪子伸过来，想从母亲手里把我夺回去。母亲抱着我的头，祖母扯着我的腿，我在她们两个的手里放声大哭。那时刻我好像一只刚蜕壳的蝉，身体还是软的，在她们两人的拉扯下，我的身体就像一块橡皮，眼见着就被抻长了。

我是母亲身上掉下来的肉，尽管我长了两颗暂时不该长的门牙，但母亲还是疼我爱我，生怕在这样的强力牵拉下把我拽成两段。祖母这个老妖精，她不疼我也不爱我，在我还没出生时她就开始咒骂我，因为我在母亲肚子里让母亲干活的速度和质量受了影响，祖母就骂我母亲怀了个狗杂种。她一看到我长了两颗门牙就把我判为复仇鬼，为了家庭的安全，她要把我摁在尿罐里溺死。母亲因为爱我不敢用力，祖母因为恨我往死里用力，这场拔人比赛一开始母亲就注定要输，眼见着我就要落在祖母的手里，落在祖母的手里也就等于落在尿罐子里，而落到尿罐里也就等于落到了死神手里。

在我母亲的眼睛里，祖母满头的白发根根都带了电，就像阳光曝晒下的猫的毛。祖母的眼睛闪着绿油油的光好像暗夜里的猫眼。祖母的鼻子弯曲，牙床突出，下巴又尖又长，活像一个捣蒜的锤子。祖母突出的牙床上挂着两颗大门牙，牙根暴露，渗出血丝。这老东西自己明明也生着门牙，而且是很大的很长的发黄的像老马的门牙一样的大门牙臭门牙，却不允许我长门牙！这算怎么个说法？你也太霸道了！俗言道：父不慈，子不孝。奶奶不仁就休怪孙子口出恶言：你这个老妖精！母亲在危急关头，护犊情深，把三纲五常二十四孝统统抛到脑后，抬起一只手，在运动中攥成了拳，对准了祖母的嘴巴，捅了一家伙。只听到一声肉腻腻的响，祖母怪叫了一声，松了扯住我的双腿的手，捂住了嘴巴。我的身体在母亲怀里很快地收缩起来，缩得比刚脱离母体时还要短，我恨不得重新回到母亲肚子里去，当然这是不可能的。难产的孩子其实都是先知先觉的孩子，他们不愿意出来，是他们已经预见到世道的艰难和不公正。我之所以在母亲的肚子里连门牙都长了出来，是因为我在母亲肚子里已经多待了三个月，这也是祖母把我当成了妖精的重要原因。其实，我之所以不敢出生，十分里倒有八分是怕这个老妖精。母亲这一拳有点狗急跳墙的意思，也有点困兽犹斗的意思，她是劳动惯了的人，怀我到了八个月时，还挑着一担水爬河堤，干活练得胳膊上全是一条条的腱子肉，这一护犊子拳捅出来，少说也有二百斤的力气，腐朽得快要透了顶的祖母如何承受得了？受不了也得受，这就叫哪里有压迫哪里就有反抗。正义的铁拳打到祖母的嘴巴上，打得她发出了怪叫，打得她连连倒退，那两只从小就裹残了的地瓜脚缺少根基，倒退连连是正常的，如果她不倒退才是不正常的。她的脚让门槛绊了一下，然后她就一屁股廆在了地上。如果她生着尾巴，这下子肯定把尾巴蹾断了；尽管她没有尾巴，也把本来应该生尾巴那个地方的骨头廆痛了。她就那样双脚在门槛里屁股在门槛外坐着，张开口往地上吐了一摊血，血里有两颗大门牙。这老家伙的门牙其实已经摇摇欲坠，母亲不用拳头捣它们，它们也挂不了几天了。祖母捡起门牙，放在手心里托着，仔细地观看了一会儿，然后就嘤嘤地哭起来，那声音像一个受了委屈的胆小如鼠的小姑娘。

母亲说："听惯了你奶奶扯着大叫驴嗓子哭号，乍一听她换了这样一副腔调，感到很不习惯。"

母亲说："我原来是准备与她拼个鱼死网破的，但没想到她会这样。"

母亲一只手抱紧了我，另一只手抄起了一把剪刀，等着被打掉了门牙的婆婆发起疯狂反扑。母亲说当她看到祖母吐出她的大门牙时，心里就做好了最坏的打算。但出乎意料的是：祖母就那么老老实实地坐着，嘤嘤地哭着，平时骂惯了人的嘴巴里连一个脏字儿都没出。

母亲认为这是狂风暴雨前的平静，就说："马张氏，祸我已经闯下了，今日我是破罐子破摔了，人活百岁也是死，砍掉脑袋碗大个疤，自从进了你家的门，我过的就是牛马不如的生活，人说世上黄连苦，我比黄连苦三分，与其忍气吞声活，不如轰轰烈烈死！我不后悔，我很痛快，我准备好了，你来吧，我先用剪子戳了你，接着就戳我自己！"

母亲发表了她的血泪控诉与豪言壮语，祖母丝毫没有反应，还是捧着她的门牙在那里哭泣。母亲纳闷极了，心想这是怎么回事？这事就好像是武松打掉了老虎的门牙老虎竟然坐在地上哭一样。母亲说："马张氏，你别装了，该动手了！"

祖母还是那样。母亲仔细研究着祖母的脸，发现丢了大门牙的祖母脸变了，甚至可以说变得可怜巴巴，或者说变得很像个弱者。后来的事实也证明，母亲一拳把一个母老虎打成了一只老绵羊，从此祖母就从家庭霸主的地位上退了下来，母亲当家做了主人。至于我父亲，祖母当家长时，他是个好成员；母亲当家长，他表现得更好，因为他当年毕竟在祖母的指示下充当过欺负我母亲的打手，心中有愧，自然想好好表现。

祖母性格的突变，作为一个问题，困扰了母亲几乎一辈子，直到祖母年近一百、母亲年近六十时，才无意中找到了答案。

祖母九十九岁那年，萎缩得如一条干蚯蚓般的牙床上，竟然又长出了两颗小牙，这两颗小牙长在门牙的位置上，说明了这是两颗门牙。这情形很像一棵枯萎的老树上生出来两个嫩芽。对祖母嘴里的这两颗牙起初我们感到好奇，还把这当成了个新鲜事儿出去宣传。公社里一个报道员正为稿子不能见报发愁，听到了这个传闻如获至宝，骑着自行车到我家来转了一圈，回去就添油加醋地写了一篇稿子，说是新人新事新社会，新生事物层出不穷，铁树开花，枯枝发芽，百岁老人返老还童，重新生了两颗门牙。这篇稿子很快就见了报。我母亲对这种宣传很反感。她对祖母重新长门牙心中不安，认为年近百岁的祖母重新长牙就像公鸡下蛋母鸡打鸣一样，很可能是个不祥之兆。后来发生的事情证明，母亲的预感是正确的。

自从祖母长牙的消息见报后，到我家来看稀奇的人络绎不绝。开始我们也把这当成了光荣，人来了就热情接待，但很快我们就烦不胜烦。本村的人差不多都来了一遍，外村的人也来了。来了就让祖母到院子里，坐在太阳底下，仰起脸张开口，龇出那两颗白白的儿童般的小牙。这样的两颗牙如果生在儿童嘴里，一龇出来就像小狗一样，的确很可爱，但这样两颗牙生在一个鹤发鸡皮的老太太嘴里，看起来不但不可爱，反而有点别扭。这种不好的感觉你也不能说是恶心，你也不好说就是硌碜，反正是够别扭的。

不久，在我们村插队的一帮知青试验成功了一种特效菌肥"5248"，说是比日本尿素的肥效还要高一百多倍，把一棵地瓜秧的根儿放在"5248"的水里蘸蘸，栽到地里去，两个月后，长出来的地瓜就像石碌子似的。这一下子我们村成了典型，轰动了半个省，前来参观、"取经"的人一拨接着一拨。不知道哪个跟我们家有仇的混蛋造了一个谣言，说我祖母的门牙就是喝了一口"5248"溶液后长出来的。这下子我们家可热闹了，前来参观的人必来我们家，村里和公社里那些干部也揣着明白装糊涂，他们明知道根本就没有这码子事，也不站出来辟谣。起初他们还支支吾吾羞羞答答，后来干脆顺水推舟，把看我祖母的门牙当成一个法定的参观项目。

我母亲烦透了，当着那些参观者大骂公社干部和村干部，说根本就没有这码事。但我母亲越是这样说，参观的人越认为这件事是真的。村党支部书记宋大叔把我母亲叫到大队办公室里去，苦口婆心地开导她。

宋大叔说："大牙他娘，你这人怎么这样死性？"

"大牙"是我的外号，这个外号太响亮了，把我的乳名"红星"和我的学名"马千里"都给盖住了。提起"大牙"没人不知道是我，提起"红星"和"马千里"，就没有几个人知道是我。

我母亲说："他大叔，这不是睁着眼说瞎话吗？哪有这码事？就算他奶奶喝了'5248'，那也应该满口长牙，怎么单单长了两颗门牙？"

宋大叔说："说你死性吧，你还反吵，你以为我不明白？我啥不明白？这叫社会，这叫政治，懂吗？政治！"

我母亲说："不懂你们的这个政治！"

宋大叔说："打个比方吧，一九五七年，谁不知道吃不饱？可谁要说吃不饱，马上就是个'右派'！一九五八年，说一亩地能产一万斤麦子，谁不知道这是放屁？可谁敢说这是放屁，立马让你屁滚尿流！这样一说你就懂了吧？"

我母亲说："懂了！"

宋大叔说："大牙他娘你真是个明白人！"

我母亲说："但是，他大叔，这么多人，天天像赶大集一样，惊得俺家的鸡也不下蛋了，猪也掉了膘。他奶奶的嘴也给弄得合不上了，喝点水就顺着嘴角往外流，这样下去怎么得了！"

宋大叔说："这个问题嘛，支部已经研究了，决定给你们家补贴三百斤玉米，让大牙去找王保管领就行了，就说是我说的。"

我母亲说："三百斤是不是少点了？"

宋大叔说："大牙他娘，可别得寸进尺！三百斤玉米，一个整劳力一年的口粮呢！"

用暂时的眼光看，祖母的门牙给我们家带来了好处，但祖母可吃尽了苦头。她每天白天的大部分时间都得坐在墙根的向阳处，人来了她就得张开嘴巴，龇出门牙，让人观看。时间长了，口水就沿着她的嘴角流下来，把胸前的衣服都弄湿了。最讨厌的是那些人光看还不行，偏要追根刨底地问：

"大娘，您怎么想到要喝'5248'？"

我祖母眯着沾满眵的老眼，反问："什么？"

"'5248'是什么味道？"

"什么？"

"您原来的门牙是怎么掉的？"

除了这句问话之外，我祖母一律用"什么？"来回答，好像她是个昏聩的老糊涂，但唯有这句话她回答得很清楚。

"您原来的门牙是怎么掉的？"

祖母猛地睁开眼睛，眼睛里放出幽幽的绿光，用绿光幽幽的眼睛盯住我母亲的脸，响亮地说："是让我的孝顺儿媳一拳打掉的！"

于是，众人的目光便齐齐地射到我母亲的脸上。我母亲在众目睽睽之下，如同受审的罪犯。

就因为那三百斤玉米，我母亲忍气吞声，把这场戏艰难地往下演着。

我到生产队的仓库里找到了王保管领玉米，王保管皮笑肉不笑地说："大牙，你们家可真是好运气！白得了三百斤粮食！"

我把那三百斤玉米分两次扛回家。母亲长叹一声说："人穷志短，马瘦毛长，我们等于把你奶奶当猴耍了……"

我安慰她："娘，不能这么说，这是政治需要！"

母亲解开麻袋，抓起一把玉米看看，说："王保管这个杂种，尽给了些发霉的！装包时你就不看看？！"

"我去的时候他就把麻袋装好了。"

"这个杂种是眼红呢！"

"我找他算账去！"

母亲拦住我，说："算了，咱们丢不起人了！"

因为天天接待参观者，母亲顾不上给猪打饲料，就挖了一瓢霉玉米倒进猪槽，顺便抓了几把撒给母鸡。

当天夜里，我们家的猪死了。

第二天早晨开鸡窝，发现鸡也死了。

母亲从猪圈跑到鸡窝，又从鸡窝跑到猪圈。跑到猪圈里她摸摸那头关系着我们家经济命脉的猪，眼泪哗哗地从她眼里流到她的脸上。跑到鸡窝前她摸着那七只为我家提供日常开支的母鸡，眼泪哗哗地从她的眼睛里流到她的脸上。

第二天，母亲紧紧地关上了大门。当赵大叔带着一群参观者来看我祖母的门牙时，我母亲站在院子里破口大骂：

"赵大山，领着回家看你娘去吧！你娘也喝了'5248'，你娘不但嘴里长了新牙，你娘的肛门里都长了牙！"

我母亲是个有文化的人，我从来想不到她也会骂人，而且骂得如此幽默。

我听到参观者在门外哈哈大笑起来。

我听到赵大叔低声嘟哝着："这个老娘们，疯了！"

我祖母不知什么时候从屋子里出来了，还坐在她坐惯了的地方，仰着头，好像在回答着参观者的提问：

"什么？"

我祖母眯着沾满眵的老眼反问：

"什么？"

我祖母猛地睁开眼睛，眼睛里放出幽幽的绿光，用绿光幽幽的眼睛盯着我母亲的脸，响亮地说：

"是让我的孝顺儿媳一拳打掉的！"

我母亲像让电打了似的愣住了。我祖母不间断地重复着上面那三句话，简直就是个老妖精。

我母亲想了许久，冷笑着说："不错，是我打掉的！"

我母亲大踏步地走进厢房。

我听到厢房里稀里哗啦地响着。

我母亲提着一把生锈的铁钳子走了出来。

我母亲走到我祖母面前。

我大叫一声："娘！"

我祖母猛地睁开眼睛，眼睛里放出幽幽的绿光，用绿光幽幽的眼睛盯着我母亲的脸，响亮地说：

"是让我的孝顺儿媳一拳打掉的！"

母亲弯下腰，一手捏住了祖母的长下巴，一手举起钳子，夹住了祖母嘴里那两颗招灾惹祸的门牙，猛地往下一拽。

祖母的手挥舞了几下，然后就嘤嘤地哭起来。

　　母亲扔掉钳子，站了几分钟后，也坐在了祖母身旁，嘤嘤地哭起来。

　　我像根木头似的站在她们面前，耳朵听着她们俩难分彼此的哭声，眼睛看着她们同样苍老的脸，油然地想起一句俗语：

　　多年的父子成兄弟，多年的婆媳成姐妹。

（1998 年）

藏宝图（节选）

　　他说，要说虎须的神奇，咱还得从那年冬天我在朋友家吃了老虎肉的饺子那个茬口儿说起。吃了老虎肉，我浑身发热，为了不犯错误，只好砸开坚冰，跳到黑龙江里泡着，许多的人都来观看奇迹，除了中国人前来观看，连江对岸的俄罗斯人都来观看，其中还有一个骑着母老虎的俄罗斯姑娘，那姑娘美丽无比，天上地下都搜遍，也找不到第二个能跟她比美的。我身上的热量太大，把冰窝子里的江水烫得吱吱地响，一股股的蒸气直冲蓝天。电视台的记者们闻风赶来，扛着机器给我录像。报社的记者也来了不老少，他们用照相机，打着闪光灯，给我拍照，我不想拍也不行，索性就让他们拍个够。呼啦一张，呼啦又一张，记者们的闪光灯把我的眼睛都给照花了。为了保护眼睛，我就不去看他们的镜头，我看那俄罗斯姑娘，看老虎。那匹老虎老实极了，起初我怕它咬人，但很快就知道它绝不会吃我。它用大舌头舔着胡须，眼泪啪嗒啪嗒地往下流。它还伸出舌头舔我的脸，我想完了，腮帮子肯定没了，但事实上腮帮子一点也没少。老虎在亲我呢。我想了好久，终于明白，老虎原来是个瞎子，它嗅到了我身上的老虎味，就把我当成了它的老公。我起初吓得要死，后来感动得要命。我伸出手，摸着老虎的头，说：老虎，老虎，别哭，别哭，你那个丈夫，早就背叛了你，我们去老虎窝里打它时，它正跟一个母老虎在那里幽会，要不我们也不会开枪把它打死。它早就把你忘了，你为它把眼睛哭瞎实在是太不值得。老虎听了我的话，浑身打起了哆嗦，好像发起了疟疾，吓得那个俄罗斯少女呜呜地哭。但她哭也没用，那只老虎大叫一声，跳起来有三米多高，一头栽到冰上，抻了几下腿，死了。这一下人们根本就顾不上我啦，全部的镜头对着老虎去了。老虎嘴唇边上那根最长最粗最硬的胡须脱落下来，落在我眼前的冰上，眼见着就往下陷落，仿佛那胡须是一根烧红了的金条。我看着纳闷，灵机一动，就把它捡了起来，放在指头缝里夹着怕丢了，光着屁股也没有地方藏，索性就放到嘴里叼着吧。这一下可不得了了，这一下我看到世界上最奇特的情景，这情景我相信古往今来的人都没有看见过，你猜猜我看见了什么奇景？

老头子端着一盘热气腾腾的饺子，从里屋里走出来。我说饺子来了，趁热吃。我们抄起筷子，准备吃饺子。饺子很白很胖，肚子都鼓得很大，散发着甜丝丝的面味儿和香喷喷的肉味儿，勾引得我们食欲大发。谁知道那老头子并没有把饺子放到我们的桌子上而是放在了一张空桌上。我说放这里呀，难道看不见我们坐在这里？老头子眯着眼看着我们，满脸都是大惑不解的表情。我们看着他自己坐在那张桌子旁边，把嘴边的胡子往两边分了分，然后也不用筷子，就用手指捏着饺子吃起来。我说这个老头子怎么这样，客人点的饺子，他自己先吃了起来。老太太端出一盆饺子汤，放到我们桌子上，说：你们不要急，先喝着汤等着，他吃完了剩下，你们再吃。我们心里很不高兴，与那老太太理论。马可说：天下哪有这样的道理？你们是开饺子馆的，我们是来吃饺子的，你们煮出饺子来，不给我们吃，自己先吃起来，你们在屋里偷偷地吃也罢了，你们不该拿到外边来当着我们的面吃！老太太说：你吵吵什么？这是我们店里的规矩，别说是你们这样两个草民，想当年袁世凯大总统来吃饺子，也得乖乖地遵守我们的店规。不愿遵守店规，就请你们滚蛋。我们老两口子合起来有三百岁了，什么事情我们没经过？什么人物我们没见过？到了我们这年纪，世界上已经没有什么能让我们害怕的事情了。老太太把饺子汤猛地放在我们面前，说：能喝上我的饺子汤也是你们这两个小畜生的造化！她举起一只枯藤老树的手，说：好好看看，这只手，伺候过老佛爷！我们仰望着她的手，心中惭愧，仿佛犯了严重的错误，不由自主地心平气和了。

眼前的饺子汤散发着扑鼻的清香，我们用小勺子舀起汤，放到嘴边吹吹，然后吸了一小口，果然是皇帝家的饺子汤，味道就是不一样。我们俩用勺子喝不过瘾，端起汤盆，咕咚咕咚地往下灌，你争我抢，都生怕自己少喝了，转眼之间就把一盆饺子汤灌下去了。喝完了饺子汤我们就观看老头子吃饺子。我们俩合起来活了八十多岁，还是第一次看到过这样的吃饺子方法。就见那个久经沧桑的老头，用两根指头，夹起一个饺子，然后仰起脸，尖着嘴，小心翼翼地咬掉饺子的角儿，迅速地吐到桌子上，立即又仰起脸，让饺子里的油滴进嘴巴。等饺子里的油流干了，他就把饺子放回到盘子里，然后拿起下一个饺子，依然是咬去一角，吸干油水，放回盘子。他的这种古怪吃法，我们闻所未闻，见所未见。他一边这样糟蹋着这盘饺子，一边斜眼看着我们。他的脸上挂着冷冰冰的笑容，好像是蔑视我们，又好像故意气我们。饺子的美好气味，百爪挠心般地折磨着我们。我们想生气，但我们像两条扎破了的轮胎，无论如何也鼓不起来。我们对这对高深莫测的老夫妻心怀敬畏，连说话的声音都降低了。

马可低声说，如果我那根虎须不丢掉的话，我就会看到他们的本相，知道他们是什么东西变化成的。这个老头子，十有八九是一匹狼，而这个老太太，我敢肯定是只母熊。你仔细地看看他们，就会从他们的吃相上和他们的表情深处，看到熊和狼的姿态。你仔细地看看吧。我听了他的话，先是定眼看那老头子，果然从他的吃相上，看出了一张尖狭的、模模糊糊的狼脸。然后我又从老太太的脸上，看到了熊的模样。马可说，如果你有一根我曾经拥有过的虎须，你就能看到所有的人的本来面貌。接下来他就给我讲起了那根虎须的事情。他说话的声音很大，而且在说话的时候故意地盯着老头子和老太太的脸，好像是故意把话说给他们听似的。

他说：在黑龙江里，我把那根虎须叼在嘴里的一瞬间，就感觉到脑袋里嗡地响了一声，接下来耳朵里就像灌进了水似的，眼前出现了一幅奇异的景象。我对你说过的，很多人来看我的抗寒表演，电视台的记者扛着摄影机来摄影，报社的记者背着照相机来拍照，大江两岸的老百姓坐着爬犁来看热闹。可当我把虎须叼在嘴里后，眼前一个人也没有了。我的眼前，全是畜生。

我首先看到，老虎旁边那个美丽的俄罗斯少女，变成了一只金钱豹子，她的衣服遮不住身上那些斑点。我是从她的哭声和她的衣服上猜出了她是她，否则杀了我我也不相信这样一个美丽的女人竟然是只金钱豹子。那个扛着摄影机的电视台记者，是一匹白色的公马，旁边给他打下手的那个女孩，其实是只小母狗。她用两只前爪子拿着电线，跟在公马后边一路小跑的样子真是好看极了。

那些报社记者，有的是兔子，有的是毛驴子，还有一个是一头圆滚滚的小猪。至于那些围观的群众，有的是牛，有的是马，有的是羊，还有一个是一只比磨盘还要大的乌龟。我几乎被吓昏了，以为自己的神经出了毛病，或者是我在做梦，一切都是梦境，连吃老虎肉泡冰窟窿都是梦的组成部分。我用手掐了一下自己的大腿，钻心儿痛，这说明我没有做梦。但也许这掐大腿这痛也都是梦境？我张口咬住了自己的中指，一直咬出了血，因为我的爷爷曾经告诉过我，如果碰到了什么邪魔鬼祟的事情，万般无奈了，可以把自己的中指咬破，他说男人的中指血具有很强的辟邪作用，比黑狗血的力量要大得多。我看着中指上的血洒在了冰上，但眼前的情景一点也没发生变化。那匹俄罗斯少女变成的金钱豹子停止了哭泣，趴在我的面前，伸出舌头，吧嗒吧嗒地舔着我手上的血迹。她的舌头上全是肉刺，每舔一下就像过电一样。吓得我三魂丢了两魂半，慌忙吐掉虎须，跳出冰窟窿，撒腿就跑。我赤身裸体地跑到江岸上，回头一看，那些野兽不见了，很多的人，站在江上哈哈大笑。我低头看看自己的样子，羞愧得要命。我没有勇气回到江上去拿我的衣裳，正好江岸上有一块破化肥袋子，急忙捡起来，遮住羞处，赤脚踩着厚厚的积雪，回到了战友的窝棚。

我把江上的奇遇告诉战友，战友问：那根虎须呢？我说吐了。他懊恼地说：你这个笨蛋，到了手的宝贝，你怎么吐了呢？战友说，世世代代的猎人，做梦都想得到一根这样的虎须，但谁也没有得到。这样的虎须是无价之宝，跟深山老林里的能够变化人形的人参娃娃和大海里的夜明珠同样值钱，有了这样一根虎须，咱们哥俩这辈子就花天酒地地造吧！我说咱们去找回来就是，我知道把它吐到什么地方了。战友摇摇头，说：你把它吐出来，它马上就钻到地里去了，根本找不到的。战友给我讲了关于虎须的传说和知识。原来，像这种通灵的虎须，必须是吃了成精的老山参的老虎才有，而且只有一根，一千只老虎里，也不一定有一根这样的虎须。这样的老虎临死之前，那根通灵虎须就会自行脱落，落地之后，眨巴眼的工夫就会沉到黄泉，根本不可能得到。你今天之所以得到了，就因为那只老虎死在了冰上。它在冰上沉得慢，但现在也已经沉到江底了。我遗憾得直扇自己的嘴巴子，战友说，丢了也好，如果你真得了它，也是个麻烦。战友说，多少年来，只有一个山东人得过虎须，你这是第二次。

战友说那个山东人得了虎须后，用一个玻璃瓶子装着回了老家。走到门前，他把虎须从瓶子里倒出来，叼在嘴里，进了院子，看到一只老狗正在用舌头舔锅，他由此知道自己的娘原来是一条狗变的。然后就看到一匹马扛着锄头走进院子，他知道那就是自己的爹。这个人一下子就看破了红尘，吐掉虎须，说：娘，你是一条狗；爹，你是一匹马。他的爹娘气坏了，老两口子去县城告了儿子忤逆。县官派差人拿他去县衙问话，发现他已经在梁头上吊死了。临死时他留下了一首诗：娘是老狗爹是马，豺狼狐狸坐县衙，只因得了老虎须，方知人间尽虚话。

老头子和老太太交换了一个神秘的眼神，然后老太太说：真看不出来，你小小年纪，还有这样的奇遇，我们老两口子合起来有三百岁了，仅仅也就是听过虎须的传说，你年纪轻轻的倒是亲历过了，不容易。老太太说，大清朝鼎盛时期，康熙皇帝曾经多次下令，让东北的猎户进贡虎须。如果有这样一根虎须，考察干部、任命官员，那就方便多了，谁是个什么变的一目了然，任命武将，就选那些老虎和豹子变的；任命文官，就选那些马和牛变的；任命治河的官员，就任命那些水族变的。但通灵虎须实在是太难得了，为此，东北的猎户不知有多少人葬身虎口，不知有多少人的屁股被地方官用板子给打烂。虽然他们每年都能进贡几十根虎须，但没有一根通灵的，最后连皇帝也丧失了信心，以为那不过是个美丽的传说。但事实上这种虎须是存在的，只不过轻易不出世罢了。你方才说的那个得了虎须的山东人，还是俺家的一个远房亲戚呢。

老太太说，其实，孔夫子的后代不用虎须也能看到人的出身，不过他们轻易不用这种办法。说袁世凯担任山东巡抚的时候，不知天高地厚，竟然让衍圣公府里纳税。衍圣公生了气，就让仆人套上马车，把好朋友张天师请来。张天师来到了孔府，听衍圣公把袁世凯的无理行径一说，很生气，说：这家伙吃了豹子胆了？竟然把税征到了衍圣公头上，这不是自己找死吗？衍圣公您说吧，想让贫道怎么收拾他？如果让他死，咱马上就让他死。衍圣公是个善良的人，就说：他毕竟是朝廷的命官，封疆大吏，来到咱们山东，平了拳匪，灭了乱党，也算干了点好事，虽然冒犯了咱家，但罪不当诛，把他的本身拘出来，让我看看他是个什么东西变的，然后给他点小罪受受，煞煞他的威风。张天师说：好说，贫道这就做起法来。张天师披上道袍，散开头发，烧化了几道符箓，然后就仗着桃木剑，做起法来。

过了一会，张天师对衍圣公说：贫道已经把袁世凯拘来了，请衍圣公随我前来观看。张天师把衍圣公领到一口大水缸前，说：衍圣公请看吧，袁世凯已经在缸里了。衍圣公往缸里一探头，看到缸里有一只呆头呆脑的大鳖。衍圣公笑道：想不到堂堂巡抚，竟然是个王八。张天师问衍圣公说：是不是让他长点记性？衍圣公点点头：也好，让他受点磨难，也有利于他今后的进步。张天师从怀里取出一根银针扎在了那只大鳖的头上，说：衍圣公，咱们喝酒去吧，让咱们的袁大巡抚慢慢地消受吧！不说衍圣公与张天师在宴会厅里如何推杯换盏，胡吃海塞，且说那袁世凯袁大人，正在衙门里批阅公文，脑袋突然就像用针扎着一样的痛。慌忙让人把医生请来，吃药扎针加按摩，那痛一点也没减轻，痛得袁大人在地上像毛驴子样的打滚，一边打滚一边叫哭连天，堂堂巡抚威风，丢到了九霄云外。

后来实在痛急了，就把师爷请来，准备交代后事。师爷多半都是懂点邪门歪道的，说，大人，小人看起来，大人的病不是病，而是得罪了什么人啦！袁世凯强忍着疼痛思想着，说：本官来到山东，一心一意替朝廷办事，要说得罪，得罪的也是那些拳匪乱党，难道是他们施法做祟？师爷道：那些东西，怎能算人？杀的越多，您的阴功越大。我的意思是说您是不是得罪了什么头面人物？老袁想了半天，也想不出得罪了什么头面人物，就说，师爷，我来到山东不到一年，办了些什么事您都知道，您就给我提个词吧。师爷道，小的斗胆认为，大人不该强行征收衍圣公府的税。袁世凯道：都是天子的臣民，他家凭什么就不交税？如果天下人跟他家学起来，那我们这些当官的喝风吃屁？再说了，本官头痛与圣人家交税有什么关系？一语未完，又一阵剧痛上来，老袁双手抱着头在地上打起滚来，嘴里大声喊叫着：俺的个亲娘呀，把本官痛死了呀！师爷说：大人，圣人家不交税，这是老祖宗立下的规矩，我看咱们就萧规曹随，不必强出头充好汉了吧？老袁说：随你，随你，只要让我的头不痛，怎么着都行……师爷道：既然大人这样说了，那小的就放胆去办了。袁世凯道：快办快办，怎么着都行。

师爷当时就让人准备了大量的金银财宝，绫罗绸缎，生猪活鸡，整牛囫囵羊，还有白菜粉条等等的礼物，用几十辆大车运载，组成了一个浩浩荡荡的送礼大军，敲锣打鼓吹喇叭，从济南向曲阜进发。到了衍圣公府，通报进去，衍圣公与张天师相对大笑。衍圣公说：老兄，把你的法术收了吧？张天师说：该让他多受一会儿，长点记性。衍圣公说：放了吧，放了吧，他也算一个难得的人才，大清朝眼下还要靠他出力，真要整死了，咱对上边也不好交代。张天师就对着那只在水缸里打滚的大鳖说：孽障，看在衍圣公的面子上，饶你一命！张天师口念咒语，把鳖头上的针起了。那大鳖在水缸里对着张天师和衍圣公连连点头。

等到师爷回到济南，袁世凯已经好了，他把师爷让到内室，深深地作了一个揖，说：多谢老先生救命之恩！师爷连忙还礼，说：大人您千万别这样，小的福薄担不起这样的大礼，要说谢，应该谢衍圣公。袁世凯感叹道：我自以为手握重兵，足可以横行天下，没想到在山东栽了跟头！师爷道：连盛德齐天的康熙爷到了孔庙都要下马拜三拜，所以您在衍圣公手下受点委屈也算不了什么，而且小人相信，大人只要跟衍圣公搞好关系，只有好处，没有坏处。你想那袁世凯是何等聪明的人？从此之后，由巡抚大库开往衍圣公府的送礼车队，隔上个三天五日就要出发一次。没用两年，袁世凯就飞黄腾达，调到京城任职去了。

老太太越说离我们的虎须越远，不过听起来倒是蛮有意思。我童年时听老人讲古，说那袁世凯是个大鳖变的，他的衙门里安着很多巨大的水缸，缸里盛满清水，说袁大人办一会儿公就必须跳到水缸里去泡一会儿，可见即便已经转世为人了，鳖性还是难改。那时候还没有自来水，衙门里用水全靠人挑，袁世凯的衙门里用的挑水夫比别人要多好几倍。我长大后学历史，看到了一段史实，说袁世凯主政山东时，因为疯狂镇压义和团，激起了人民的不满，说巡抚衙门内的照壁上，让人画上了一只大鳖，旁边还题了一首诗：杀了圆圆鳖，我们好过节；杀了圆鳖蛋，我们好吃饭。这事把袁世凯吓得不轻，因为那个人能在警备森严的巡抚衙门里画图写字，说明那个人武功高强，胆量过人，如果他想取走袁世凯的头，大概也费不了多少工夫。我后来去过太湖，在鼋头渚那儿，突然明白了人们为什么硬说袁世凯是个大鳖变的。鼋者，袁也。

这时，老头子已经将那盘饺子的汁水儿全都吸尽了。他用那两只生满了鳞片儿的手，把桌子上的饺子角儿全都捧到了盘子里，与那些被咬去角儿的饺子混合在一起。这盘饺子除了没汁水儿什么都不缺了。他将盘子端到我们面前，面带着慈祥的笑容，不断地打着嗝，好像吃撑了。我心中充满了怒火，感到自己受到了巨大的侮辱。我双手扶着桌子边沿站起来，结结巴巴地说：你这是什么意思？你以为我们是叫花子吗？老太太冷笑着，说：年轻人，坐下，坐下，发那么大的火干什么？她的目光里似乎有一种很毒辣的物质，逼得我心中毛虚虚的。我不由自主地坐下，心中的火气正在熄灭，我莫名其妙地感到，自己理不直气也不壮，好像欠着他们一笔账。

老太太说：你以为你们是什么大人物？你的出身难道比光绪皇帝还要高贵？光绪皇帝吃的饺子，也是我家老头子咬过的。连堂堂的皇帝都不嫌弃，你算个什么东西，竟敢跑到这里来拿大？告诉你，愿意吃，就抓紧了时间麻利地吃，不愿意吃，就结账给我走，别让我看到你，看到你我就心中气儿不顺。我还想争竞，马可拉拉我的衣角，说：伙计，别说了，坐下吃吧，人在屋檐下，不得不低头，识时务者为俊杰。他说着，就夹起一个破饺子，放进了口里。从饺子一入了他的口那一霎，我就看到他的表情发生了很大的变化。他的脸上表情是惊喜，毫无疑问的惊喜，货真价实的惊喜。他顾不上理我，第一个破饺子还没咽下去，又把第二个饺子塞进了嘴里。他手里的筷子也扔了，用手抓着往嘴里塞。我怀疑地问他：好吃吗？他根本不理我，既不回答我的问话，眼睛也顾不上看我了。他把饺子一个接一个地往嘴里塞着，撑得两个腮帮子都鼓了起来。如果再过五分钟，他就会把盘子里的饺子全都吃光。而且分明有一股极其鲜美的气味钻进了我的喉咙和鼻子。我也顾不了那么多了，我跟马可都是农民子弟，既然他不嫌脏，我有什么理由嫌脏？既然他吃得那样子奋不顾身，我还假干净什么？不吃白不吃。我捏起一个饺子塞进口里。吃完了第一个饺子，我就忘了虚荣，无怪乎人们常说，世界上的东西，好吃不如饺子。这是什么馅的呀？我坦率地说，这辈子我还真没吃过如此好吃的饺子。老太太说：你这个伴儿，不是想吃老虎肉吗？老虎肉弄不到，但我们昨天夜里抓了一个耗子，就剥了皮，剁成馅，让你们俩尝尝鲜。怎么样，味道不错吧？

我说，恶心死了，我要到工商局去告你们！老太太笑着说，去吧，告去吧，我们巴不得你去告，工商局局长是我的重孙子！

老太太和老头子相跟着进了内室，里边又传出噼噼啪啪的剁馅声。我气得直喘粗气，马可嘴里咀嚼着，说：伙计，忍了吧，既然工商局长是他的重孙子，咱们去告也告不出个好结果，没准打不到狐狸还弄一身臊气。再说，这饺子的味道的确很不一般，只要好吃，你管它什么肉干什么？耗子肉也不是毒药！我说，尽管这饺子味道的确不错，但我们并没有点耗子肉馅，他们未经我同意硬给上来了耗子肉，就是犯法！马可说，伙计，我发现你在城里住了几年，住出毛病来了。既然好吃，何必去管它什么肉？不管白猫黑猫，抓住耗子就是好猫。同理，不管什么馅，只要好吃就是好饺子！我说不行，我还是咽不下这口气！他说，你呀，你，坐下吧，听我给你讲一个故事，这故事可不是我的捏造，而是千真万确的真人真事儿，听完了故事，如果你还觉得有气，你如果要去告官，就去告好了，我决不拦着你，但现在你必须好好坐着，听我给你讲。

马可讲的故事我仿佛听人讲过，但年代久远，细节记不清楚了。马可说，民国初年，就算是一九一二年吧，一个名叫六十的男孩子十五岁了。他的爹六十岁时他的娘生了他。六十就是咱们邻村沙口子人，刚死了没有几年，你难道不记得他吗？六十很小时爹就死了，母子两人相依为命，日子过得很艰难。穷人的孩子早当家，六十十四岁时就跟着村子里的人去南山地区做小买卖，到了十五岁时，就跑起了单帮。

那次他去南山贩了一小推车棉布，推着往家走。走到半路上，内急，正好路边有一座小山般的坟墓，坟墓前竖着高大的石碑，石碑前有石人石马，墓后栽着十几棵松树，黑压压的，很是瘆人。他憋急了，顾不上多想，扔下小推车，跑到墓后匆匆下了载。正要提起裤子走人，被一个男人当场抓住。男人说：你这个小子吃了豹子胆了吗？竟敢在这里拉屎？你知道这是什么地方？这是举人老爷家的祖坟，风水好得很，你在这里拉屎玷污了风水，该当何罪？六十吓了个半死，连连求饶，说大叔大叔放了我吧，我再也不敢了。那人说你小子少废话吧，跟着我去见老爷吧。六十挣扎着不去，但那男人手上劲头奇大无比，六十的挣扎毫无意义。男人拖着六十去向墓地主人邀功，墓地主人是本地最大的财主，仪表堂堂，气度不凡，咱们村许多老人都见过他。财主听了报告很生气，就带上家丁，家丁扛着大枪，把六十拉回墓地。财主对六十说，本来应该枪毙了你，看你年轻，暂且饶你一条小命，但你必须把你拉出来的吃了。六十不想吃，不吃就打，用枪托子捣屁股，用枪筒子撅肋巴骨，那痛劲儿不是人能忍受的。六十无奈，一狠心，就吃了。这耻辱刻在了他的骨头上，他没跟母亲说，怕惹她伤心。但南山是不去了，改去北山，北山产一种锋利的匕首，六十就买了一把，准备复仇。他坚信两座山不可能碰面，但两个人很可能碰面。

这一天果然来了。我们村逢五排十赶大集，这你知道。有一天，六十正在集上卖虾酱，突然看到那个大财主被人前呼后拥着来了。真是仇人相见，分外眼红，六十感到自己的身体在止不住地发抖，热血一股股地直往脑袋上冲。他很想立即扑上去，用牙齿咬断仇人的喉咙，但财主带着四个保镖，一个个都是彪形大汉，急切难以下手。他回了家，找出那把匕首，放到磨刀石上磨。他的娘问他：孩子，你磨刀干什么？六十就把事情的原委说了一遍。母亲沉思良久，问，儿啊，你打算怎么处理这件事？六十说，奇耻大辱，深仇大恨，如果不报，枉为男儿。母亲说，儿啊，你听我说，如果你硬要去寻仇，就先把为娘杀了吧。六十道，母亲何出此言？母亲道，儿啊，你想想，但凡这样的大财主的保镖，必定都是武艺高强之人，他们看起来是赤手空拳，但身上肯定藏有利器，不是刀，就是枪，即便他们赤手空拳，你一个小孩子，也不是他们的对手。即便你勉强得手，杀了你的仇人，你也死定了。你如果死了，娘活着也就没有了任何意义，所以，在你出发之前，娘不如先死，也好免你挂念。六十听了娘一席话，进退两难，拿不定主意。他的娘说，儿子，不知道你愿意不愿意听娘的指挥？六十说，愿意听母亲指挥。母亲就说，你先把那把刀子给我，然后换上新衣，到集上去见到财主，请他来家吃饭，如果他问你是谁，你就说是奉了母亲之命前来相请。你只负责把他请回家，剩下的事就不用你管了。六十说，那好吧，反正我连屎都吃过了，还有什么耻辱不能忍受呢？娘，您在家等着，我这就去请他。

六十到了集上，见了财主，一躬到地，口称恩公，说小人受母亲之命，前来请恩公去家中小坐。那财主翻着眼皮想了半天也想不起这个彬彬有礼的年轻人是谁，就问：你是谁？我不认识你。六十道，恩公不认识我，但我认识恩公，请恩公到寒舍一坐，喝杯清茶。当着许多人的面被人称为恩公，是一件得意的事情，财主不由得满心欢喜，说，好吧，你前头带路吧。

六十把财主带回家，那四个保镖站在大门口两个，站在院子里两个，悠悠逛逛，警惕性很低。六十的母亲见了财主，双膝一屈下了跪，下了跪就磕头，说多谢恩公救我儿子一命，请受老身三跪九叩首。把个财主弄得不知云里雾里，慌忙拉起六十娘，说：老人家，我与你们家素不相识，无故受此大礼，于心不安，请老人家把这个闷葫芦破开，免得在下着急。六十娘道：急什么？请恩公先上炕坐着，等老身杀鸡宰鹅，侍候恩公吃饭。财主道：您不把话说清楚，我是不会上炕的。六十娘道，既然如此，我儿，你就把恩公对你的恩德说说清楚吧！六十未曾开口，眼睛里先喷出火来，但他强压怒火，故意用轻松愉快的口气说：恩公难道忘了吗？五年前的春天，四月初八日，我十五岁时，去南山贩了一车白棉布，走到您家祖坟，实在拿捏不住了，在那里拉了一泡屎……财主的脸色突变，似乎有夺门而出的意图。六十娘说：恩公不必害怕，我儿子这五年里走遍天下拜师学艺，练出了一手飞刀绝技，天上飞着一只燕子，他一扬手，那燕子就掉下来了。他如果想取您的性命，您已经死在大集上两个时辰了。六十娘接着就把那柄闪闪发光的匕首从怀里摸出来，冷汗涔涔从财主的头上流下。六十娘一扬手，把匕首钉在了梁头上，她的动作刚健有力，与她的年龄极不相称，一看就是个会家子。她的动作不但让财主大吃一惊，连六十也吃了一惊。六十后来对他的后代说，真是真人不露相，露相不真人，我跟你奶奶生活了几十年，还不知道她有一身好功夫。

财主原本还存在着侥幸之心，想打个暗号把外边的保镖叫进来，一看到六十娘的出手，他就明白该怎么做了。他将衣袖一甩，跪在了六十和他娘的面前，说：老夫人，大公子，在下一时糊涂，犯下了不可饶恕的罪过，今日落在了你们手里，要杀要砍悉听尊便！六十娘上前把财主拉起来，说：恩公快快起来，过去的事儿何必再提？财主拱手道：多谢老夫人不杀之恩，在下可否告辞？六十急巴巴地看着他娘，说：不能放他走！他娘却说：我儿，送恩公出去吧！财主到了院子里，道：老夫人，大少爷，后会有期！财主走了，六十对母亲很不满，对财主更不满。他娘笑道，孩子，用不了十天，他还会回来的。果然如六十娘所言，只隔了五天，到了下次赶集的时候，财主亲自赶着大车，将亲生女儿送来了。在他的马车后，运送嫁妆的大车排出了半里路长。就这样六十成了财主的女婿，也成了村子里的首富。

这时老头和老太太从屋子里各端着一盘饺子出来，老太太喜笑颜开地对马可说：年轻人，你讲的故事很好，你讲的故事起码告诉了人们两个道理，第一个道理是说人应该宽容，不能冤冤相报；第二个道理是说能忍者必有福。你们能把老头子咬了角的饺子吃下去，说明你们俩都具有英雄气质，而且比较善良宽厚。我们俩包了一辈子饺子，积累了丰富的经验，无论是在和面上还是在调馅子上，都有绝招，你们俩刚才吃的饺子味道怎么样？我与马可交换了一个眼色，承认尽管饺子让老头子把汁水吸了但还是鲜美无比，还是我们生平吃过的最好的饺子。老太太说，我才刚说这饺子是耗子肉馅，其实是在骗你们。你们想想看，我们俩到哪里去弄耗子肉？我们用的根本就不是肉，我们用的是豆腐，我们能把豆腐做出比肉还鲜美的味道，我们还可以把红萝卜做出大虾的味道，还可以把白萝卜做出黄花鱼的味道。未来的世纪人们越来越想吃肉但越来越不敢吃肉，全世界都在提倡素食和减肥，人的食肉欲望与人的健康理想形成了尖锐的矛盾，这个矛盾虽然比不上世界大战激烈，但这对矛盾深入千家万户，让多少亿人痛苦不堪。我们老两口就掌握着解决这个世界性难题的金钥匙，但苦于找不到一个忠厚可信的人继承我们的绝活。我们俩合起来有三百多岁了，昨天我掐指一算，知道今天就是我们坐化的日子，眼见着这绝技就要被我们带进坟墓时，老天爷让你们这两个好人出现了。老太太把手伸到老头子的怀里，扯出了一本用宣纸线装起来的大本子，说：我们俩毕生的心血就凝聚在这个本子上了，小子，你千万可别辜负了我们。

马可看看我，我看看马可，我感到这事情似曾相识，但我不知道见多识广的马可怎么想。老太太摇摇头，说，看样子你们不感兴趣，没关系，别勉强，我们不会强逼着你们接受，婚姻自主，恋爱自由，别看我们年纪很大，但我们对现在的事情很了解，我们的头脑一点也不僵化，我们知道现在赚钱的门路很多，稍有点本事的人，谁也不会开个饺子馆。你们化装成叫花子去要钱，也比包饺子赚钱多；你们化装成和尚去化缘，也比包饺子挣钱多；如果你们能当个小官，更没有必要开饺子馆。她长叹一声，说，老头子，点火把它烧了吧！老头子用悲伤的眼神看了我们一眼，从怀里摸出火柴，想划着火，但火柴受了潮，一根接一根地划，总也划不着。终于划着了，小小的黄色火苗子触到了那本秘籍的边缘，眼见着就要燃烧起来了。这时，不知是什么念头鼓舞着我从座位上蹦起来，将那本发黄的秘籍从老太太手里夺了出来。几乎是与此同时，马可扑跪在了老太太面前，磕了一个响头，说：师父师母，请受弟子一拜！

我把秘籍还给老太太，老太太把秘籍递给老头，腾出手把马可拉起来。她说，孩子，起来，坐下，听我给你讲讲这本秘籍的来历。她说这本秘籍是一个宫里的太监传出来的，那个太监是御膳房的，因为失手打破了皇帝的玻璃碗，自知死罪难免，趁夜从阴沟钻了出来。那时我们俩还没开饺子馆，我们做豆腐谋生。太监溜到我们家，跪下求我们救他一命。他是我们老家人，说起来还有点瓜蔓亲戚，就决定冒着杀头的罪救他。我们用胶水给他粘上了假胡子，给他换上了一套破衣服，给了他一副卖豆腐的挑子，还灌了他一大碗辣椒水弄哑了他的嗓子。他很感动，从怀里摸出了这本秘籍，说，大哥大嫂，救命之恩，无以为报，这本秘籍上记载着御膳房饺子的三十八种配方，对你们也许有用，也许没用，如果有用，过几年你们就开家饺子馆吧，如果没用，就放到锅灶里烧了算了。我们怎么好意思要他的东西？劝他自己带回去。他说即便能安全出逃，也不会开饺子馆，找个地方隐姓埋名，了此残生吧。说完了秘籍的来历，老头说：青年，你们吃吧，吃完了饺子就走，不要管我们，我们俩练过气功，坐化后尸身不会腐烂，到时候就会有人给我们收尸，你们千万别来掺和。他把秘籍扔在了我们面前，态度极其轻率，简直就像扔一只破袜子。然后他们就相伴进了内室。

我从桌子上捡起那本秘籍，小心翼翼地翻看着。纸页间粘连得很严重，好像一摞放在汤里浸泡后又晒干了的饼。我看到那些发了霉的纸上画着一些奇怪的符号，好像老道士的符咒。我基本上认为这对老夫妻是在故弄玄虚，现在故弄玄虚的人越来越多，经常有人说自己发现了什么秘籍或是什么古典，其目的多数是为了骗财。我当然不会把我的真实想法说出来，我想就让马可这个糊涂虫怀着梦想离开吧，一个怀揣秘籍的人最想的大概就是找一个没人的地方仔细地欣赏宝贝。

我把秘籍递给马可，伪装出一脸神圣，说你好好收起来吧，他大咧咧地说，拌饺子馅的书也算秘籍，那这个世界上秘籍就太多了。我说据我看来这绝对不是一本拌饺子馅的书，很可能是藏宝图之类的，你还是拿回去好好研究吧。他说，我拿着没用，你知道我文化水平不高，我知道你文化水平很高，所以还是你拿着吧，你研究出什么成果，发了大财，分给我几个花花就行了。我说那可不行，你可是给人家磕了响头认了师父的，你如果不接受，于情于理都不合。他说，如果真是什么好东西，你能舍得给我？你那点小心眼子如何能蒙了我？你以为我只是在这里低着头吃饺子？其实我一直用眼睛的余光在观察你的脸色，你嘴唇边上的那两道斜纹把你心里的想法全都告诉了我。你们城里人全都是小聪明，你们精明的不聪明，聪明的不高明，高明的不英明，英明的不圣明，圣明的不会装糊涂，而我们全都是揣着明白装糊涂，现在许多大人物喜欢在墙上挂一副郑板桥的字画：难得糊涂。你原本就是个糊涂虫，还怎么个糊涂法？

我的祖上在潍县开过狗肉馆子，郑板桥在那里当县令时，用不了三天就要到我家的狗肉馆子里去吃一次狗肉，到了寒冬腊月下雪天，交通不便，他几乎就把我家的狗肉馆子当成了他的家，他一边吃狗肉喝黄酒，一边画画写字。他那笔歪三扭四的怪字，就是在我们家的狗肉馆子里发明出来的。他原来最不会画的就是竹子，他尤其画不好竹叶，他后来学会了画竹子并且成了画竹名家，也是在我家狗肉铺子里学会的。那是个小雪过后的早晨，我家的几只鸡在狗肉店院子里散步，鸡的脚印清晰地印在雪地上。郑板桥正好为画不好竹叶烦恼，到院子里转圈圈，看到那些散步的鸡留在雪地上的脚印，突然心有所悟，蹲在地上，认真观看，然后他就跑回屋子，找到我祖上的小老婆，让她吩咐伙计，赶紧帮他抓只鸡。伙计抓来了鸡，郑板桥将鸡爪子按在砚台上，然后让那鸡在铺开的宣纸上乱跑，他画了些竹节将那些鸡爪印联结起来，一幅既栩栩如生又抽象写意的墨竹就这样产生了。从此郑板桥就成了画竹的名家。他为此还写了一首诗：四十年来画竹枝，日间挥写夜间思，突然打破闷葫芦，全赖雪地一群鸡。

我的老老老老爷爷有一个长得很好看的小老婆在狗肉馆子里当垆卖酒，把锅卖肉，与郑板桥眉来眼去，最终发展成了男女关系，店里的伙计全知道，就瞒着我老老老老爷爷一个人。后来我这个老老老老小奶奶生了一个男孩，越长越像郑板桥，有人在我的老老老老爷爷面前说三道四，我的老老老老爷爷就说：糊涂事糊涂了吧！郑板桥听了我的老老老老爷爷的话，感叹不已，当下就挥笔写了"难得糊涂"四个大字，让人做成了金字匾额，送到我家狗肉馆子挂起来。这件事我一直没对任何人说过，因为我们这一支就是老老老老小奶奶与郑板桥生的那个男孩的后代，所以我其实是郑板桥的第十代孙，我们是真正的书香门第、名人苗裔，你别看我衣衫褴褛，但我们祖上曾经富过，你别看我胸无点墨，但我们祖上学富五车，我们祖上是康熙举人、乾隆进士，你不要拿着豆包不当干粮。

我说我原来就没把你不当干粮，现在我知道了您是郑板桥先生的第十代孙后就更不敢把您不当干粮了，而且您也不是豆包，您最起码是馒头，或者是大饼，很可能还是压缩饼干，吃一块三天不饿。您既然不要这本秘籍，那我可就收起来了。他说别别别，伙计，既然是我磕了头认了师父，这东西自然是我的，是我的就是我的，你收留就是不对的。我将那个破本子放在他的手里，说，收好了，别让什么武林高手抢了去，抢了秘籍去事小，抢了你的小命去我会很难过的。他说，好吧，我告诉你，但你不

要对别人说，对你老婆也别说，有多少英雄好汉，就因为把自己
的秘密告诉了老婆，结果遭到了杀身之祸。你听说过刘黑虎的故
事吧？看你这副傻呆呆的样子我就知道你没听过刘黑虎的故事，
那么就让我先把刘黑虎的故事讲给你听听，也算是我把秘密告诉
你之前对你进行一次保密教育。

　　他说刘黑虎是他家的老亲戚，曾经跟着韦小宝大元帅远征过
俄罗斯，立下过赫赫战功，康熙皇帝赏给他一个小老婆。皇帝赏
的老婆，模样当然不会差，刘黑虎也稀罕她，走到哪里就把她带
到哪里，上战场打仗也带着。刘黑虎善使铁鞭，一根大的，一根
小的。那根小的曾经在市博物馆展览过，有一把粗细，一人多
高，重达一百三十斤，那杆大的有多大就不知道了。说刘黑虎打
仗有个习惯，刚开始肯定先用那杆小的，等战上一百个回合，敌
人累得气喘吁吁时，他却来了劲头，打马回去，换上了那杆大
鞭，耍得比那杆小鞭还快，敌人以为他有天神相助，多数都给吓
退了。就靠着这一招，他打了许多胜仗。

　　有一个俄罗斯大将很有心眼，他有科学头脑，不迷信，就用
重金把刘黑虎的小老婆收买了，让她帮助探听刘黑虎越战越有劲
的秘密。有天夜里，小老婆先陪着刘黑虎睡了一觉，然后陪着刘
黑虎喝酒，把刘黑虎灌得迷迷糊糊，她就问：夫君，你为什么先
用小鞭，然后反而用起了大鞭？刘黑虎低声说：亲爱的，我是骗
他们的，等我换上大鞭时，我其实已经没有劲了，那杆大鞭，其
实是个空心的，连小鞭的一半分量都不到。这事对谁都不要说，
如果你对别人说了，传到敌人耳朵里，我的小命就完了。那个小
老婆内心里斗争了半天，最后还是对人说了。等到下次作战，刘
黑虎累了，就虚张声势地大叫：小的们，帮我把大鞭抬上来！等

他拿起了大鞭，敌人一拥而上，轻松地就把刘黑虎给斩了。你现在明白了吧？女人，哪怕是自己的老婆，也不能告诉他你的秘密。

他说，对你进行了保密教育，现在，我就可以把秘密告诉你了。咱们县出了几十桩连环命案，而且大都是亲人杀亲人，其原因就是为了争夺一本秘籍，这本秘籍是一对开饺子馆的老夫妻传下来的，他们俩的年龄加起来大约有三百岁，他们曾经救过一个从宫里逃出来的太监，太监为了感谢他们，就把一本秘籍送给了他们。那本秘籍是用宣纸线装的，里边画着一些古怪的线条，不懂行的人根本看不出什么名堂，其实这是一张藏宝图。你一定想问藏的是什么宝，我告诉你。他压低了嗓门，把嘴巴靠近了我的耳朵，说：这宝贝用四个盒子套着，最外边的是一个檀木盒子，第二层是青铜盒子，第三层是白银盒子，第四层是一个黄金盒子，黄金盒子里有一个琉璃瓶，瓶子里盛着一根通灵虎须。

（完整版《藏宝图》收录于莫言中篇小说集《司令的女人》）

第四辑

想象力是引导我前行的一盏灯笼

——

导读提示

　　诺贝尔文学奖授奖词里对莫言作品的评价是"趣味横生""胆大妄为"，以及"莫言的想象飞跃于整个人类存在的状态之上"。读了这些精彩的小说，你可能不禁要问："莫言的想象力是从哪里来的呢？"本辑精选的两篇散文也许就会给你答案。

　　莫言说，他出生在闭塞落后的乡村，在他的童年，蜡烛甚至都是奢侈品，更不用提我们今天司空见惯的电灯了。正是在这些漆黑的夜晚，在饥饿与孤独的年代，一个个奇异怪诞的故事、一个个古灵精怪的动物就走进了莫言的心里。这些故事给作者在乡村的生活插上了想象力的翅膀，它们蕴含了作者对未来的希望，对过上幸福生活的美好愿望，并给他种下了一颗颗文学的种子。

恐惧与希望

在我的童年生活中，给我留下深刻印象的，除了饥饿和孤独外，那就是恐惧了。

我出生在一个闭塞落后的乡村，在那里一直长到二十一岁才离开。那个地方直到上个世纪八十年代才有了电，在没有电之前，只能用油灯和蜡烛照明。蜡烛是奢侈品，只有在春节这样的重大节日才点燃。在很长一段时间里，煤油要凭票供应，而且价格昂贵，因此油灯也不是随便可以点燃的。我曾经在吃晚饭时要求点灯，我的祖母生气地说："不点灯，难道你能把饭吃到鼻子里去吗？"是的，即便不点灯，我们依然把饭准确地塞进嘴巴，而不是塞进鼻孔。

在那些岁月里，每到夜晚，村子里便一片漆黑，黑得伸手不见五指。为了度过漫漫长夜，老人们便给孩子们讲述妖精和鬼怪的故事。在这些故事中，似乎所有的植物和动物，都有变化成人或者具有控制人的意志的能力。老人们说得煞有介事，我们也就信以为真。这些故事既让我们感到恐惧，又让我们感到兴奋。越听越怕，越怕越想听。许多作家，都从祖父祖母的故事中得到过文学灵感，我自然也不例外。现在回忆起来，那些听老人讲述鬼怪故事的黑暗夜晚，正是我最初的文学课堂。我想，丹麦之所以能产生安徒生那样伟大的童话作家，就在于那个时代没有电，而丹麦又是一个夜晚格外漫长的国家。灯火通明的房间里既不产生美好的童话也不产生令人恐惧的鬼怪故事。最近我曾经回到过故乡，看到那里的孩子们和城里的孩子一样，也是在灯火通明的房间里面对着电视机度过他们的夜晚。我知道，鬼怪故事和童话的夜晚结束了，我小时候体验过的那种恐惧，现在的孩子再也体验不到了。他们心中也许同样会有恐惧，但他们的恐惧与我们的恐惧，肯定是大不一样的。

在我祖父母讲述的故事里，狐狸经常变成美女与穷汉结婚，大树可以变成老人在街上漫步，河中的老鳖可以变成壮汉到集市上喝酒吃肉，公鸡可以变成英俊的青年与主人家的女儿恋爱。这个公鸡变成青年的故事，是我祖母讲述的故事中最美丽也最恐惧的。我祖母说一户人家有一个独生女儿，生得非常美丽，到了婚嫁的年龄，父母托人为她找婆家，不管是多么有钱的人家，也不管是多么优秀的青年，她一概拒绝。母亲心中疑惑，暗暗留心。果然，夜深人静时，听到从女儿的房间里传出声音。母亲拷问女儿，女儿无奈招供。女儿说每天夜晚，万籁俱寂之后，就有一个英俊青年来与她幽会。女儿说那青年身穿一件极不寻常的衣服，闪烁着华丽的光彩，比丝绸还要光滑。母亲密授女儿计策。等那英俊男子夜里再来时，女儿就将他那件衣服藏在柜子里。天将黎明时，男子起身要走，寻衣不见，苦苦哀求，女儿不予。男子无奈，怅恨而去。是夜大雪飘飘，北风呼啸。凌晨，打开鸡舍，一只赤裸裸的公鸡跳了出来。母亲让女儿打开衣箱，看到满箱都是鸡毛。——现在想起来，这故事其实很是美好，完全可以改编成一部青年男女争取婚姻自由的戏剧。但小时候，听完这个故事，我却对鸡窝里的公鸡产生恐惧。在大街上碰到英俊青年，也总是怀疑他是公鸡变的。

我的祖母还说，有一种能模仿人说话的小动物，模样很像黄鼠狼，经常在月光皎洁之夜，身穿着小红袄，在墙头上一边奔跑一边歌唱。这就使我在月夜里从来不敢抬头往墙头上观看。我祖父说在我们村后小石桥上，有一个"嘿嘿"鬼，你如果夜晚一人过桥，会感到有人在背后拍你的肩膀，并发出"嘿嘿"的冷笑声。你急忙转身回头，他又在你的背后拍你的肩膀并发出"嘿嘿"的冷笑声。这个鬼的具体形状谁也没有见过，却是让我感到最为可怕的一个鬼。

上个世纪七十年代，我在一家棉花加工厂里做工，下了夜班回家，必须要从这座小石桥上通过。如果有月亮还好，如果是没有月亮的夜晚，我每次都是在接近桥头时就放声歌唱，然后飞奔过桥。回到家后总是气喘吁吁，冷汗浸透衣服。那小石桥距离我家有二里多路。我母亲说你还没进村我就听到你的声音了。那时候我正处在变声期，嗓音又哑又破，我的歌唱，跟鬼哭狼嚎没有什么区别。我母亲说：你深更半夜回家，为什么要号叫呢？我说我怕。母亲问我怕什么，我说怕那个"嘿嘿"。母亲说："世界上，最可怕的是人。"尽管我承认母亲讲得有道理，但每次路过那小石桥，还是不由自主地要奔跑、要吼叫。

我如此地怕鬼、怕怪，但从来没遇到过鬼怪，也没有任何鬼怪对我造成过伤害。青少年时期对鬼怪的恐惧里，其实还暗含着几分期待。譬如我曾经不止一次地希望能遇到一个狐狸变成的美女，也希望能在月夜的墙头上看到几只会唱歌的小动物。几十年来，真正对我造成过伤害的还是人，真正让我感到恐惧的也是人。当然，作为一个人，我也肯定伤害过别人，让别人感到过恐惧。

上个世纪八十年代之前，中国是一个充满了"阶级斗争"的国家，无论是在城市还是在乡村，总是有一部分人，因为各种荒唐的原因，受到另一部分人的压迫和管制。有一部分孩子因为祖先曾经过过比较富裕的日子，而被剥夺了受教育的权利，当然更没有进入城市去过一种相对舒适的生活的权利。而另一部分孩子，却因为祖先是穷人，而拥有了这些权利。如果仅仅如此，那也造不成恐惧，造成恐惧的是这些掌了权的穷人和他们的孩子们，对那些被他们打倒的富人和他们的孩子们的监视和欺压。

我的祖先曾经富裕过（而这富裕，也不过是曾经有过十几亩土地，有过一头耕牛），所以我只读到小学五年级就被赶出了学校。在漫长的岁月里，我一直小心翼翼、谨慎言行，生怕一语不慎，给父母带来灾难。当我许多次听到从村子的办公室里传出村子里的干部和他们用手拷打的那些所谓的坏人发出的凄惨声音时，都感到极大的恐惧。这恐惧比所有的鬼怪造成的恐惧都要严重。这时，我才理解我母亲的话的真正含义。我原来以为我母亲是说世界上的野兽和鬼怪都怕人；现在我才明白，世界上，所有的猛兽，或者鬼怪，都不如那些丧失了理智和良知的人可怕。世界上确实有被虎狼伤害的人，也确实有关于鬼怪伤人的传说，但造成成千上万人死于非命的是人，使成千上万人受到虐待的也是人。而让这些残酷行为合法化的是狂热的政治，而对这些残酷行为给予褒奖的是病态的社会。

虽然像"文化大革命"这样黑暗的时代已经结束二十多年，所谓的"阶级斗争"也被废止，但像我这种从那个时代过来的人，还是心有余悸。我每次回到家乡，见到当年那些横行霸道过的人，尽管他们对我已经是满脸谄笑，但我还是不由自主地低头弯腰，心中充满恐惧。当我路过当年那几间曾经拷打过人的房屋时，尽管那房屋已经破败不堪，即将倒塌，但我还是感到不寒而栗，就像我明知小石桥上根本没有什么鬼，但还是要奔跑要吼叫一样。

回顾往昔，我确实是一个在饥饿、孤独和恐惧中长大的孩子，我经历和忍受了许多苦难，但最终我没有疯狂也没有堕落，而且还成为一个写小说的。到底是什么支撑着我度过了那么漫长的黑暗岁月？那就是希望。

在吃不饱穿不暖的日子里，我希望能得到食物和衣服。在恐怖的年代里，我希望能得到人们的友谊和关爱。恐惧使我歌唱着奔跑，恐惧使我产生了千方百计地逃离封建落后的乡村的力量。我们希望人类永远地摆脱恐惧，但恐惧总是难以摆脱。在恐惧中，希望就像黑暗中的火光，照耀着我们前进的道路，并使我们产生战胜恐惧的勇气。我希望在未来的时代里，由恶人造成的恐惧越来越少，但由鬼怪故事和童话造成的恐惧不要根绝，因为，鬼怪故事和童话，饱含着人对未知世界的敬畏和对美好生活的向往，也包含着文学和艺术的种子。

（2005 年 5 月在意大利的演讲）

好谈鬼怪神魔

　　从我的故乡西行数百里，便是《聊斋志异》的作者蒲松龄先生的故乡淄川。都是山东人，出省之后便算同乡。有这样一个怀才不遇的天才同乡，真令我感到自豪。在漫长的科举取士的社会中，山东考中的进士车载斗量，被钦点了状元的也有十数位之多，他们当年的荣耀连蒲松龄也眼热过。时过境迁，人们早已忘了他们，但在当时穷愁潦倒、靠编织鬼魅妖狐故事以寄托心中情感的蒲松龄却流芳至今，并且肯定还将流下去。近年来，有一些评论家在评论我的小说时，总是忘不了提起我这位光荣的乡亲，并从他那里找到了我的小说的源头。这令我不胜荣幸至极。

　　的确，我近年的创作鬼气渐重，其原因大概是因为都市生活中的喧嚣、浮浅、虚伪、肉麻令我厌烦，便躲进想象中的纯净世界去遨游。这种创作的心理动机与蒲氏当年的心态也许有某种共通之处。蒲氏是因为科场屡屡失意、空有满腹锦绣文章而无人欣赏，不得已便装神弄鬼，发些隔靴搔痒的牢骚。但由于他的才情汹涌，淹没了那些没趣的牢骚。因为根据我的经验，在小说中发牢骚总是要破坏小说的纯净的艺术境界。小说应有自己的风度，那就是雍容大度、从容不迫、娓娓地把假话当真话说，就像在那寒冷的冬夜里，拥着棉被，守着灯火一盏如豆，讲述给小孩子们听的故事一样，鬼的故事，怪的故事，狐狸的故事。这就是蒲松龄的风格，一种朴素至极的风格。尽管他使用了典雅隽秀的文言，但他永远是一个捋着白胡子讲故事的慈祥的老者，他没有青年时期，也没有中年时期，《聊斋志异》是祖父讲给孙子的故事范本，也是以祖父讲给孙子的故事为范本。

近年来我写了一些具有神秘色彩的小说，写了一些在过去的浊世中卓尔不群的高人，一方面是因为眼前生活的庸俗乏味使我感到无话可说，另一方面就是下意识地向老祖父学习。我想文学假如能够伴随人类走到末日的话，就必须使文学具有超出现世生活的品格。文学应使人类感到自己的无知、软弱，文学中应该有人类知识所永远不能理解的另一种生活，这生活由若干不可思议的现象构成。拉丁美洲的马尔克斯早就意识到这一点，所以他成功了。我们无法去步马尔克斯的后尘，但向老祖父蒲松龄学点什么却是可以的，也是可能的。

十几年前我刚开始学习写作时，遵循的是所谓的"革命的现实主义"的创作方法，这种方法的鼻祖据说是苏联作家高尔基，但我看到高尔基的那些优秀的作品并不是什么"革命的现实主义"。这种"主义"，很快就被觉醒了的作家们抛弃了，因为这种"主义"必然通向虚假和矫揉。我在八十年代中期觉悟到小说应该天马行空、无拘无束，于是有了《红高粱家族》等热血澎湃的小说。但这种热情很快便消失了，我自己认为这是进步而不是退步。

小说家有多种多样，小说也就有多种多样。一个小说家能写出多种多样的小说，把自己的某一时期的感情物化在小说中。我在今后一段时间内还想写些神神怪怪的小说，心情改变了，也许会改变样式，但是老祖父的方法，永远是暗夜中引导我前进的一盏灯笼。这灯笼跳跃着，若隐若现，刚好能照亮漆黑暗夜中的一条羊肠小道，道路两边是埋藏着尸骨的坟墓。在老祖父的故事里，这灯笼总是由那些善良的、助人为乐的得道狐仙高擎着，在引导夜行者至坦途时，它便亮一下辉煌的法相，然后化作一道金光遁去。

（1993 年 6 月）

一本书打开一个世界

欢迎订购、合作

订购电话：0571-85153371

服务热线：0571-85152727

莫言读书会　　KEY-可以文化　　浙江文艺出版社　　京东自营店

关注 KEY-可以文化、浙江文艺出版社公众号，
及浙江文艺出版社京东自营店，随时获取最新图书资讯，
享受最优购书福利以及意想不到的作家惊喜